L'envoûtement de Lily Dahl

SIRI
HUSTVEDT

L'envoûtement de Lily Dahl

ROMAN

Traduit de l'anglais (États-Unis)
par Christine Le Bœuf

J'AI LU

Titre original :
THE ENCHANTMENT OF LILY DAHL

Éditeur original :
Henry Holt and Company, Inc., New York.

pour Liv, Astrid et Ingrid Hustvedt

NOTE DU TRADUCTEUR

Les citations du *Songe d'une nuit d'été* sont extraites de la traduction de Jean-Michel Déprats (Actes Sud-Papiers, 1990).

1

Il y avait trois semaines qu'elle l'observait. Depuis le début du mois de mai, elle se mettait chaque matin à sa fenêtre pour le regarder. C'était toujours de bonne heure, un peu avant l'aube, et à sa connaissance il ne s'en était jamais aperçu. Le premier matin, en ouvrant les yeux, Lily avait remarqué une lumière provenant d'une fenêtre de l'hôtel Stuart, de l'autre côté de la rue, et lorsqu'elle s'était approchée elle l'avait vu dans le rectangle éclairé : un homme très beau, debout devant une grande toile. Vêtu seulement d'un caleçon, il était resté pendant une minute d'une telle immobilité dans la chaleur nocturne que Lily avait douté de sa réalité. Et puis il avait bougé, il s'était mis à peindre en utilisant son corps entier, et elle l'avait regardé s'étirer, se pencher, se fendre et même s'agenouiller devant la toile. Elle l'avait regardé marcher de long en large, se frotter le visage avec énergie, des deux mains, et fumer. L'homme fumait de petits cigares qu'il tenait entre ses dents lorsqu'il s'arrêtait pour réfléchir. Et à certains moments où il ne faisait rien d'autre que fumer calmement, il hochait la tête devant le tableau comme si celui-ci lui parlait. Lily avait observé la ligne de ses muscles, la couleur brun pâle de sa peau luisante dans la lumière, mais elle n'avait pas vu ce qu'il peignait. Le devant de la toile lui était demeuré caché.

Division Street était une rue large, sans arbres. La chambre de l'homme était distante de celle de Lily d'au moins vingt mètres, et elle ne s'était jamais trouvée plus près de lui que cela. Ce qu'elle attendait exactement de sa surveillance, elle n'aurait pu le dire, mais peu importait. La vérité, c'est qu'elle ne se lassait pas de regarder cet homme, et que les nuits où, au lieu d'aller se coucher, il restait debout à travailler jusqu'à l'aube, elle devait se forcer à fermer ses rideaux et à se détourner de la fenêtre.

Ce matin, il pleuvait à verse, et Lily ne voyait pas bien l'homme. Elle passa la tête par la fenêtre. La pluie lui inondait le visage et ruisselait, en face, sur la fenêtre fermée, si bien qu'elle ne pouvait distinguer qu'une silhouette estompée gesticulant derrière la vitre. Et puis, avant qu'elle eût compris ce qui se passait, il vint à sa fenêtre, l'ouvrit d'une secousse et se pencha sous la pluie. Lily plongea et se tapit sur le plancher. Le cœur battant et les joues brûlantes, elle écouta le bruit de l'eau qui dévalait dans les gouttières. Elle avait pris un risque terrible en mettant ainsi le nez dehors. Jusque-là, elle s'était un peu reproché cet espionnage, et l'idée d'avoir été surprise la remplissait soudain d'une honte cuisante. Elle avait pris si grand soin, aussi, de toujours s'accroupir devant sa fenêtre, les yeux juste au niveau du rebord, en s'assurant qu'il n'y avait pas de lumière dans sa chambre, et de bien fermer ses rideaux chaque fois qu'elle allumait pour prendre sa douche et s'habiller avant de partir au travail.

Lily savait que l'homme s'appelait Edouard Shapiro. S'ils n'avaient jamais échangé un seul mot, elle avait néanmoins recueilli un certain nombre d'informations le concernant et entendu de nombreux commérages. Elle savait, sans doute possible, qu'Edouard Shapiro avait passé une année comme "artiste résident" au Courtland College. Elle savait qu'au lieu de retourner chez lui, à New York, à la fin de son second semestre, il avait décidé de demeurer à Webster, et que c'était alors qu'il avait loué cette chambre à l'hôtel Stuart. Elle tenait également pour vrai que, dans le courant du mois de mars, sa femme, qui habitait avec lui dans la résidence universitaire, avait fait ses valises et l'avait quitté. Le reste, c'était de la rumeur. Beaucoup de gens se demandaient ce qu'il fabriquait dans ce trou à rat de Stuart, un hôtel si miteux qu'on n'y trouvait même pas de femmes. Les cinq ou six vieillards qui habitaient là formaient un triste lot, et Lily les connaissait presque tous. Le restaurant de l'hôtel était fermé depuis aussi longtemps qu'elle pouvait s'en souvenir, même si on n'avait jamais enlevé l'enseigne, et pratiquement chaque matin, l'un après l'autre, les vieux traîne-savates traversaient la rue pour venir déjeuner à l'Idéal-Café, où Lily les servait six jours par semaine. Elle avait entendu raconter qu'Edouard Shapiro était pauvre, qu'il avait joué sur les matchs de base-ball ce qu'il gagnait au collège, et aussi qu'il était riche mais trop radin pour louer une chambre convenable. Elle avait entendu raconter que sa femme l'avait quitté parce qu'il jouait, et aussi qu'elle l'avait quitté parce que, selon l'expression de Lester Underberg, moins d'une semaine plus tôt, au café, "il n'était pas foutu de garder sa queue chez lui". Lester savait “de source sûre” que Shapiro avait “tringlé” une belle étudiante rousse dans son bureau en écoutant du Verdi à plein volume. À en croire Lester, Shapiro avait reçu dans son bureau des dizaines de jeunes fans d'opéra pendant son séjour au collège, mais en vérité on ne pouvait pas faire confiance à Lester. Il collectionnait les médisances sur tout le monde et n'importe qui, et Lily l'avait surpris une ou deux fois à raconter des mensonges énormes. Lester disait vrai, cependant, à propos du goût de Shapiro pour l'opéra. Il y avait eu des nuits, ces dernières semaines, où Lily avait entendu de la musique venant de la fenêtre d'en face, et en deux occasions les voix étaient si fortes qu'elles l'avaient arrachée à un profond sommeil. L'histoire de la rousse lui trottait en tête, néanmoins, et Lily ne cessait d'y ajouter des détails négligés par Lester. Elle imaginait Shapiro et la jeune fille, voyait celle-ci couchée sur un bureau, les jambes écartées, la jupe ramassée à la taille et l'homme dressé au-dessus d'elle, entièrement vêtu mais la braguette ouverte. Elle s'était joué et rejoué la scène en pensée, avait vu papiers et livres tomber du bureau pendant le corps à corps de l'homme et de son étudiante. Lily avait guetté l'apparition de femmes à la fenêtre de Shapiro, mais s'il recevait des visiteuses, elles ne passaient jamais la nuit. L'étroit lit de fer calé dans l'angle à droite et au fond de la pièce était resté inoccupé vingt-deux matins de suite.

Lily hésitait à bouger, mais elle lança un coup d'œil prudent au ras de l'appui de fenêtre. Il n'y avait plus de lumière chez Shapiro, et elle sentit ses épaules s'affaisser de soulagement. Pendant qu'elle fermait ses rideaux, elle entendit des pas dans l'appartement voisin. Mabel est debout, se dit-elle. Mabel Wasley dormait très peu, et le mur entre les deux chambres n'était pas assez épais pour étouffer fût-ce le plus petit bruit. Jour après jour, Lily écoutait la vieille femme marcher, froisser des papiers, ouvrir et fermer armoires et tiroirs, entrechoquer de la vaisselle ou tirer la chasse, et chaque après-midi, bien avant dans la soirée, elle écoutait Mabel taper à la machine. Ce qu'elle écrivait, exactement, Lily n'en avait pas une idée très claire, bien que Mabel le lui eût un jour expliqué. L'énorme manuscrit était une sorte d'autobiographie qui incluait les rêves et leur façon de se mêler à la vie de tous les jours, mais lorsque Mabel parlait de son livre elle devenait intarissable et se servait de mots que Lily ne comprenait pas et, parfois, quand elle s'excitait, elle élevait la voix presque au point de crier, si bien que Lily préférait ne pas aborder le sujet. Il y avait neuf mois que Lily vivait seule au-dessus de l'Idéal-Café. Elle avait loué sa chambre quelques jours à peine après avoir terminé le lycée, et quand Mabel était arrivée, au début de mars, Lily avait accueilli cette compagnie avec joie même si, de temps en temps, elle avait l'impression que Mabel cachait quelque chose. On ne savait presque rien à son sujet, bien qu'elle eût enseigné au Courtland College pendant vingt ans. Le bruit courait qu'elle avait été mariée plusieurs fois avant d'arriver dans le Minnesota, mais Mabel n'avait jamais fait allusion à un mari et, si amicale qu'elle fût, elle se montrait aussi un peu raide, d'une raideur qui interdisait toute indiscrétion.

Lily s'assit à la table où elle mangeait, se maquillait et faisait tout ce qui doit se faire assis.

Elle avait suspendu son miroir au-dessus, et elle y contempla son propre visage fatigué et celui de Marilyn Monroe, derrière elle, sur un poster qu'elle avait fixé au mur. Boomer Wee avait dit un jour qu'elle ressemblait à Marilyn, en brune, et tout en sachant que ce n'était pas vrai, Lily aimait cette idée. Elle se pencha vers le miroir, baissa les paupières, entrouvrit les lèvres et pressa ses seins l'un contre l'autre de manière à former un long sillon au-dessus du soutien-gorge blanc. Elle lança un nouveau coup d'œil à Marilyn, et puis elle entendit qu'on frappait à la porte.

— C'est ouvert, cria-t-elle d'une voix rauque de sommeil.

Sans se retourner, elle vit dans le miroir Mabel franchir le seuil. La vieille femme entra vivement, sa longue robe de chambre balayant le sol, et vint s'arrêter près de sa chaise.

— Je suis désolée de vous déranger, mais je voulais vous voir avant que vous alliez travailler pour vous demander comment va la pièce et vous dire que si vous avez encore des difficultés avec le rôle, je peux sans doute vous aider. Vous savez, j'ai fait cours sur le *Songe d'une nuit d'été* pendant, eh bien, près de trente ans, et j'ai pensé hier soir que je pourrais vous conseiller. Hermia est un personnage merveilleux, vraiment, et vous êtes parfaite pour ce rôle. Qu'en pensez-vous ?

Précipitamment et sans presque reprendre son souffle, Mabel adressa ce discours au reflet de Lily dans le miroir, en le soulignant de grands gestes des mains, effleurant même une fois de ses doigts le haut de la tête de la jeune fille. Ensuite elle laissa tomber les mains et les posa sur les épaules de Lily. Toutes deux restèrent quelques instants silencieuses, et Lily fixait dans le miroir leurs deux visages séparés par celui de Marilyn et pensait que ce trio avait un air étrange. Le petit visage en forme de cœur de Mabel, avec ses rides profondes au front et autour des yeux et de la bouche, avait une expression intense qui aurait pu être de défi ou de concentration. Marilyn ne souriait pas, elle non plus, mais ses lèvres entrouvertes laissaient deviner les dents, et ses doigts enfonçaient légèrement la chair de son sein droit. Il y avait quelque chose de trop parfait dans la façon dont elles se trouvaient toutes les trois cadrées dans le miroir, et Lily en fut contrariée. Il en venait une immobilité désagréable, qui évoquait soudain pour elle des choses vivantes et d'autres mortes, et elle haussa les épaules pour se débarrasser du contact de Mabel.

— Lundi, ça irait, après le travail. J'ai besoin d'aide. Je connais mon texte, mais la moitié du temps je ne comprends pas ce qu'il signifie.

Mabel joignit les mains.

— Nous prendrons le thé, d'abord.

Sa joie irrita Lily, sans qu'elle sût pourquoi, et elle ne répondit pas.

Mabel sortit de la chambre. Au lieu de dire au revoir, elle récita une des répliques de Lily dans la pièce : "La sombre nuit, qui enlève à l'œil son pouvoir…" Lily vit Mabel se poser un doigt sur l'oreille "… rend l'oreille plus prompte à percevoir ; Et tout ce qu'elle fait perdre au sens de la vue, Doublement à l'ouïe elle le restitue."

La voix était vieille et frêle, mais elle exprimait des nuances et une compréhension dont Lily avait conscience de manquer totalement. C'est pour ça qu'elle a fait ça, pensa-t-elle, pour me montrer comme elle le dit bien, comme elle est naturelle. N'était-ce pas ce que lui répétait Mrs. Wright, lors des répétitions ? “Parle d’une voix naturelle”, et Lily s’était demandé : mais quelle est ma voix naturelle ?

Les clients matinaux de l’Idéal-Café étaient tous des hommes, tous des habitués, tous peu bavards. Entre cinq et six, l’endroit était calme. Les hommes qui entraient là pendant cette première heure n’avaient ni épouse ni bonne amie, mais chacun d’entre eux aurait eu, s’il s’y était décidé, une histoire à raconter, l’histoire de l’accident, du décès, du coup de malchance ou de la bizarrerie de caractère qui avait fait de lui ce qu’il était à présent : un type solitaire qui s’amenait au point du jour pour déjeuner seul dans une salle peuplée d’autres types solitaires en train de déjeuner seuls.

Pete Lund arrivait en général le premier, après avoir accompli ses tâches dans sa grosse ferme à l’est du bourg. La femme de Pete était morte depuis quelques années, d’un cancer du sein, et il avait pris l’habitude de manger en ville. Un an plus tôt, lorsque Lily commençait à travailler, il avait détaillé à haute voix ce qu’il voulait, et ça n’avait jamais varié : une tasse de café noir, deux œufs brouillés et trois tranches de pain blanc grillées, avec de la confiture de fraises, pas de gelée de raisin. Après quoi il n’avait plus pris la peine de parler. Quand Lily s’approchait de lui, il lui adressait un signe de tête, et elle faisait passer sa commande. Harold Hrdlicka, qui avait acheté l’ancienne ferme Muus, prenait ses œufs sur le plat avec des pommes de terre rissolées, et Earl Buttenhoff, de l’hôtel Stuart, mangeait un bol de céréales avant ses œufs – mollets – et terminait son repas avec un gros cigare, généralement entamé, qu’il trimballait dans la poche de sa chemise. À cinq heures et demie, ce matin-là, ils étaient tous arrivés et, assis chacun dans son box, attendaient leur repas. Pete contemplait, au-dessus du comptoir, la collection de jouets mécaniques "semi-antiques" de Vince. Harold lisait le *Webster Chronicle* et Earl inspectait le plateau de sa table avec de fréquents raclements de gorge à la suite desquels il enfouissait des crachats jaunâtres au creux d'un immense mouchoir sale qu'il prenait et remettait dans la poche de son pantalon. Côté cuisine, Lily entendait Vince chantonner doucement *Anything Goes*. Elle percevait le bruit de la pluie au-dehors et le fumet du lard et des saucisses sur le grill, et de la rue montait une odeur de pavé mouillé, d'herbe et de ce qui devait être, pensait-elle, des vers rampant sur le trottoir ; elle circulait de table en table avec son pot de café en accompagnant à voix basse la chanson de Vince. Elle se sentait bien.

Martin Petersen entra dans le café vers six heures, s'installa à sa place habituelle près de la fenêtre et se mit à regarder Lily. Chaque fois qu'il venait déjeuner, il la regardait ainsi, fixement. Elle y était accoutumée, non seulement de la part de Martin, mais de celle de beaucoup de gens. Elle avait eu à souffrir d'un appareil dentaire, de seins inexistants et d'une réputation de garçon manqué, mais l'année de ses quatorze ans tout avait changé et à présent, au bout de cinq ans, elle s'était faite à son apparence et aux regards qu'elle suscitait. Parfois elle aimait ça, et parfois non, mais elle avait appris à faire semblant de ne rien remarquer. Martin, lui, n'était pas comme les autres. Il l'observait toujours calmement, délibérément, comme si son travail avait consisté à la regarder, et parce qu'elle n'arrivait pas à deviner ce qu'il avait en tête en la fixant ainsi, les yeux de Martin la mettaient un peu mal à l'aise. En même temps, elle éprouvait envers lui une curieuse attirance. Martin était mystérieux. Elle avait entendu raconter qu'il était gay et raconter que c'était quelqu'un que le sexe n'intéressait pas. Linda Haugen lui avait un jour chuchoté, en classe de religion, que Martin était né "les deux à la fois" et qu'on avait enlevé la moitié fille. Une absurdité, bien sûr. Le secret de Martin ne résidait pas dans son corps, et pas non plus dans son esprit. Il émanait de lui quelque chose d'étrange – un air de sagesse cachée ou d'intuition qui donnait parfois à Lily l'impression qu'il la regardait de très loin même s'il se trouvait tout près d'elle.

Lily ne se souvenait pas d'un temps où elle n'aurait pas connu Martin Petersen. La maison où il avait vécu enfant et où il habitait toujours était proche de la maison de famille de Lily, aux abords de la ville, et ils s'étaient parfois amusés ensemble, elle et Martin, dans les bois ou près du ruisseau. Il bégayait encore plus à cette époque qu'à présent. Elle l'avait une ou deux fois ramené chez elle pour jouer, mais elle n'était jamais allée chez lui. Le père de Martin avait un problème et, quel que fût ce problème, la mère de Lily en était perturbée au point de refuser de l'expliquer. Quand Lily avait huit ans, le père de Martin, Rufus Petersen, avait tué son chien – une chienne qui allait mettre bas. Après l'avoir abattue d'un coup de fusil, il avait abandonné la carcasse ensanglantée au bord du ruisseau, où le père de Lily avait découvert la pauvre bête et l'avait enterrée avec ses chiots morts avant d'avoir vécu. Lily revoyait le sang de la chienne sur la chemise de son père et se souvenait qu'il avait fulminé contre Rufus Petersen avec une rare violence. Elle avait joué moins souvent avec Martin, après cela, mais il prenait le même bus scolaire qu'elle et elle se souvenait qu'il était en butte à des moqueries sans merci à cause de son bégaiement. Un jour, Andy Malecha et Pete Borum avaient battu Martin derrière l'école Longfellow, et elle se souvenait de l'avoir vu apparaître à l'angle du bâtiment de brique, pleurant à grand bruit et saignant du nez sur sa chemise. À l'école secondaire, Martin s'était montré peu sociable, Lily et lui ne s'étaient guère parlé, mais elle s'était sentie liée à lui néanmoins, et il leur arrivait parfois de se rencontrer au ruisseau où Martin fuyait les siens pour lire et être seul. Son père avait quitté sa famille, à cette époque, sa jeune mère qui n'avait plus l'air jeune souffrait de leucémie, et sa sœur et son frère aînés vivaient leur vie et, disait-on, tournaient mal. Mrs. Petersen était morte quand Martin avait quatorze ans, et il y avait eu un tas de complications avec les gens du service social. Un coup dur après l'autre, pensait Lily. Les autres enfants Petersen avaient quitté la ville, mais Martin était resté dans la maison familiale et travaillait comme homme à tout faire. On en disait grand bien. On peut compter sur lui, disait-on, il est honnête, et des gens l'appelaient à tout moment pour réparer ci ou ça, pour de petits travaux de peinture ou de menuiserie, et Lily avait l'impression que la vie lui était moins pénible à présent qu'il était adulte.

Martin voulait toujours le même déjeuner – des œufs pochés sur toasts – mais, contrairement aux autres clients matinaux de Lily, il ne s'était jamais contenté du silence. Il ne suffisait pas de lui demander : Comme d'habitude ? et de le laisser répondre d'un hochement de tête. Il voulait un échange, si bien qu'au lieu de s'énerver à commander en bégayant il frappait un petit rythme sur le dessus de la table avec ses doigts : tap-tap-tap-tap, et Lily lui répondait à sa manière : toc, toc. Cela avait débuté peu après que Lily avait commencé à travailler dans le café, et cela avait renouvelé leur amitié, d'une certaine façon. Personne n'était dans le secret. Ces petits rythmes étaient un langage bien à eux, et Martin paraissait si heureux de commander son repas en code que Lily en était heureuse, elle aussi.

Ce matin-là, une fois de plus, ils respectèrent l'usage. Martin tambourina sur la table. Lily frappa deux fois son index contre le rebord et répondit : "Ça court, Toile d'Araignée."

Martin s'était vu attribuer le petit rôle de Toile d'Araignée dans le *Songe d'une nuit d'été*, et Lily pensait qu'il serait sympathique de marquer le coup, bien qu'elle se demandât si Mrs. Wright n'avait pas poussé la charité un peu loin en confiant à Martin un rôle quelconque, même minuscule. Elle n'avait pas encore répété avec lui – jusqu'ici, seuls les acteurs chargés de rôles importants avaient travaillé – mais elle trouvait difficile d'imaginer Martin en acteur, surtout en elfe.

Quand elle transmit la commande de Martin à Vince, dans la cuisine, le gros homme se pencha en travers de son fourneau pour lui demander :

— C'est où, les obsèques ? Il fait si calme là-dedans, on croirait que je cuisine pour une bande de macchabées !

Lily sourit et hocha la tête.

— Tu dis ça chaque matin, Vince. Ça sera plus bruyant dans une heure. Tu le sais bien.

— Pour mort, il est bien mort, ce patelin, ma poupée. C'est la grosse excitation, ici, quand un de ces vieux luthériens lâche un pet.

Lily sourit à Vince. Il était de bonne humeur ce jour-là et elle s'en réjouissait.

— Retourne à Philadelphie, alors, qu'est-ce que tu attends, si c'est tellement parfait là-bas ? fit-elle en prenant l'assiette de pain perdu destinée à Mike Fox. Ça doit être formidable, avec tous ces gens qui s'entretuent en pleine rue, les agressions, les pickpockets. Je lis les journaux, Vince. Un vrai paradis.

Vince pointa sa spatule vers elle.

— Au moins, les gens te parlent avant de t'abattre !

L'assiette de Mike à la main, Lily s'arrêta derrière le comptoir. Elle sentait sur elle le regard de Martin et lui jeta un bref coup d'œil. Le visage sérieux, il l'observait. Peut-être qu'il en pince pour moi, songea-t-elle, et elle posa l'assiette sur le comptoir à côté des six cigarettes que Mike avait déjà alignées devant lui sur la surface en Formica.

— Ton repas est là, quand tu voudras, Mike.

Il leva les yeux vers elle et repoussa derrière son oreille une longue mèche blonde avant de se glisser entre les dents une nouvelle cigarette. Lily le regarda l'allumer. Six jours par semaine, depuis un an, elle le regardait accomplir le même rituel. L'œuvre exigeait tout un paquet de Kent, et à la fin, Lily trouvait sur le comptoir une rangée de vingt cigarettes, chacune un tantinet plus courte que la précédente. En voyant Mike fumer, elle était certaine qu'il comptait ses bouffées ; elle savait aussi qu'il ne pouvait aspirer trop fort, sans quoi la cigarette diminuerait trop vite. Mike abaissa sa cigarette et entreprit de l'éteindre dans le cendrier noir avec une torsion délicate du poignet et des doigts. La première fois que Mike avait laissé sur le comptoir ce dégradé parfait de Kent, Lily n'avait pas osé les jeter. Mais Berthe lui avait dit : Il s'en fiche une fois que c'est fini. Tu peux flanquer le chef-d'œuvre à la poubelle. Il en fera un autre demain.

Lily rentra dans la cuisine pour prendre le repas de Martin, et Vince enchaîna là où il s'était interrompu :

— Et parce qu'on se parle pas dans cet endroit de merde, on n'y baise pas non plus. T'as jamais pensé à ça, poupée ? Regarde les femmes de cette ville, y en a quasiment aucune qui ait un peu de "cha-cha". L'hiver, elles s'emmitouflent dans ces affreuses doudounes, et l'été elles portent des robes qui ressemblent à des sacs. Le rouge à lèvres est un péché. Les bijoux, un péché.

Il avait le visage rouge. Ses grandes bajoues remuaient quand il secouait la tête. Lily saisit l'assiette de Martin.

— On baise abondamment dans cette ville, Vince. Ne dis pas de bêtises.

— Ouais, mais pas par plaisir. Ça fait une grosse différence.

— Allez... grogna Lily.

— T'as pas vécu, mon petit chat. Crois-moi – il écarta les deux bras et se mit à remuer ses énormes hanches d'avant en arrière –, l'amour c'est la causette dans un bar obscur avec un orchestre de jazz et une fille qui a l'air d'aimer ça. Oh, ma jolie, les nuits que j'ai passées à rêver de Sandra Martinez...

Il gémit.

— Ce que tu ignores, monsieur le citadin, répliqua Lily, c'est qu'un champ de maïs peut être aussi sexy qu'un club de jazz. C'est toi qui n'as pas vécu.

Elle roula des épaules, aguichante. Vince, bouche bée, fit semblant d'être choqué.

— Ma parole, Lily Dahl ! s'exclama-t-il. Petite diablesse !

— Ne me dis jamais, à moi, que je n'ai pas de "cha-cha", dit Lily en sortant, et elle entendit Vince marmonner quelque chose.

La pluie avait cessé et Division Street paraissait moins terne.

Quand elle posa devant lui son assiette, Martin leva vers elle son visage sérieux et ses grands yeux, et elle remarqua une fois de plus la pâleur de ces yeux – un bleu délavé –, une couleur qui lui donnait toujours l'impression qu'elle pourrait voir à travers. En quittant la table, elle sentit une vague crampe abdominale, entendit grincer la porte grillagée, se retourna et vit les frères Bodler entrer de leur pas traînant dans le café. Elle soupira, pas assez fort pour qu'ils l'entendent, et les regarda se diriger vers le box du fond, juste devant la porte des toilettes, sur laquelle Vince avait accroché un écriteau où on lisait : L'UN OU L'AUTRE. Si seulement ils n'étaient pas aussi sales, pensa Lily en observant la traînée boueuse sur le sol derrière eux. Si seulement ce n'était que leurs bottes qui étaient sales, et pas leurs bras, leurs jambes, leurs têtes, leurs culs et chaque centimètre carré de leurs individus. Son regard passa de Frank la Crasse à Dick le Sale, et revint à Frank la Crasse. Les vieux bougres étaient aussi crottés que d'habitude, mais plus mouillés. On voyait sur leurs joues les sillons tracés par la pluie. Lily attendit. Frank allait commander. C'était toujours lui qui le faisait, Dick ne disait jamais rien. Les frères Bodler étaient de vrais jumeaux qui, après de nombreuses années, avaient cessé de se ressembler. Personne n'éprouvait la moindre difficulté à les distinguer. Le corps de Dick faisait écho à celui de Frank mais ne le répétait pas. Plus gringalet, plus chauve, plus blafard, Dick était devenu une copie diluée de son frère.

Ils salissaient tout ce qu'ils touchaient. Lily regarda les mains de Frank. Elle remarqua les traînées noires qui se formaient déjà sur la table blanche.

— Eh bien, qu'est-ce que ce sera ? demanda-t-elle.

Ni l'un ni l'autre ne bougea, pas même une paupière.

Lily se pencha vers Frank en levant les sourcils. Il sentait la glaise.

Il ouvrit la bouche, exhibant des dents brunies séparées par des trous. Un grognement guttural s'éleva : Deux œufs brouillés, lard, pain grillé, café.

— Ça roule.

Lily se détourna et regarda la rue, par-dessus la tête de Martin. L'éclaircie se confirmait. Martin lisait à présent. Il avait l'habitude d'apporter un livre et de lire un moment avant de s'en aller. À la connaissance de Lily, tout lui était bon. Il paraissait aimer les livres d'histoire, en particulier ceux qui concernaient la Seconde Guerre mondiale, mais il aimait aussi les romans – romans de gare ou grande littérature –, la science-fiction et les manuels pratiques. Elle se rappelait qu'elle l'avait vu lire *Anna Karénine* pendant plusieurs semaines, et qu'ensuite il s'était plongé dans un ouvrage intitulé *Cent et une façons de gagner de l'argent à la campagne*. Quoi qu'il en fût, Lily estimait que toutes ces lectures devaient être bénéfiques. Il est sûrement très malin, pensa-t-elle et puis, en allant vers la cuisine, elle songea que Martin venait d'avoir vingt et un ans et qu'il était sans doute vierge. Cette idée lui plut, l'idée de l'innocence d'un jeune homme. En même temps, elle se sentit triste pour lui.

Quelques minutes plus tard, en servant leur déjeuner aux Bodler et en remplissant leurs tasses de café, elle remarqua un sac de papier brun sur la banquette à côté de Frank et se demanda ce que les frères crado pouvaient bien trimballer avec eux. Et puis elle vit Frank saisir sa tasse, elle vit l'ongle de son pouce – une épaisse corne jaune – et la vision de ce gros ongle sale lui fit penser à Helen Bodler.

Plus personne ne doutait du fait que le vieux Bodler avait enterré sa femme vivante en 1932, mais à l'époque on avait cru qu'elle les avait quittés, lui et les jumeaux. Bodler buvait. Sa petite ferme marchait mal, ainsi que beaucoup d'autres, et on pensait que les soucis l'avaient rendu fou. Lily revoyait sa grand-mère lui raconter l'histoire, elle la revoyait se pencher sur la toile cirée couvrant la table de la cuisine, la voix crispée mais claire : "Helen n'aurait jamais abandonné ces deux gamins, elle ne serait jamais partie sans rien dire à personne. Ce n'était pas son genre. Je la connaissais, et ce n'était pas son genre. Et jolie, avec ça. On a raconté qu'elle avait filé avec Ira Cohen, le colporteur. N'importe quoi ! Cohen avait une femme et six gosses à Saint-Paul. Où est-ce qu'il l'aurait mise ? À l'arrière de sa carriole ? Toute cette histoire puait à plein nez depuis le début."

On avait trouvé le corps d'Helen en 1950. Les jumeaux et un troisième homme, Jacob Hiner, retournaient la terre des anciens cabinets, dans la propriété, et ils avaient déterré son squelette juste à côté. Bodler était mort depuis onze ans déjà. Ses deux fils avaient fait la guerre en Europe, étaient rentrés et avaient démarré leur commerce de bric-à-brac. Lily ne savait pas trop quand ils avaient cessé de se laver. L'armée encourageait la propreté, et ce devait donc être quelque temps après 1945 qu'ils étaient devenus Frank la Crasse et Dick le Sale. S'ils s'étaient mariés, la sinistre histoire de leurs parents aurait peut-être vieilli plus vite, repoussée dans le passé par des enfants et des petits-enfants, mais il n'y avait plus de Bodler. Ce qu'ils avaient ressenti en découvrant les os de leur mère figés dans une pose de panique, une pose qui révélait qu'elle avait essayé de creuser une issue à sa tombe, chacun était libre de se l'imaginer. Aussi impénétrables que des pierres, les jumeaux déambulaient, mangeaient et n'émettaient qu'un minimum de grognements.

Lily releva la tête et aperçut Edouard Shapiro, debout sur le perron de l'hôtel Stuart. Malgré la distance, elle constata qu'il paraissait chiffonné, comme s'il venait de sortir du lit. Lily s'approcha de la fenêtre et s'arrêta. Elle le regarda se gratter une jambe et, en même temps, du coin de l'œil, elle vit Berthe entrer dans le café d'un pas dansant, en laissant retomber derrière elle la porte moustiquaire. Après s'être noué un tablier autour de la taille, Berthe vint se planter à côté de Lily et lui demanda :

— Alors, comment se passe l'Épreuve, ce matin ?

Sans attendre la réponse, elle parcourut les tables du regard, adressa un signe de tête aux jumeaux et poussa un soupir théâtral.

Lily hocha la tête et puis l'inclina à droite afin de ne pas perdre de vue l'homme sur les marches. Berthe suivit des yeux le regard de Lily.

— Ça c'est vraiment, absolument, la tentation incarnée, murmura Berthe ; elle fit claquer son chewing-gum. C'est pas souvent que me prend l'envie de faire des cornes à mon vieux Roger, mais là...

Sans prendre la peine de finir sa phrase, elle hocha la tête. Et puis, avec un petit sifflement, elle se tourna vers Lily.

— Pauvre Hank, son compte est bon.

— On n'est pas mariés, Hank et moi, Berthe.

— Ah bon, je croyais que vous étiez fiancés.

— Pas vraiment, fit Lily, en tendant la main gauche. Regarde, pas de bague. De toute façon, qui dit que j'aurais une chance avec un type comme ça ? Il doit avoir au moins trente ans, et c'est un artiste, et...

— Mon petit chou, coupa Berthe, avec un châssis comme le tien tu as une chance avec tout ce qui est mâle et qui respire. Elle se tut un instant. Eh bien, voyez-vous ça, le mystérieux Grand Ténébreux qui s'amène !

— Non, fit Lily, il ne vient jamais ici.

Mais Edouard Shapiro traversait la rue à grandes enjambées, et Lily saisit la cafetière sur sa plaque chauffante et se mit à verser du café dans la tasse de Clarence Sogn, qui était déjà quasi pleine, et ensuite elle s'essuya les mains sur son tablier sans nécessité et sentit battre son cœur et s'enjoignit de n'être pas stupide. Sans le voir, elle l'entendit passer la porte ; elle redressa le dos et rentra son ventre. À l'instant même où elle se retournait pour le regarder et le voyait s'asseoir au comptoir, elle sentit un flux lent et tiède entre ses jambes et sut que c'était du sang. Merde, se dit-elle. Je me laisse toujours surprendre. Elle contemplait fixement le dos d'Edouard Shapiro. Il était penché en avant et le tissu de sa chemise bleue se tendait sur ses omoplates. Elle suivit des yeux la couture centrale de son jean qui disparaissait dans le capiton rouge du tabouret, et elle eut l'impression de le sentir peser. Il était mince, mais l'idée de son poids la troublait. Même s'il m'a vue, il ne me reconnaîtra jamais, se dit-elle, et elle vit Berthe lui servir une tasse de café. Elle aurait donné gros pour se trouver de l'autre côté du comptoir avec le pot de café. Elle aurait donné gros pour ne pas devoir monter chez elle chercher un tampon. Elle fit signe à Berthe, articula silencieusement le mot "ragnagnas" et courut vers la porte de l'escalier, au fond du café.

Chez elle, assise sur la cuvette, Lily se sentit soulagée de n'être plus sur ses pieds. Son jean et sa petite culotte gisaient sur le sol, et elle regardait la tache de sang sur le tissu blanc de la culotte, d'un rouge éclatant à côté du jean et du carrelage d'un bleu terne. Elle n'avait pas envie de bouger. Après quelques instants, elle attrapa pourtant ses tampons, en déballa un et le mit en place. Elle observa le cordonnet bleu entre ses jambes, ses genoux nus et la ligne de leurs os, et éprouva soudain cette curieuse impression, plus sensation que pensée, plus coutumière aux enfants qu'aux adultes, de n'être pas réellement là, dans cette pièce, d'avoir été expulsée de sa propre tête, l'impression que tout ce qu'elle voyait n'était plus ce que c'était mais une sorte d'imposture inanimée. Elle changea de position pour se débarrasser de cette sensation, et puis elle enfila une petite culotte et un jean propres.

Elle ouvrit lentement la porte au fond du café. Elle espérait observer Edouard Shapiro au comptoir, mais il était parti. Au lieu de le voir, elle aperçut Martin à quelques pas d'elle, debout à côté du box des Bodler, et à cet instant précis il tendait à Frank la Crasse deux billets de vingt dollars. Une demi-minute plus tard, elle n'aurait rien vu de cette transaction. Frank prit l'argent et le fourra dans la poche graisseuse de sa chemise. Ensuite il donna le sac à Martin. Ce fut la façon dont Martin s'en saisit qui fit sursauter Lily. Il tendit les mains, les doigts tremblants d'impatience, et roula si fort des yeux vers le haut que pendant un instant ses pupilles disparurent, seul le blanc demeurait visible. Il écarta les lèvres, et elle l'entendit pousser un soupir. Lily ne savait pas ce qu'elle voyait, mais ce qui se trouvait dans ce sac en papier froissé, quoi que ce fût, avait affecté Martin au point qu'elle se sentit gênée. Elle souffrait pour lui, de sa bizarrerie, de son ignorance des usages, de cette horrible expression bien trop intime pour un café. Elle poussa la porte et, dans sa hâte à passer près de lui, elle lui effleura le coude sans le faire exprès. Zut, se dit-elle en constatant que Shapiro avait bel et bien disparu. Elle sentit qu'on lui touchait l'épaule, se retourna et vit Martin qui la regardait. En bégayant, il dit son nom et ajouta :

— Je laisse quelque chose pour toi sur la table.

Elle jeta un coup d'œil au sac que Martin tenait de la main gauche.

— Un cadeau pour moi ?

Elle savait très bien que ce n'était pas ça. Sa question était provoquée par l'irritation qu'il lui inspirait, et elle eut conscience de l'acidité de sa voix. Il secoua la tête, et Lily se détourna pour ne plus voir son visage.

Elle rejoignit Berthe.

— Alors, il est comment ? demanda-t-elle.

Berthe releva la tête. De qui veux-tu parler ? fit-elle en reniflant avec affectation.

— Eh, ça va ! Dis-moi tout.

— Il est arrivé et reparti comme l'éclair, mais pendant la minute qu'il a passée ici, je dirais qu'il avait vraiment de la classe, qu'il était vraiment chouette et qu'il se gobait pas du tout.

— C'est vrai ? Lily se glissa derrière le comptoir et resservit du café à Matt Halvorsen. De quoi vous avez parlé ?

— Il a dit qu'il prendrait un petit pain.

— Profond ! fit Lily.

— J'ai dit : Lequel ? en désignant le panier. Alors il a dit qu'à New York on n'avait pas le choix, et j'ai dit : Eh bien, ici, c'est pas New York, et il a dit que ça il le savait et qu'il prendrait celui sans trou au milieu, on en a plus pour son argent. Il a lampé son café en trois secondes chrono, raflé le petit pain et pris la porte.

Lily serra les lèvres.

— Il a des yeux assez spéciaux, tu ne trouves pas ? Un peu relevés, là. Tu as remarqué ?

Berthe hocha la tête : En amande. C'est pas ordinaire, en tout cas par ici.

— Il n'est pas ordinaire, vous pouvez le dire.

Lily et Berthe tournèrent la tête pour repérer l'indiscrète. Ida Bodine s'approchait, sa tasse de café à la main. Une petite femme, qui tentait de compenser sa courte taille en s'édifiant sur la tête un chignon en pain de sucre.

— Le radar à commérages, chuchota Berthe à Lily.

— Il se passe des choses dans sa chambre. J'ai entendu des bruits.

— Quel genre de bruits ? demanda Lily.

— Ça cogne, ça craque. C'est pas une fois que j'ai dû lui demander d'arrêter son chahut – il fait gueuler de la musique d'opéra à vous péter les tympans. C'est mon boulot de gérante de veiller au calme, la nuit, et avec ce type-là, mon boulot, c'est l'enfer !

Concierge de nuit, tu veux dire, pensa Lily. Ça me paraît pas si grave, remarqua-t-elle à haute voix. Un peu de bruit.

Ida sirotait son café, les yeux fixés sur Lily.

— C'est pas tout. J'ai vu des gens entrer là quand je commence à travailler, à six heures, et ils n'entrent pas par la grande porte, non plus, ils entrent par-derrière, du côté de la rivière, et c'est pas non plus ce que vous appelleriez des gens bien.

— Il me semble qu'un homme a le droit de voir qui il veut, dit Berthe.

Ida lui fit face, inclina la tête et sourit, doucereuse. Tex ? suggéra-t-elle.

Lily regarda Ida, qui avait déposé sa tasse et croisé les bras sur sa poitrine. Ça paraissait peu vraisemblable. Lily évoqua l'image du grand rouquin – un mètre quatre-vingt-quinze, de longs favoris, le nez cassé à force de bagarres et un gros ventre de buveur de bière débordant de son pantalon. Vince lui avait interdit l'accès à l'Idéal quelques années avant que Lily commence à y travailler, et elle le rencontrait rarement, mais Hank connaissait Tex, qui passait de temps en temps la nuit dans l'une des deux cellules de la prison municipale. Le boulot d'été de Hank au central de la police et des pompiers de Webster l'avait familiarisé avec les méfaits du rouquin. À vrai dire, ceux-ci étaient rarement plus graves que des désordres sur la voie publique, mais la fréquence de ces désordres rendait les policiers cinglés. Le dernier exploit de Tex datait du jeudi précédent, quand il avait enfoncé les portes du local des Témoins de Jéhovah au 19, Grand-Rue, et s'était avancé au milieu de la salle en poussant le cri de Tarzan, vêtu en tout et pour tout d'un minislip léopard, d'un chapeau à larges bords et de bottes de cow-boy.

— Je dirais que Tex doit être venu huit ou neuf fois rendre visite à ce Shapiro, et la dernière fois que je l'ai vu, il sortait de la chambre en boutonnant sa chemise.

Ida grimaça de dégoût. Berthe prit un air horrifié.

— Mon Dieu, Ida Bodine, s'écria-t-elle, si ce type-là en est, moi je suis un petit homme vert tombé d'une autre galaxie !

— Je dis ce que j'ai vu, c'est tout, fit Ida, pincée.

— Voyons, Ida, fit Lily, Edouard Shapiro a enseigné à Courtland. Il avait un bon poste, là, et… Ida l'interrompit.

— Sa femme l'a quitté, non ? Ils vont divorcer ! (Elle fit siffler la dernière consonne.) Dites-moi donc, puisqu'il est si comme il faut, grand professeur et tout, qu'est-ce qu'il fout au Stuart ?

Lily lança un coup d'œil à Berthe puis revint à Ida.

— Je crois qu'il peint, dit-elle. La véhémence de son ton dépassait ses intentions. Ida éleva les sourcils.

— Vous savez ce qu'on dit de ses peintures ? On dit que c'est des vues de Webster, et pas ce qu'il y a de mieux à voir. Je crois qu'il a fait le silo à grains, les voies du chemin de fer et le dépotoir, et qu'il les a faits bien laids pour nous montrer à tous quelle bande de péquenots on est.

Lily n'avait vu que le dos des tableaux de Shapiro, mais elle se demanda pourquoi il aurait peint des extérieurs en chambre.

— Et où as-tu pêché cette information ? demanda Berthe.

— Ici et là.

Les yeux d'Ida se réduisaient à des fentes. Lily se pencha vers elle par-dessus le comptoir.

— Et quelle loi lui interdit de peindre ce qu'il veut ?

Ida recula la tête.

— Bon, eh bien, voilà, dit-elle. Si tu prends ça personnellement…

Elle sortit un Kleenex de son sac et s'en tamponna les deux coins de la bouche. C'était un geste d'une féminité absurde, extravagante, et Lily eut envie de rire. Ida abaissa le mouchoir et le serra à deux mains.

— Ce que j'aimerais savoir, Lily Dahl, c'est ce qu'il est pour toi, ce juif new-yorkais ?

Lily fixa Ida d'un air furibond mais ne répondit pas. Berthe lui lança un coup d'œil embarrassé. Ida froissa le mouchoir dans un poing, ramassa sa tasse de café et retourna vers son siège.

— Sac à vent, grommela Berthe.

— Il est juif, dit Lily, constatant le fait à voix haute.

— Shapiro, dit Berthe. C'est un nom juif.

— Ah, dit Lily. Elle se sentit rougir et se demanda pourquoi Berthe savait ces choses-là et pas elle. Elle regarda l'horloge. Presque sept heures. Bientôt ce serait de nouveau l'affluence, quand les commerçants du centre-ville viendraient manger un morceau avant d'ouvrir leurs boutiques. Lily parcourut la salle du regard. Elle n'avait pas vu partir les Bodler. Mon Dieu, Berthe, tu as nettoyé le box des crado !

— À charge de revanche. Berthe ramassa une pile d'assiettes, puis désigna la porte d'un signe de tête.

Hank Farmer entra et sourit à Lily. Il avait le visage un peu enflé, mais une nuit entière au poste de police n'avantageait personne. Il posa un baiser rapide sur la joue de Lily et puis, au lieu de se redresser, il garda la tête au niveau de la sienne pour lui dire : Je rentre dormir à la maison, mais j'aimerais bien te voir, après. D'accord ?

Lily considéra son beau visage. Il était si proche qu'elle distinguait des traces légères d'acné adolescente. Une mèche de cheveux blond cendré lui retombait sur le front. Sans lui répondre, elle regarda, au-delà de sa joue, le box vide de Martin, et étudia les lettres inversées de l'enseigne lumineuse dans la fenêtre. Elle s'inclina légèrement en arrière. Téléphone, dit-elle. Je me sens un peu à plat. Mes règles.

Hank hocha la tête et l'embrassa encore. Elle le suivit des yeux tandis qu'il sortait et traversait la rue. Il avait belle allure, et elle songea qu'il gagnait à être vu de loin. Elle regardait fixement par la fenêtre et jouait avec son carnet, dans la poche de son tablier.

Berthe s'adressa à son dos :

— Je sais que tu es en train de soupeser l'intérêt de tes amours à gauche et à droite, Lily, mais tu ferais bien de te remettre au boulot.

Sans se retourner, Lily tortilla les hanches à l'intention de Berthe et s'exclama :

— Il est sept heures ! Je vais mettre un disque avant que tu-sais-qui s'amène. Elle jeta un coup d'œil au juke-box par-dessus l'épaule et vit Boomer Wee sortir de la cuisine.

— Coupe-lui la route ! cria Berthe en lançant un bras vers Boomer.

Lily se précipita vers le juke-box mais Boomer était trop rapide pour elle, et quand elle l'atteignit il était déjà penché sur la sélection. Son T-shirt lui remontait dans le dos, exposant sa peau blanche et ses vertèbres saillantes.

— Je te défends de mettre ce disque. Retourne à ta vaisselle, fit-elle d'une voix sifflante, en s'efforçant d'écarter Boomer de l'appareil. Tu veux ma mort, avec cette chanson !

Mais Boomer tenait bon, et elle entendit dégringoler la pièce de vingt-cinq cents, cliqueter la machine et puis Elvis qui commençait à chanter *Blue Suede Shoes*.

— Sale petite bête, dit-elle à Boomer qui repartait vers la cuisine avec un sourire innocent. Moi aussi j'aimais cet air-là, avant de l'avoir entendu six mille quatre cent cinquante-huit fois, songea-t-elle en se dirigeant vers le box de Martin pour le débarrasser.

L'assiette, les couverts et la tasse avaient été empilés et repoussés sur le côté de la table. Au milieu, bien en vue, se trouvait une serviette blanche et dessus, en grandes lettres cursives, s'étalait le mot "bouche". C'était tout. Bouche ? pensa Lily. Un mince rayon de soleil se faufila par un trou entre les nuages et vint éclairer la table en oblique. Lily saisit la serviette et la contempla. Était-ce cela dont il avait parlé, ce qu'il avait laissé pour elle sur la table ? Bizarre. L'encre avait coulé dans le papier mou. Lily secoua la tête et puis, sans savoir pourquoi, regarda autour d'elle si quelqu'un l'avait vue en train de lire la serviette. Personne ne manifestait le moindre intérêt. Lily serra les mains, froissa le papier et, d'un geste rapide, l'enfonça dans la poche arrière de son jean. Ensuite elle ramassa la vaisselle empilée et se dirigea vers la cuisine.

Elle demanda à Hank de ne pas venir la voir. En entendant sa voix déçue, elle se sentit un peu coupable, mais *Certains l'aiment chaud* passait à la télévision ce soir-là, et elle préférait être seule pour regarder Marilyn. Hank avait taquiné Lily au sujet de Marilyn, il lui avait dit qu'elle en avait la tête tournée, et un jour où Lily tentait de définir ses sentiments envers la star, Hank avait souri d'un air goguenard pendant toute son explication. Après cela, elle avait renoncé à parler de Marilyn à Hank, ou à qui que ce fût. Ça avait commencé avec *Bus Stop*. Lily vivait encore chez ses parents, à cette époque. C'était avant le cancer et l'opération de son père, avant que sa mère et lui n'aillent s'installer en Floride pour échapper aux hivers, et elle avait veillé pour regarder le film jusqu'à deux heures du matin. La veste, dans la dernière scène, avait tout déclenché. Le cow-boy avait enlevé sa veste pour la poser sur les épaules de Marilyn et, quand elle s'y était blottie, tout le haut de son corps avait frémi, comme si elle avait reçu des baisers sur les joues, le cou, les épaules, et en voyant son visage sur l'écran, Lily s'était sentie témoin d'un dangereux bonheur, si fort qu'il en était presque douloureux. Cette scène lui avait donné envie, plus que tout au monde, de devenir actrice, et le lendemain matin elle avait annoncé ce désir à ses parents. Ils n'avaient guère réagi. Sa mère lui avait dit d'une voix douce que faire du théâtre au lycée ou dans un vrai théâtre, c'était une autre paire de manches, et son père avait rappelé qu'un diplôme universitaire préparait à n'importe quoi. Mais Marilyn avait modifié l'idée que se faisait Lily du métier d'acteur, elle avait commencé à se demander si ce n'était pas un moyen de se trouver très près du cœur des choses, si jouer la comédie ne vous rapprochait pas de la vie plutôt que de vous en éloigner.

Après *Bus Stop*, Lily avait retrouvé Marilyn partout : dans les magazines, les journaux du dimanche et les illustrés, sur des T-shirts et sur des autocollants, sur des affiches et sur des drapeaux. Elle voyait des statuettes de l'actrice en céramique, en métal ou en caoutchouc, et remarquait son visage ou sa silhouette décorant des cendriers, des tasses, des crayons et des pendules. Mais pour Lily ces effigies n'étaient que de grossières approximations de la personne aperçue à l'écran, des versions vulgaires d'une chose intime, presque sacrée, et elle s'en détournait. Elle avait son poster, choisi avec soin dans une boutique de Minneapolis, de préférence à la fameuse photo de *Sept ans de réflexion*, où on voit Marilyn debout sur la bouche d'aération, avec sa jupe qui vole autour d'elle. Elle avait aussi acheté une biographie et s'y était plongée avec passion, espérant découvrir parmi les détails de la vie de Norma Jean le secret entrevu dans le film, mais après une centaine de pages elle s'était rendu compte qu'il ne s'y trouvait pas et avait abandonné sa lecture. Ce soir-là, sur son lit, en regardant *Certains l'aiment chaud*, Lily rit tout haut des deux hommes déguisés en femmes et écouta la voix de Marilyn, ses rythmes et son souffle haletants, et vers la fin elle observa la robe que portait Marilyn. Elle semblait faire partie de son corps, se dit-elle, c'était à peine un vêtement, une robe de scène enchantée que Lily s'imagina porter, pas à Webster, bien sûr, mais dans une ville lointaine telle que Los Angeles, New York ou Paris, où des femmes se glissaient dans les clubs et les bars, vêtues de presque rien.

Quand le film fut terminé, Lily chercha en vain le sommeil. Les fenêtres d'Edouard Shapiro n'étaient pas éclairées, et elle se demanda où il était. À travers la cloison, elle entendit Mabel se moucher et se remettre à taper à la machine. Il y avait un numéro de *Glamour* sur la table de nuit. Elle le prit et le feuilleta, contempla les vêtements qu'elle ne pouvait s'offrir, s'arrêta sur un titre : “Qu'est-ce qu'un homme aime chez une femme ?” C'était un questionnaire. Lily rejeta la revue et se mit à réciter son rôle en chuchotant : “Lysandre aussi.” Elle ferma les yeux. “Je voudrais que mon père regarde avec mes yeux.” Elle se tut un instant. “Je supplie Votre Grâce de me pardonner. Je ne sais quelle puissance me rend téméraire.” Une légère brise pénétrait par sa fenêtre ouverte, et l'air frais aggravait sa nervosité. Je pourrais aller prendre une bière chez Rick, se dit-elle. Alors elle pensa à Hank, se sentit troublée et, pour se rassurer, glissa une main sous son jean et la posa sur son sexe et puis, tout habillée, elle s'endormit.

Au milieu de la nuit, elle s'éveilla, il lui semblait entendre des voix chanter au loin. Elle se rendormit. À neuf heures, elle entendit les cloches de l'église Saint-Jean et ouvrit les yeux. Elle sortait d'un rêve auquel se mêlaient les cloches dominicales, et dont elle avait tout oublié, sinon qu'il était déplaisant parce que les sonneries répétées la dérangeaient. Elle pouvait presque entendre le murmure uniforme des fidèles, ce ton creux et halluciné des gens qui s'adressent à l'invisible, interrompu çà et là par une toux ou les pleurs d'un bébé. Tandis qu'elle émergeait de la fange du rêve, elle vit en pensée le visage du pasteur Carlsen, avec son éternelle expression de sincérité – un mélange confus de pitié et de remords. Ce visage l'avait toujours irritée, non qu'elle le crût hypocrite, mais parce qu'elle savait que cette sincérité était réelle.

À aucun moment Lily n'avait décidé consciemment de prendre le chemin qui passait près de chez les Bodler, mais elle se retrouva en train de pédaler dans cette direction sur sa bicyclette, en rêvant à la voiture qu'elle aurait pu s'acheter avec l'argent qu'elle avait en banque si elle n'avait pas dû le garder pour l'université. Les économies destinées à payer les études de Lily avaient été absorbées par les dépenses médicales de son père, et quand Vince lui avait proposé ce travail à l'Idéal-Café et la chambre au-dessus, elle avait accepté sans se plaindre. Lily s'était dit qu'elle avait besoin, de toute façon, d'un délai de réflexion. Elle avait besoin de faire des projets. Hank avait des projets pour lui-même et pour elle, mais chaque fois qu'elle se représentait la maison imaginaire à Minneapolis, les enfants imaginaires et Hank Farmer pour toujours, une part d'elle-même s'insurgeait. Elle avait réussi jusque-là à économiser sur son salaire trois mille quatre cent soixante-seize dollars et trente-deux cents, et cet argent lui promettait une vie après Webster. À regarder peindre Edouard Shapiro, elle s'était mise à rêver de New York, une ville qu'elle n'avait vue que sur des cartes postales ou au cinéma. Avant qu'il ne s'installe à l'hôtel Stuart, les fantasmes de Lily l'avaient surtout emmenée vers Hollywood et la Californie, mais à force d'observer l'homme derrière sa fenêtre, elle s'était tournée vers l'est et elle se voyait désormais marcher dans des rues encombrées au pied d'immeubles vertigineux, en route vers une audition, un scénario roulé sous le bras. Elle pédala plus fort, face au vent, et parcourut des yeux les champs vastes et plats où le maïs en herbe commençait à se dresser. Le ciel s'était dégagé depuis la veille, et elle sentait sur son visage la chaleur du soleil. Quand elle arriva au bout de l'allée qui menait chez les Bodler, elle s'arrêta, descendit de sa bicyclette et considéra l'ancienne ferme transformée en dépôt de vieilleries.

La ferme Bodler était une telle offense pour l'œil que c'en était presque somptueux, un spectacle devant lequel les gens sifflaient, incrédules, si la stupéfaction ne les réduisait pas au silence. Des montagnes de débris s'étaient accumulées dans la cour, de grands tas de ferraille si hauts qu'ils cachaient la maison, le garage et la grange écroulée. Ces tours multicolores où s'empilaient pièces de vélos ou de voitures, vieux appareils, câbles, tuyaux, bois de charpente et innombrables objets pourrissants ne manquaient jamais d'impressionner Lily. Elle se rappelait avoir cherché des jouets dans ces tas quand elle venait là, enfant, avec son père. Elle se rappelait avec quel mélange d'excitation et de malaise elle fouillait dans ce bric-à-brac. C'était avant d'avoir entendu raconter l'histoire d'Helen Bodler, mais elle savait déjà que cette vieille ferme, avec ces deux bonshommes dégoûtants, était un endroit peu ordinaire. Elle n'était jamais entrée dans la maison. Son père y entrait en général pour parler à Frank, mais il lui avait toujours demandé de l'attendre sur le perron, comme s'il préférait qu'elle ne voie pas ce qu'il y avait à l'intérieur. Un jour où son père l'avait laissée seule dans la cour, elle avait fait le tour de la maison et collé sa figure à la vitre d'une fenêtre. Elle avait vu des piles floues d'objets et de meubles, et puis tout à coup elle avait vu surgir un visage – un visage énorme, vaguement humain, avec une grande bouche béante et une langue qui frétillait comme celle d'un serpent, et Lily s'était enfuie de la fenêtre, le souffle court. Elle n'en avait rien dit à son père. Elle n'en avait parlé à personne, et il lui avait fallu plusieurs années pour se rendre compte qu'elle avait dû prendre Dick Bodler pour un monstre.

Le vieux camion vert des jumeaux n'était pas garé dans l'allée, et il n'y avait pas un fouineur en vue. Lily écouta le crissement de ses semelles sur la terre et les cailloux du chemin, et releva soudain la tête en entendant un craquement au-dessus d'elle. Un bout de toile détachée d'une voiture d'enfant claquait dans le vent, et elle l'entendit de nouveau. À part cela, l'endroit était calme. Des oiseaux pépiaient, l'herbe bruissait, des voitures passaient au loin. Arrivée devant le garage, elle s'arrêta et jeta un coup d'œil par la porte ouverte. Le soleil découpait un rectangle clair sur le sol de terre battue, mais au-delà l'intérieur paraissait presque noir. Elle devinait un chaos de caisses, de vieux outils et d'équipements agricoles et respirait un parfum de moisissure et de terre froide et humide, deux odeurs qu'elle aimait. Lily n'avait pas l'intention d'entrer. Le soleil et le grand air l'avaient engourdie. Mais elle aperçut, posée sur un cageot, une valise dont le soleil éclairait un des coins. Elle s'en approcha. Animée d'une vague curiosité, elle toucha la surface de cuir craquelé, puis tira sur la poignée. La valise semblait pleine, et son poids inattendu l'attira. Elle la traîna vers la lumière, hésita une seconde et puis l'ouvrit. Elle n'était pas remplie d'objets hétéroclites, ainsi que Lily s'y attendait, mais de vêtements rangés avec soin, comme si quelqu'un avait préparé un voyage, y avait renoncé et puis avait complètement oublié son bagage. Les vêtements qu'elle contenait avaient appartenu à une femme. Ils étaient tous de la même petite taille et, qui qu'elle fût, cette femme ne les avait plus portés depuis longtemps. Lily n'aurait pu les dater exactement mais, en examinant une longue robe informe, elle supposa qu'elle devait avoir été à la mode dans les années vingt ou trente. Lily s'assit sur le sol de terre et déplia une camisole élimée, avec une tache brunâtre. Bien qu'elle eût conscience que c'était puéril, elle prit en pitié le vêtement taché, comme elle aurait eu pitié d'un enfant malheureux ou d'un animal gémissant. Elle le replia, le replaça dans la valise et remarqua alors sous le couvercle une poche de tissu gonflée par quelque chose. Elle glissa la main à l'intérieur et en retira une paire de souliers blancs. Ils avaient mieux résisté que les vêtements. À peine éraflés, ils avaient l'air d'avoir été réservés par leur propriétaire à l'église et au bal. Lily pensa qu'ils lui iraient. Sa mère lui avait toujours dit qu'elle avait une pointure de Cendrillon : un petit trente-cinq. Elle ôta ses tennis, glissa un pied nu dans un soulier, puis l'autre. Les souliers n'avaient pas de languettes, rien que des lacets. Elle les noua rapidement et, jambes étendues, examina ses pieds dans les chaussures démodées. Elle admira la courbure des talons bottier et la douceur du cuir. Ils lui allaient bien. En réalité, ils la serraient un peu, mais leur pression sur ses pieds lui plaisait, c'était une sensation presque érotique de tension et de chaleur.

Tandis que Lily, assise par terre dans le garage, regardait ses pieds dans les souliers d'une autre et appréciait cette agréable compression de ses orteils, elle crut entendre des pas au-dehors, et puis un souffle. Elle cessa de respirer pour mieux écouter. Une voiture au pot d'échappement cassé passa sur la route à grand bruit, et son grondement s'estompa en s'éloignant. Y avait-il quelqu'un dehors, dans l'herbe ? Entendait-elle à nouveau des pas ? Lily secoua la tête. Non, se dit-elle. Elle se pencha en avant pour dénouer les souliers, et quand ses doigts touchèrent les lacets l'idée la frappa que c'étaient les souliers d'Helen Bodler, qu'elle avait fait sa valise tant d'années auparavant avec l'intention de fuir son mari. En frissonnant d'excitation, Lily ôta les souliers et, au même instant, décida de les prendre. Après avoir refermé la valise et l'avoir remise à sa place, elle trouva un vieux sac en papier, le vida des clous qu'il contenait et y laissa tomber les souliers. Ensuite elle fouilla ses poches et en sortit deux billets d'un dollar, une pièce de vingt-cinq cents et une de dix. Je vais laisser ça en paiement, décida-t-elle.

La lourde porte intérieure de la maison était ouverte. À travers la moustiquaire, Lily regarda dans la cuisine. Elle entendit des mouches, un bourdonnement bas et inégal, et vit, tout près dans la pièce obscure, de longs rouleaux de papier à mouches pendus au plafond, noirs d'insectes incrustés. Il venait de là-dedans une forte odeur de moisi, et en regardant le plancher elle eut l'impression que du liquide suintait entre les carreaux de linoléum fendillé. C'est seulement mouillé, pensa-t-elle, c'est la pluie d'hier. La maison doit fuir comme une passoire. À un mètre d'elle environ, Lily apercevait une table. Entrer, poser l'argent dessus et ressortir ne prendraient que quelques secondes. Lily hésitait pourtant. Elle écouta. La maison était silencieuse. Ses yeux s'étaient habitués à la pénombre trouble, et elle distinguait un fusil appuyé contre le mur. Je vais compter jusqu'à quinze, se dit-elle, et puis courir. Cette méthode ne la décevait jamais, parce que Lily ne trichait jamais avec elle-même. Le nombre changeait en fonction de l'importance du défi, mais cela marchait toujours. Grâce à ce compte silencieux, elle avait, à huit ans, mangé un ver de terre à la suite d'un pari pendant une récréation à l'école Longfellow, à treize ans, au mois de mai, sauté de la falaise dans l'eau glacée de la carrière, et obtenu son plus grand triomphe, il n'y avait que quatre ans de cela, la nuit où elle s'était couchée sur les rails du chemin de fer devant un train qui arrivait, et ne s'était relevée que quelques secondes avant qu'il ne lui roule dessus. Berthe avait été furieuse, mais les garçons lui avaient tous serré la main et donné des claques dans le dos. Le compte l'aidait aussi lors d'épreuves plus terre à terre : comme sortir de son lit à quatre heures du matin pour aller travailler. Elle compta, poussa la moustiquaire, fit un pas, entendit une voiture dans l'allée, tourna la tête et glissa. Elle tomba en travers du seuil, le bras gauche étalé dans une flaque gluante et froide. Ses pièces de monnaie roulèrent sur le sol de la cuisine, et elle s'assit aussi vite qu'elle pouvait pour regarder qui arrivait. Elle vit avec soulagement que ce n'était pas le camion des jumeaux, mais une vieille Chevrolet au pare-chocs brinquebalant. Le sol avait laissé sur son bras un film jaunâtre mêlé de terre qu'elle essuya avec le bas de son T-shirt. Ensuite, tenant derrière elle le sac avec les souliers, elle descendit du perron et s'immobilisa un instant. Elle vit un billet d'un dollar voleter sur l'herbe dans le vent. Je dois l'avoir laissé tomber sur les marches quand j'ai glissé, se dit-elle. Il s'envola plus loin. Lily le laissa partir et se mit à inventer une histoire pour la personne qui conduisait la voiture, au cas où cette personne voudrait savoir ce qu'elle faisait étalée sur le seuil des Bodler. Elle expliquerait qu'elle était tombée alors qu'elle laissait de l'argent pour un achat. C'était vrai, bien sûr, et en même temps ce ne l'était pas.

La Chevrolet s'arrêta et Lily regarda une femme obèse s'extraire lentement de la voiture. Donne la moitié de celui-là à ton frère, Arnie, ou je te gifle, cria-t-elle en direction du siège arrière. Ses cheveux oxygénés paraissaient blancs. Lily ne pouvait détourner les yeux de son ventre et de ses cuisses énormes dans un bermuda en jersey. La femme fit trois pas pesants et souffla. Quand Lily passa à côté d'elle, elle fit : Salut, d'une voix sans timbre, et Lily répondit : Salut. Un coup d'œil dans la voiture lui permit d'apercevoir deux garçons blonds quasi identiques, assis sur la banquette arrière. L'un des deux était manifestement plus âgé que l'autre, mais les deux visages hâlés étaient barbouillés de larmes, de morve et de chocolat. Lily contourna la voiture, entendit la portière qui grinçait et la femme qui disait : La paix, mes poussins. Venez faire la bise à maman. Lily se retourna, le temps de voir les gamins descendre de la voiture et se jeter dans l'ample giron de la femme à présent accroupie. Quand elle les entoura de ses bras, Lily repartit en courant vers la route et sa bicyclette.

La chambre de Mabel sentait la poussière, le parfum et les vieux livres. Elle en possédait des centaines, qui encombraient l'appartement, débordaient des étagères alignées le long des murs du salon et de la chambre, et jusque dans la salle de bains. Lily reconnut cette odeur quand Mabel lui ouvrit sa porte le lundi après-midi. Rassise et desséchée, pensa-t-elle, comme des insectes morts. Mabel parlait, mais Lily ne l'écoutait pas. Le salon de Mabel l'avait toujours mise un peu mal à l'aise. Il y avait deux choses qui n'y paraissaient pas à leur place. L'une était une pauvre table en bois blanc dont Mabel n'ôtait jamais la poussière. Elle époussetait les autres meubles, mais ne touchait pas à cette table branlante couverte de vieilles clefs. Et puis il y avait un nid d'oiseau, qui ne ressemblait guère qu'à un petit paquet de débris. Si Mabel ne lui avait pas dit que c'était un nid, Lily ne s'en serait pas doutée. Le reste du mobilier de Mabel était garni de coussins de soie et de velours, et de tapisseries. Le plancher était recouvert d'un superbe tapis d'orient bleu et rouge – vestige de sa grande maison d'Orchard Street. Lily se rappelait Mabel lui expliquant qu'elle n'avait gardé que les objets qui avaient “une signification personnelle”, quelle que fût leur valeur, et que son appartement était un “entrepôt du souvenir”. Une seule fois, Lily avait trouvé le courage de l’interroger à propos de la table poussiéreuse, et c’était alors qu’elle avait découvert que Mabel pouvait répondre à une question sans y répondre. Pendant cinq ou peut-être dix minutes, elle avait discouru à propos de Cicéron et d’un autre bonhomme dont Lily avait oublié le nom et quand elle s’était tue, Lily n’en savait pas plus qu’au moment où elle avait posé sa question.

— Lily, chantonna Mabel.

Lily la regarda.

— Vous êtes perdue dans vos pensées.

— Excusez-moi.

Mabel frotta la manche de sa tunique noire. Chère, pensa Lily. Elle a dû l’acheter dans une de ces boutiques de Minneapolis où on vous toise de haut en bas avant de vous laisser entrer. Je me demande d’où lui vient son argent. Les profs n’en gagnent pas tellement.

Mabel offrit à Lily une tasse de thé, soulevant la théière d’une main tremblante. Elle semblait avoir toujours froid. Il faisait pourtant chaud dans la pièce, et Lily s’était habituée aux tremblements et aux frissons de Mabel, à ses mains toujours en mouvement. Elle n’était pas malade. Elle était nerveuse, si tendue que Lily n’aurait été qu’à moitié étonnée d’entendre chanter son corps tel un fil étiré. Lily saisit la tasse translucide et en imagina les bords minces brisés dans sa main.

Mabel avait sur les genoux un exemplaire du *Songe d’une nuit d’été*, qu’elle tapotait du bout des doigts. Elle se pencha en avant, regarda fixement Lily et dit soudain :

— J'ai toujours aimé l'idée des enfants-fées.

Lily ne sut que répondre. Ce n'était pas une question, elle demanda donc :

— Pourquoi ?

— Parce que plus j'avance en âge, plus il me paraît certain qu'on ne peut pas savoir qui est qui ni ce qui est quoi.

Lily observait la couche de poudre pâle qui recouvrait le visage de Mabel. Elle s'arrêtait au menton.

— On ne va jamais au fond des choses. Jamais.

Lily ne demanda plus pourquoi, bien qu'elle ne fût pas sûre d'être d'accord. Dans le *Songe*, l'enfant volé n'a pas de double féerique. Elle tourna la tête vers les étagères chargées de livres et remarqua un petit dessin dressé entre deux des volumes. Japonais, pensa-t-elle. En le regardant de plus près, elle vit avec un léger choc qu'il représentait un homme dont le pénis disparaissait à moitié dans une femme. Le pénis dessiné avec minutie était d'une grandeur anormale, ainsi que le sexe de la femme. Lily détourna les yeux. Comment Mabel pouvait-elle avoir chez elle une chose pareille, exposée à tous les regards ? Une vieille dame comme elle ? Lily contempla ses genoux. La scène évoquait pour elle un rêve érotique déformé, et son image lui demeurait devant les yeux : la femme allongée sur le côté, jambes écartées, la tête rejetée en arrière, l'homme penché sur elle, leurs longs kimonos dénoués révélant leurs corps. Malgré elle, Lily se sentait troublée par les amants japonais, et elle serra les cuisses sur son siège.

— Je vous donnerai la réplique, disait Mabel.

Lily releva la tête.

— D'accord, dit-elle.

La fenêtre éclairait Mabel par-derrière, illuminant autour de sa tête des mèches de cheveux blancs. Elle se déplaça, et l'auréole disparut.

— Quel âge avez-vous, Mabel ? Lily s'efforçait de parler d'une voix calme et polie. Mabel rit.

— Passé l'âge d'être coquette. Soixante-dix-huit. J'aurai soixante-dix-neuf ans en février. Elle se lissa les cheveux. Cinquante-neuf ans nous séparent. Elle ne calculait pas. Elle avait le chiffre en tête.

Lily glissa un coup d'œil au dessin.

— Vous ne faites pas votre âge, vous savez.

Mabel se leva.

— Eh bien, mon dedans n'a jamais suivi mon dehors. Elle respira profondément. Maintenant, levez-vous. Votre voix est importante, mais votre corps l'est aussi. Il faut que nous trouvions la position d'Hermia, sa démarche, son expression physique.

Elles travaillèrent ensemble cet après-midi-là pendant deux heures presque sans arrêt, mais il ne fallut à Lily que quelques minutes pour sentir qu'Hermia ne serait plus jamais la même. Ce n'était pas seulement parce que Mabel connaissait bien la pièce et pouvait en citer par cœur de longs passages, ni parce qu'elle pouvait expliquer des mots et des expressions dont Lily n'avait jamais compris le sens, mais parce que la voix de Mabel devenait différente quand elle disait les répliques d'Hermia. Elle ne devenait pas vraiment jeune, mais ce n'était plus non plus sa voix de vieille femme et Lily avait presque l'impression d'une troisième présence dans la chambre. À un moment donné, elle arrêta Mabel pour lui demander : Avez-vous fait du théâtre ? et Mabel répondit : Toute ma vie. Et puis, sans laisser à Lily le temps de lui poser d'autres questions, elle poursuivit :

— Rappelez-vous ceci : Hermia n'est ni plus ni moins que les mots sur la page. Les dire, c'est être elle. C'est aussi simple que ça. La qualité de votre jeu dépend, néanmoins, de votre capacité à donner corps au langage. Et ça – Mabel pointa l'index vers Lily –, c'est spirituel.

Jusqu'alors, le texte d'Hermia avait paru à Lily aussi lointain qu'une chanson en langue étrangère, qu'elle pouvait mémoriser mais pas comprendre. Mais cet après-midi-là elle découvrit qu'en observant bien Mabel, en adoptant son ton et ses poses, elle sentait mieux les phrases qu'elle prononçait. À vrai dire, il lui semblait que l'émotion provenait de la voix et des gestes de Mabel plutôt que de l'intérieur d'elle-même, et elle en éprouvait un léger malaise. Mabel lui aboyait des ordres, la corrigeait, la gourmandait et puis, tout à coup, Lily s'aperçut qu'elle pensait ce qu'elle disait. Elle le pensait aussi profondément que n'importe laquelle de ses propres pensées. C'était comme si la vieille femme lui avait jeté un sort, un charme donnant compréhension et foi. Deux ou trois fois, elle éclata de rire sans raison et dut recommencer une scène. Et une fois, après que Lily avait lancé à Mabel-Helena une réplique particulièrement enflammée, la vieille femme la serra dans ses bras et Lily l'étreignit en retour. Elles ne s'étaient jamais embrassées. Sous l'étoffe noire de la tunique de Mabel, Lily sentit l'ossature menue. Elle est maigre comme un clou, songea-t-elle, la peau sur les os.

Le soir, à la répétition, Mrs. Wright dit à Lily qu'elle avait accompli "un pas énorme".

En rentrant chez elle à bicyclette du Cercle des arts, Lily voyait la lune dans le ciel crépusculaire. Des nuages légers comme de la fumée passaient devant sa face blanche, sous laquelle elle apercevait la silhouette du silo à grains dominant les maisons basses de la ville. Son vélo tressauta sur les rails du chemin de fer et puis, en passant le pont, elle respira l'odeur de la rivière : poisson, rouille et algues. Elle tourna dans Division Street, leva les yeux vers la fenêtre d'Edouard Shapiro et constata qu'elle était éclairée ; une bouffée d'espoir l'envahit.

Dans sa chambre, Lily gagna sa fenêtre sans allumer la lumière. Edouard Shapiro était en train de téléphoner. Assis sur une chaise, les jambes écartées, il agitait le genou droit tout en parlant. Et puis il se leva et se mit à marcher de long en large avec le combiné calé entre son épaule levée et son menton. La plupart des autres fenêtres de l'hôtel étaient sombres ou occultées. Au rez-de-chaussée, une télévision clignotait sous un store à demi baissé et on distinguait à travers la porte vitrée la lumière du vestibule. Ida, qui devait se trouver derrière le comptoir, était invisible. Lily regarda Shapiro et le vit contempler le combiné pendant un moment avant de raccrocher d'un air incrédule ou résigné – elle ne savait lequel. Alors elle pensa à Hank et débrancha son téléphone. En se retournant, elle aperçut le sac en papier sur le plancher, le ramassa et en sortit les souliers. En voyant entre ses mains ces deux formes pâles, elle se demanda pourquoi elle les avait prises. Dans le garage, elle avait cru que ces souliers avaient appartenu à Helen Bodler. Chez elle, cette idée lui paraissait saugrenue. Quel besoin avait-elle des souliers d'une morte, quel désir assez fort pour les voler ? Elle n'avait pas laissé l'argent, c'était donc un vol, n'est-ce pas ? Je suis une voleuse, prononça-t-elle à voix haute. Ensuite elle ôta ses tennis et enfila les souliers.

Debout, elle constata qu'ils lui faisaient mal. Je suis mauvaise, pensa-t-elle, et à cet instant précis elle sut ce qu'elle allait faire. Elle alluma toutes les lampes de son appartement et ouvrit sa fenêtre avec une telle violence qu'elle vit Edouard Shapiro tourner la tête vers elle. Bien, se dit-elle. Il s'approcha de sa fenêtre et se pencha au-dehors. À côté, Mabel tapait à la machine avec ardeur. Lily entendit qu'elle s'arrêtait, puis recommençait à faire cliqueter les touches. Lily alla se mettre devant sa fenêtre, face à Shapiro. Elle saisit le ruban qui maintenait sa queue de cheval, le dénoua et secoua la tête pour faire retomber ses cheveux dans son dos. Sans quitter l'homme des yeux, bien qu'il eût le visage caché dans l'ombre, elle déboutonna lentement sa blouse. Elle la jeta par terre, caressa du bout des doigts son épaule nue et se mordit la lèvre inférieure en la faisant rouler vers l'intérieur. Ceci est merveilleux, se dit-elle, et elle déboutonna son short en jean. Elle se tourna de côté en se déhanchant pour s'extraire du pantalon moulant. Elle sentit le tissu raide glisser le long de ses fesses et cette sensation, jointe à la certitude que Shapiro la regardait, la fit se voir comme une autre – une fille intrépide, capable de se lancer tout de go dans un strip-tease et de tortiller du cul aussi bien que les meilleures. Elle devait retenir sa petite culotte pour l'empêcher de glisser avec le short, et elle le fit avec autant de grâce que possible. Ensuite elle lança le short en direction de sa blouse, redressa la tête et sourit. Elle espérait qu'il pouvait voir son sourire. Elle ne distinguait plus de Shapiro que sa silhouette, la forme de sa tête et de ses épaules dans la fenêtre. Elle dégrafa son soutien-gorge. Elle se félicita d'avoir mis celui qui se fermait devant, ce qui lui épargnait des contorsions. Elle le laissa retomber sur ses bras et puis croisa les mains sur ses seins et roula des épaules. C'étaient des gestes empruntés, mais cela faisait partie du plaisir. Elle pensa un instant à Marilyn, prit son soutien-gorge d'une main et le lança à travers la pièce. Il vola plus haut et plus loin que prévu. En retombant, il s'accrocha au bouton d'allumage de la télé et resta là, suspendu à plusieurs centimètres du sol. Lily le regarda. Il était gris. Il faut que j'aille à la laverie, se dit-elle, et elle baissa les yeux vers ses seins, puis ses pieds. Des marques rouges s'étaient formées là où les lacets comprimaient sa peau. Elle se sentit nue. Pendant un instant, elle envisagea de se jeter sur son lit et de s'enrouler dans sa couverture, et puis elle se borna à se cacher de nouveau les seins. Son cœur battait la chamade, et elle prit une longue inspiration avant d'enlever sa culotte. Tu ne peux pas arrêter maintenant. Ça ferait vraiment idiot, tu aurais l'air de te dégonfler. Mais elle se sentit plus dégrisée encore à la vue de son pubis – ce triangle de poils bruns, plus pitoyable qu'érotique. Lily ne toucha pas aux souliers, qui lui serraient pourtant les orteils comme des étaux. Debout devant sa fenêtre, nue à part les souliers, elle regarda Edouard Shapiro, de l'autre côté de la rue. Il quitta sa fenêtre. Pendant un moment, elle contempla fixement le dos de sa toile, la chaise et le téléphone noir, et elle manqua pleurer. Elle contint ses larmes, néanmoins, et après s'être drapée dans le rideau, elle s'assit sur l'appui de la fenêtre. L'air embaumait : le parfum, sans doute, des lilas en fleur devant la bibliothèque, à l'angle de la rue voisine. Leurs derniers jours, pensa-t-elle. Et c'est alors que Lily entendit la musique. Un homme se mit à chanter dans une langue qu'elle ne connaissait pas, et peu après une femme lui répondit. Edouard Shapiro était revenu à sa fenêtre, et Lily le regarda en écoutant l'homme et la femme chanter ensemble. Elle s'adossa au cadre de la fenêtre. La peinture craquelée lui éraflait l'omoplate, et elle ajusta le rideau afin de se protéger. C'était un duo d'opéra, elle n'en savait pas plus. Et ça lui paraissait beaucoup plus simple que l'idée qu'elle se faisait de ce genre de musique. Elle pensa qu'elle n'avait jamais rien entendu d'aussi joli et souhaita que ça n'ait pas de fin, car elle comprenait que de cette manière il lui répondait sans lui répondre, et elle n'avait plus envie de pleurer. En écoutant ces deux voix, elle imagina que la véritable aventure de sa vie commençait, qu'après cela n'importe quoi pouvait arriver, absolument n'importe quoi. À la fin du morceau, l'homme quitta sa fenêtre pour arrêter le disque et puis revint pour la deuxième fois. Lily regarda son visage sombre. Ils auraient pu s'interpeller ou se faire signe ; ni l'un ni l'autre ne bougea. Ils restèrent à se dévisager pendant un temps qui paraissait long mais ne l'était peut-être pas. Lily entendit une voiture passer dans la rue, le vent dans les branches des arbres au carrefour, et puis quelqu'un qui courait dans la ruelle longeant l'hôtel Stuart. Elle regarda en direction du bruit, ne vit personne, et puis les pas s'arrêtèrent. Elle se rendit compte que Mabel ne tapait plus à la machine. Lily regarda une dernière fois Edouard Shapiro et puis se dressa sur la pointe des pieds dans les souliers douloureux et ferma lentement les rideaux.

Quand Lily sortit de sa chambre à cinq heures et quart le lendemain matin, habillée et prête au travail, elle entendit s'ouvrir la porte de Mabel, vit celle-ci passer la tête par l'ouverture et l'entendit prononcer d'une voix sonore : *Don Giovanni*.

— Quoi ? chuchota Lily, suggérant de baisser le ton.

— Vous n'avez pas entendu ? Mabel modéra un peu sa voix. Le duo de *Don Giovanni*, à toute force, de l'autre côté de la rue, vers dix heures et demie, onze heures ? Il aurait fallu être sourde pour ne pas l'entendre.

— J'ai entendu, dit Lily. *Don Giovanni*. Elle s'adressa au mur : Je ne savais pas ce que c'était.

— Mozart, dit Mabel.

Lily hocha la tête et se dirigea vers l'escalier.

— Il était planté devant cette fenêtre comme s'il avait été changé en pierre.

Lily résista à la tentation de se retourner vers Mabel.

— Qui ? demanda-t-elle, menteuse.

— Notre voisin d'en face. Shapiro. S'il était possible de mourir debout, je dirais qu'il avait été saisi de *rigor mortis* instantanée.

Lily ne répondit pas.

— À propos, comment s'est passée la répétition ?

Lily s'arrêta dans l'escalier et regarda vers le haut. Mabel se tenait sur le palier. Ses cheveux étaient rassemblés en chignon lâche. Des petites mèches folles lui entouraient la tête.

— Formidable, répondit Lily. Grâce à vous.

Mabel lui sourit. Recommencerons-nous aujourd'hui ou demain ?

— Demain, dit Lily.

— Bon. Mabel se tourna vers sa porte et l'ouvrit, le dos droit comme un *i* et le bras courbé à un angle gracieux. Lily comprit que c'était une sortie destinée à être vue. La porte se referma avec un déclic, et Lily se demanda pourquoi Mabel s'intéressait tellement à elle. La solitude de cette femme était palpable, et ceci expliquait en partie cela. Pas d'enfants, se dit-elle. J'espère que je pourrai en avoir, au moins un, et s'il n'y en a qu'un, j'espère que ce sera une fille. Lily était enfant unique. Non parce que ses parents n'avaient pas voulu en avoir d'autres mais, simplement, c'était ainsi. Devant la porte du café, Lily se remémora le jour où elle était rentrée avec son père de la scierie. Dans la voiture, il lui avait expliqué le climat, comment il se formait au-dessus des Dakotas et arrivait au Minnesota quelques jours plus tard. Elle se souvenait d'avoir passé la porte en appelant sa mère, mais sa mère ne lui avait pas répondu et elle revoyait son père en train de ramasser un billet posé sur la table de la cuisine. Elle se souvenait de l'expression douloureuse de son visage, qu'elle n'aurait pas dû voir. Mrs. Daily avait conduit la mère de Lily à l'hôpital. Le docteur l'avait avertie qu'après trois fausses couches elle ne devrait plus avoir d'enfant. Quand elle était petite, Lily avait souvent pensé à ces enfants jamais nés. Elle leur avait même donné des noms : Reginald, Alexandre et Isabelle. Les noms n'appartenaient à personne qu'elle connût. Elle les avait volés à des romans anglais pour enfants, mais leur réverbération durait encore, tel un signe de ce qui n'avait pu être. Elle se souvenait de sa mère lui expliquant qu'elle ne pouvait plus avoir d'enfants et qu'elle se trouvait bien heureuse d'avoir sa Lily, et puis elle n'en avait plus parlé. J'aurai peut-être deux enfants, se dit-elle, à la réflexion. Elle se demanda pourquoi Mabel n'en avait pas eu. Elle se demanda pourquoi elle s'était installée dans cet appartement de Division Street. Mabel lui avait dit que sa maison d'Orchard Street était devenue trop grande pour elle, mais de tous les endroits possibles, pourquoi ce petit immeuble en brique aux planchers gondolés et à la plomberie douteuse ? Cette femme n'était pas pauvre. Et maintenant elle avait vu Edouard Shapiro immobile à sa fenêtre. Mabel Wasley n'était pas idiote. Elle était vieille, oui, mais de toute évidence son cerveau était plus vif que jamais. Lily avait l'inconfortable impression que Mabel soupçonnait peut-être ce qui s'était passé la nuit précédente. En même temps, à moins de s'être suspendue hors de sa fenêtre, elle ne pouvait en aucune façon avoir vu à l'intérieur de celle de Lily. Évidemment, Mabel connaît le nom de ce foutu opéra, songea-t-elle en poussant la porte.

Tandis qu'elle allait et venait de la cuisine à la salle et de table en table, le souvenir d'elle-même nue devant sa fenêtre remplissait Lily d'embarras. À chaque instant, elle jetait un coup d'œil à l'hôtel Stuart, plutôt minable à la lumière du jour, en se rappelant son apparence à peine quelques heures plus tôt – la fenêtre éclairée, la lumière des réverbères sur les briques sombres –, un tout autre endroit. Il dort à présent, se dit-elle, et elle s'immobilisa. Elle était debout dos au comptoir, une assiette dans la main droite, une tasse de café dans la gauche, quand une vision des épaules et de la tête d'Edouard Shapiro la traversa. Elle frissonna. L'assiette s'inclina et une saucisse roula sur le sol. Lily s'accroupit derrière le comptoir, ramassa la petite viennoise et la remit sur l'assiette. Elle avait bon aspect. Elle posa l'assiette devant Elmer Esterby.

Lily versait du café dans la tasse de Mr. Berman, du Bazar Berman, et pensait toujours à l'homme assoupi de l'autre côté de la rue, quand elle sentit une main sur son épaule. Elle ne se retourna pas pour voir qui c'était avant d'avoir fini de verser. C'était Hank. Il avait les traits lourds et tirés. Lily supposa qu'au lieu de dormir après son tour de garde il était venu droit au café. Il lui parla d'une voix basse et tendue :

— On devait se voir, hier soir, tu te souviens ? Après ta répétition, et avant que j'aille travailler. Je t'ai appelée toute la soirée. Où étais-tu fourrée ?

Elle ne répondit pas. Elle le dévisagea pendant quelques secondes et puis se détourna. Hank la tenait par le bras droit. Il saisit le gauche et serra. Lily savait qu'il voulait son attention, qu'il voulait qu'elle le regarde, qu'elle exprime des regrets, mais elle n'en éprouvait pas, et cette façon de l'empoigner la rendit obstinée, puis indifférente. En réaction, elle se sentit devenir toute molle. Je m'en fiche, se dit-elle. Sa tête bascula en avant et son échine s'affaissa.

— Qu'est-ce tu fous ? grommela Hank.

Il serra plus fort ses avant-bras pour la retenir. S'il l'avait lâchée, elle serait tombée, elle le savait. Je m'en fiche, se dit-elle de nouveau, et elle leva vers lui des yeux dépourvus d'expression. Elle devinait ce qu'il voyait en la regardant : un visage d'écolière indisciplinée qui prend un air stupide quand on la gronde, et elle éprouvait une sorte de plaisir à le défier ainsi. Je suis mauvaise, pensa-t-elle, et cette idée la fit sourire. Sans en avoir conscience, elle se mit à sourire comme une idiote à la face outragée de Hank. Il la secoua. La tête de Lily fila en arrière et revint en avant. Elle perdit pied et s'écroula contre Hank, qui continuait à la secouer. Sa fureur ahurit Lily, et elle s'entendit crier de surprise.

Mr. Berman se leva. Ça suffit, Hank, dit-il. Le ton d'autorité paternelle fit merveille. Les mains de Hank s'envolèrent. Lily retrouva son équilibre, se redressa et vit que Hank se dirigeait vers la porte en regardant ses mains levées. Ses joues paraissaient luisantes, et Lily se mordit la lèvre. Sur le trottoir, Hank partit en courant avant même que la porte grillagée ait claqué derrière lui. Lily entendit murmurer, sentit qu'on l'observait et respira profondément.

— Ça va, Lily ? demanda Mr. Berman.

Elle évita son regard.

— Ça va. Elle haussa les épaules. Elle avait les joues et le front brûlants. Elle prit son carnet de commandes dans sa poche et fit semblant de le consulter.

Berthe s'approcha d'elle et l'entoura de son bras.

— Seigneur Dieu, qu'est-ce qui l'a pris ? J'ai cru que tu allais arriver en vol plané sur les petits pains !

— Fais pas attention, dit Lily, en s'adressant aux pieds de Berthe. Il était à bout.

Berthe inclina la tête de façon à croiser le regard de Lily. Celle-ci leva les yeux, les posa sur son amie et se mordit la lèvre.

— Écoute-moi bien, Lil'. Même si tu le menaçais de lui trancher le zizi, de le hacher menu et de le manger pour ton dîner, il n'aurait pas le droit de porter la main sur toi. C'est la loi. Tu piges ?

Berthe prononça ces paroles d'une voix si musicale et si tendre que Lily ne put s'empêcher de sourire.

— Comme ça on se comprend, conclut Berthe.
Elle leva un bras au ralenti et frappa doucement du poing l'épaule de Lily.

Pendant le restant de son service, les pensées de Lily revinrent constamment à Hank. Elle se rappelait combien il lui paraissait vieux au lycée – un "senior" quand elle était nouvelle – et combien toutes les filles étaient éprises de lui, et puis quand il était revenu de l'université, un an auparavant, et qu'elle l'avait vu chez Rick, arborant le blouson au monogramme de son collège, et qu'il l'avait invitée à danser, qu'avait-elle ressenti, exactement ? Elle s'était sentie flattée, sans doute, et rassurée, après Peter. Peter était l'étudiant qu'elle avait rencontré dans l'arboretum de Courtland quand elle avait quinze ans. Il en avait vingt, et Lily revoyait encore ses doigts pâles serrés sur le livre qu'il trimbalait partout avec lui : *Par-delà le bien et le mal*. À lui seul, ce titre l'avait troublée, et elle se rappelait avec quelle conviction dans la voix il lui avait lu des passages sur la danse, le bonheur, la faiblesse maladive des chrétiens, et comment il l'avait embrassée dans l'herbe humide en lui déboutonnant sa chemise et comment il parlait de Nietzsche pendant qu'il lui faisait l'amour. Peter était mince et pâle, et Lily avait pu contempler son corps nu autant qu'elle le voulait : un corps glabre de garçon, qui sentait à la fois le savon et la transpiration. Il écrivait des poèmes dont Lily ne comprenait pas le sens, mais elle se souvenait qu'il y avait beaucoup de points d'exclamation et d'ellipses. Ses rencontres avec Peter étaient un secret pour tout le monde sauf pour Berthe, qui savait tenir sa langue. Huit fois, elle avait retrouvé Peter Lear dans l'arboretum. La neuvième fois, il n'était pas venu. Lily avait attendu sous l'arbre pendant une heure, et puis elle était allée le chercher chez lui à la résidence universitaire. Le garçon qui partageait la chambre de Peter lui avait parlé. Phil connaissait l'existence de Lily et, après l'avoir fait asseoir sur l'un des lits étroits, il lui avait expliqué qu'il trouvait qu'elle avait l'air gentille et qu'il regrettait de lui faire de la peine, mais que Peter avait une amie sérieuse. Il se trouvait en ce moment chez elle, et lui-même, Phil, n'approuvait pas la façon qu'avait Peter d'exploiter les filles. Tel était le mot qu'il avait employé : exploiter. Il avait continué sur ce ton pendant ce qui avait paru une heure, et Lily l'avait écouté jusqu'à ce qu'il se taise. Tu as fini ? avait-elle alors demandé. Il avait dit oui, et elle était sortie de la chambre, avait parcouru le couloir jusqu'à l'escalier et passé la porte. Elle avait commencé à pleurer dès qu'elle s'était sentie à l'air libre. L'humiliation avait duré beaucoup plus longtemps que la tristesse. Ce dont elle se souvenait le mieux, c'était l'enthousiasme de Phil pendant qu'il lui parlait, le flot de paroles qui lui échauffait le visage. Elle revoyait les taches de rousseur sur ce visage, les cils roux, et les regards qu'il lançait en parlant vers ses jambes nues. Après, Lily avait inventé des discours à son intention et à celle de Peter, mais elle n'avait jamais eu l'occasion de les leur adresser. Un mois plus tard, diplômé de Courtland College, Peter Lear était retourné chez lui à Chicago. Pendant un an, Lily avait refusé toutes les invitations et repoussé les garçons lors des soirées dansantes. Kathy Finger avait fait courir le bruit que Lily était lesbienne, et elle n'en avait pas démordu jusqu'à l'arrivée de Hank. Au début, Lily ne voyait Hank qu'en fin de semaine et pendant les vacances de l'université de Minnesota, et elle se rendait compte à présent que cela lui convenait tout à fait. Elle s'était imaginé que ce serait bien quand Hank serait là tout le temps, mais tel n'était pas le cas. À vrai dire, plus elle y réfléchissait, plus elle comprenait que si elle se sentait attirée par Hank, ce n'était pas pour les mêmes raisons qu'avec Peter. Sans doute se sentait-elle attirée par Hank à cause de Peter. Mais en réalité, jusqu'à ce qu'elle ait aperçu Edouard Shapiro par la fenêtre, c'était Peter Lear qu'elle imaginait auprès d'elle, la nuit. Peter était un souvenir physique – ses doigts délicats entre ses cuisses, sa langue dans son oreille.

Vers midi, Ida passa la tête à la porte moustiquaire du café et jeta un coup d'œil à la ronde. Elle s'attarda sur Lily. Elle est déjà au courant, pour Hank et moi, pensa Lily, qui fit semblant de n'avoir pas vu la petite femme au gros chignon. Connerie de ville, se dit-elle, pleine de fouille-merdes et de bavards prêts à colporter tous les ragots qu'ils peuvent dénicher. Eh bien, ils pourront constater que je m'en fous cordialement. Quand elle quitta l'Idéal-Café une heure plus tard, le dos droit et le menton levé, avec en poche onze dollars quatre-vingt-quinze de pourboire, ce fut une sortie pleine de dignité qu'elle offrit aux regards des voyeurs éventuels.

L'après-midi, elle se balada dans Division Street pendant une paire d'heures en léchant les vitrines et en regardant les gosses qui traînaillaient dans Bridge Square. Elle acheta un enregistrement sur cassette de *Don Giovanni* ainsi qu'un slip rose garni de dentelles, et quand elle sortit du Bazar Berman avec son petit paquet à la main, soulagée de ne pas avoir rencontré Mr. Berman, elle s'arrêta, observa les nuages, et se rendit compte qu'elle était décidée à rompre ses fiançailles avec Hank Farmer.

À six heures, Lily entra dans le poste de police et des pompiers de Webster. De l'allée, elle avait aperçu la tête de Hank à travers la grande fenêtre au-dessus du bureau de la permanence. Elle n'avait pas préparé ce qu'elle allait dire. Les conversations qu'elle avait inventées plus tôt dans l'après-midi paraissaient toutes sorties de *Confidences* ou de *Bonnes Soirées*.

— Je ne pensais pas que tu viendrais, dit Hank.

Lily s'assit sur le long bureau devant la vitre, les jambes pendantes.

Il la regardait avec calme.

— Eh bien, me voilà, déclara-t-elle. Elle examina ses ongles fraîchement vernis. Une mèche de cheveux lui tomba sur la joue. Elle la repoussa.

— Pourquoi tu ne me dis pas ce qui ne va pas ?

Lily évita son regard. Je ne sais pas, dit-elle.

— C'est pas une réponse.

— Je sais.

À travers la vitre, derrière Hank, elle voyait deux policiers en uniforme en train de boire du café. Les pieds de Lewis Van Son étaient posés sur le bureau. Lily agita la main. Lewis lui répondit d'un signe de tête.

— Et alors ? dit Hank. Il y a quelqu'un d'autre ?

— Pas vraiment, dit-elle.

Il soupira.

— Qu'est-ce que ça veut dire, ça ?

Lily le regarda dans les yeux.

— C'est ma faute, pas la tienne.

— Ah bon, fit-il. Et ?

— Je ne suis pas sûre.

— De quoi ? Il parlait d'un ton agressif. Il se renversa en arrière, et son siège suivit le mouvement.

— Eh bien, dit Lily, je ne sais pas ce que je veux.

Hank ouvrit la bouche. Le téléphone sonna. Central de police de Webster, répondit Hank de sa voix officielle. Oui, Mrs. Klatschwetter. Il écouta, fit la moue et bougea sur son siège. Vous êtes certaine ? Il se frotta le front. Vous l'avez vu nettement ? Bon, j'envoie quelqu'un tout de suite. Il nota une adresse, en répétant à haute voix tout en écrivant : La route 19 jusqu'à Old Dutch Road, à gauche après le ruisseau. Oui, ils connaissent le chemin. Oui, oui. Au revoir. Hank raccrocha et leva la main droite pour attirer l'attention des policiers.

— Qu'est-ce que c'était ? demanda Lily.

— Rita Klatschwetter a encore eu des intrus chez elle, à ce qu'elle prétend. La semaine dernière c'était un type qui traversait son champ en traînant des ordures. Maintenant c'est un gars avec un corps.

— Un corps ? Ciel ! fit Lily.

Hank se frappa la tempe du doigt.

— On n'a jamais rien trouvé là-bas. Elle a fait venir le shérif, les gendarmes et nous, et elle insiste pour me donner l'adresse chaque fois.

Comme si nous ne la connaissions pas par cœur.

— C'est la grosse ferme à côté de chez les Bodler, c'est ça ?

Hank fit oui de la tête.

Lewis passa la porte, adressa à Hank un clin d'œil obscène et saisit le bout de papier portant l'adresse. Il le regarda. Encore ! s'exclama-t-il.

— Cette fois-ci, c'est un cadavre.

Lewis haussa les sourcils. Bien, dit-il.

Lily revoyait le garage, ses doigts disparaissant derrière le tissu mince de la pochette sous le couvercle de la valise. Elle ferma les yeux un instant, les rouvrit et regarda Lewis qui se dirigeait vers la porte en se dandinant. L'étoffe tendue de son pantalon bleu crissait au frottement de ses cuisses. Il est vraiment devenu gros, pensa Lily. À Webster, le port d'armes semblait autoriser l'embonpoint, mais non la violence. Dans son souvenir, aucun policier n'avait jamais appuyé sur la détente, sauf si on comptait le tranquillisant injecté à ce malheureux orignal dans l'arboretum de Courtland. Un des adjoints du shérif avait emmené l'animal inconscient à plusieurs miles au nord, afin qu'il puisse se réveiller chez lui. Derrière elle, Lily sentit la lumière changer ; le soleil baissait dans le ciel.

Hank toucha les cheveux de Lily.

— Pourquoi tu me fais ça ? demanda-t-il.

Lily cambra le dos et sentit son soutien-gorge se tendre sous ses bras. Hank posa une main sur ses genoux, mais Lily ne décroisa pas les jambes.

— Arrête, dit-elle.

Il se pencha en avant pour l'embrasser. Ses lèvres s'entrouvrirent. Le beau visage paraissait trop avide, trop affamé.

— Pas ici, dit-elle.

— Allons, Lily.

En entendant son ton plaintif, elle se recula sur le bureau.

— Laisse tomber. Hank fronça un instant ses sourcils châtains, puis il poussa un soupir sonore.

— Tu crois que cet appel pourrait avoir un rapport avec Frank la Crasse et Dick le Sale ?

Hank fit la grimace. Quoi ?

— Ce que Mrs. Klatschwetter a vu ?

— Je n'en sais rien. Hank parlait vite, d'une voix ennuyée. Ç'aurait pu être n'importe qui ou, mieux encore, personne. Qu'est-ce que ça peut te faire ?

Lily pesa soigneusement ses mots :

— Je suis allée là-bas, hier, à vélo...

Hank la coupa :

— Près de chez les Bodler ? Qu'est-ce que tu allais foutre là-bas ? Tu étais seule ?

— Bien sûr, j'étais seule.

— Lily, tu ne devrais pas aller là-bas toute seule. Ces deux sacs à merde ne sont pas normaux. Tu le sais bien. Ils ont failli tuer le pasteur Ingebretzen, tu as oublié ?

— Il y a des années de ça, Hank. Il y a tout le temps des gens qui vont là pour fouiller dans le bric-à-brac. Pourquoi pas moi ?

— Parce que ce sont deux vieux dégueulasses, voilà pourquoi. Hank se massa la main gauche avec la droite. Lily se couvrit la bouche pour dissimuler un sourire.

— Ces drôles de vieux bonshommes ? Allons !

Hank ne sourit pas.

— Dolorès va chez eux une fois par semaine. Tu le savais ?

Lily fit non de la tête. Dolorès venait de temps en temps à l'Idéal-Café. Elle buvait. Lily se rappelait avoir entendu Gary Hrbek raconter à trois autres gars qu'elle demandait cinq dollars la passe.

— Elle les prend sans doute tous les deux à la fois.

Lily changea de position et regarda le crépuscule, au-dehors.

— Qu'est-ce que ça peut faire ? dit-elle. Tout le monde a besoin de ça.

— C'est vrai, dit Hank.

Lily se tourna vers lui. Il avait le visage défait, les paupières baissées. Elle était sur le point de se pencher pour l'étreindre quand il ouvrit les yeux et ricana :

— Tu sais à qui d'autre elle rend visite ?

— Non. Lily se glissa en arrière sur le bureau et appuya la tête contre la vitre.

— Ce type, au Stuart, Shapiro, celui qui enseignait à Courtland. Ida nous a appelés l'autre jour en criant à la prostitution. Elle avait vu Dolorès sortir de la chambre de ce type en fourrant des billets dans son soutien-gorge. Ida devrait savoir que nous ne nous occupons pas de Dolorès. Elle se défend comme elle peut. Mais ce type ! Hank hocha la tête. Et on dit qu'il a une femme ravissante, ou en tout cas qu'il l'avait. Ça ne colle pas.

Lily regarda Hank fixement.

— Et tu crois Ida, la pipelette du siècle ?

— Pourquoi pas ?

— Parce que c'est une fabrique de ragots à elle toute seule, tiens ! Elle brasse les commérages plus vite qu'on ne peut les entendre.

— Et quel est ton problème ? demanda Hank en plissant les yeux.

Lily continuait à le dévisager. Elle serra les lèvres un instant.

— C'est fini, Hank. C'est comme ça qu'on dit, non ? C'est fini. Il pleut. Il neige. Le temps a changé.

— Quoi ? Il était bouche bée. Il leva les mains.

— Je suis désolée, Hank.

— Tu es désolée ? Son menton était agité de tressaillements. Le téléphone sonna.

— Je m'en vais, Hank.

Il leva une main pour lui faire signe de rester. Il avait le visage rouge.

Lily prit appui sur le bureau et se mit debout.

— Central de police de Webster.

Elle s'approcha de la porte et se retourna. La main de Hank était encore levée. Il agita les doigts et sa bouche articula silencieusement le mot : "Attends".

— Oui, Mr. MacKensie, quand avez-vous remarqué sa disparition ? Il fit une pause. La couleur ? Hank posa un index sur sa tempe. Non, Mr. MacKensie, tous les cerfs de jardin ne sont pas bruns. Nous en avons eu un bleu qui a été volé il y a quelques mois. C'est ça.

Lily franchit le seuil et parcourut l'allée à la lumière des réverbères. Elle s'attendait à ce que Hank lui coure après, à ce qu'il l'appelle de la porte, mais il n'en fit rien. Un peu étonnée, elle fit un pas sur le trottoir et se tordit la cheville, avec un élancement douloureux dans le mollet. Elle boitilla pendant un moment, et puis la douleur passa.

Chez Rick, il faisait calme. Lily commanda un hamburger et un Coca au bar, et bavarda avec Rolf, ou plutôt Rolf bavarda. Il faisait partie du comité pour la Journée Jesse James et décrivit à Lily une brassée de projets.

— Ils veulent changer l'appellation en "Journée de la Défaite de Jesse James".

— Pourquoi ? Lily regardait ses doigts à travers le verre. Elle les déplaça pour examiner leurs distorsions derrière le liquide sombre.

— Ils pensent que ça donne de mauvaises idées aux enfants, que ça fait de Jesse James un héros. Je leur ai dit que c'était idiot. Ça ne sonne pas bien : "La Défaite de Jesse James". Rolf croqua un biscuit. C'est moi qui fais Frank, cette année. Troué en plein cœur ! Il appuya son index sur sa poitrine.

— Oui, fit Lily. J'ai vu la carte postale. Tu ne trouves pas que c'est plutôt macabre de vendre ces photos de gangsters morts, Rolf ? Et à la Société historique !

— Tiens, voilà Frank. Rolf sortit de sa poche une carte postale pliée et la posa sur la table.

Lily examina la photo à gros grain noir et blanc de Frank James mort. Pour une raison ou une autre, il ne portait pas de chemise. Lily supposa qu'on avait déshabillé le cadavre pour la photo, afin de mettre en évidence les trous faits par les balles dans sa poitrine. Il avait les yeux ouverts.

Elle hocha la tête.

— Tu te rappelles quand on jouait dans les grottes, Rolf ?

Il s'accouda au bar.

— Ce vieux Jesse avait déniché une sacrée cachette ! Il devait connaître ces grottes avant le hold-up. Je parie que ça faisait partie des plans du gang. (Il imita l'accent du Missouri :) "Si ça tourne mal, Frank, on se retrouve dans ces grottes près de la ville." Rolf sourit et regarda Lily droit dans les yeux. Tu te rappelles quand on se balançait à la corde ? Ça c'était chouette ! D'un côté à l'autre du ruisseau. Dahl la casse-cou, tu te rappelles ?

— Tu rigoles, répliqua Lily. C'est mon passeport pour la renommée. Elle mordit dans son hamburger et mâcha. Je me demande si on peut y entrer, maintenant.

— Dans les grottes de Jesse James ? Rolf fit un signe de dénégation. Après la mort de ce garçon, on les a fermées avec des planches.

Lily hocha la tête. Comment il s'appelait, déjà ?

— Larry Lofti.

— C'est ça, dit-elle, Larry Lofti.

Le lendemain matin, Lily aperçut la perruque dans le camion des Bodler. Elle regardait les jumeaux sortir du café, et quand Dick ouvrit la portière côté passager pour monter à côté de son frère, Lily remarqua une forme sombre sur le siège. Elle crut d'abord que c'était le cadavre d'un animal, et puis Dick glissa la main dedans et elle vit la chevelure se dérouler le long de son bras. Une fois assis, il déposa l'objet sur ses genoux avec précaution et claqua la portière.

— Doivent avoir raflé ça sur le crâne d'une victime du cancer, commenta Berthe quand Lily lui en parla. Ils surveillent les nécrologies, ces deux-là, et dès que quelqu'un casse sa pipe ils viennent flairer autour pour s'emparer des rogatons dont les parents ne veulent pas. Berthe se tut et puis ajouta : Tu crois que c'étaient de vrais cheveux ?

— Je ne sais pas. Lily n'y avait pas pensé. Les plus belles perruques étaient faites de vrais cheveux. Elle le savait, mais sur la tête de quelqu'un, toutes les perruques lui paraissaient fausses. Naturels ou synthétiques, les cheveux sont morts. Et encore, songea-t-elle, peut-être que tous les cheveux sont morts, et peut-être est-ce pour ça que je n'ai pas aimé les voir... détachés.

L'après-midi suivant, quand Lily chercha des yeux dans le salon de Mabel le dessin pornographique des amants japonais, il avait disparu. À sa place se trouvait la photographie en noir et blanc d'un beau jeune homme vêtu du pantalon large des années quarante et d'une chemise blanche. Il tenait une cigarette entre deux doigts.

— Vous pensez avoir bientôt achevé votre livre ? Lily contemplait le volumineux manuscrit sur le bureau de Mabel.

— Je commence à croire que je ne l'achèverai jamais. Je commence à croire que je n'y arriverai pas, ou que c'est lui qui m'achèvera. Vous comprenez ?

Lily hocha la tête. Elle se tourna vers les clefs sur la table en bois blanc.

— Elles ouvrent quoi, ces clefs ? À peine posée, Lily regretta sa question.

Mabel ne répondit pas tout de suite. Puis elle dit :

— Ce sont les clefs d'un endroit où j'ai vécu autrefois. Je les garde pour me tourmenter. Elle sourit.

Lily fronça les yeux. Elle ne doutait pas de la sincérité de Mabel, et pourtant cette phrase avait quelque chose de fabriqué.

— Vous savez, dit-elle, parfois vous parlez comme quelqu'un dans un livre.

Mabel la dévisagea un instant, et puis rit. C'est ce qui arrive quand on lit trop, dit-elle. Après un bref silence, elle ajouta : J'ai rêvé de la pièce, cette nuit. Je passais une audition et on me confiait le rôle de Bottom, le tisserand.

— Mauvaise distribution, commenta Lily.

— Eh bien, c'est ce que je pensais dans le rêve, une part de moi se rebellait, trouvait ça injuste et ridicule. Et puis j'ai décidé que c'était un beau rôle et que je ferais de mon mieux. C'était un de ces rêves-promenades, vous savez, avec des couloirs, des escaliers, des portes, interminablement.

— J'en ai fait, des rêves comme ça.

— Je trimballais partout la tête de l'âne. Au début elle était très légère, et puis elle est devenue de plus en plus lourde.

Lily imaginait la tête en papier mâché à laquelle elle avait vu travailler Mickey Berner dans l'atelier des accessoires, pour Oren Fink, et elle la voyait telle quelle, non peinte, dans les bras de Mabel.

— Alors elle s'est mise à saigner.

— La tête ?

Mabel fit signe que oui.

Lily modifia son image mentale, qui devint celle d'une vraie tête d'âne avec la fourrure. C'était horrible ?

— Non, c'était comme ça, c'est tout. Mabel enleva ses lunettes de lecture et les laissa pendre à la chaînette qu'elle portait autour du cou. Vous étiez dans le rêve, reprit-elle. Vous étiez dans une des chambres. Je ne savais pas laquelle. Je n'arrivais pas à vous trouver.

Lily évita le regard de Mabel. Sans savoir pourquoi, elle se sentait embarrassée, et elle garda les yeux fixés sur la bibliothèque. Au bout d'un moment, elle dit :

— Parfois je me rappelle un petit quelque chose, une image ou un bout de conversation, et je crois que ça s'est vraiment produit et j'essaie de me rappeler, et alors je me rends compte que c'était un rêve.

Mabel lissa sa blouse grise et murmura comme pour elle-même : La jeunesse enfuie, bien sûr... le sang, tout ça. C'est absurde, en réalité, pas la moindre subtilité.

Lily n'avait aucune idée de ce que Mabel voulait dire. La vieille femme se laissa aller contre le dossier de son fauteuil.

— Il y avait un homme devant chez Berman, hier soir. Il est resté là longtemps, sous l'auvent, dans l'ombre, je n'ai pas pu bien le voir, mais il s'était planté là et n'en a pas bougé avant un long moment.

— J'ai entendu quelqu'un, dit Lily.

— J'étais assise à la fenêtre, je fais ça souvent quand je ne peux ni dormir ni travailler, j'observe la rue. D'habitude, il n'y a pas grand-chose à voir, quelques gosses ivres, une ou deux voitures, ce sourd qui passe à bicyclette, mais hier soir il y avait cet homme en faction sous l'auvent, et je ne pouvais pas m'empêcher de penser qu'il avait une idée derrière la tête. Il m'a regardée plusieurs fois, du moins j'en ai eu l'impression. La rue est large. Je n'ai pas aperçu son visage. Et puis je me suis endormie dans mon fauteuil. Quand je me suis réveillée, il était parti, mais notre voisin était là, debout à sa fenêtre juste comme l'autre nuit, sans l'accompagnement musical. Il est resté là, oh, cinq minutes, et je me suis dit : il se passe enfin quelque chose dans cette rue, pas un événement, à vrai dire, mais le préambule à un événement – deux hommes qui veillent et qui attendent. Il y a quelque chose là-dessous. Mabel regarda Lily fixement pendant plusieurs secondes. Il est très beau, n'est-ce pas ? Et puis elle ajouta : Notre voisin.

À son tour, Lily dévisagea Mabel pour voir si cette observation lui était destinée ou si elle était d'ordre général. Elle n'aurait pu le dire.

— Je trouve aussi.

Mabel sourit.

— J'ai toujours apprécié la beauté masculine. Sans discrimination. Je n'ai jamais eu un type. Je les aimais petits et grands, minces et forts – pas gros, bien qu'il y ait eu un homme gros, une fois, que je trouvais très séduisant. Bien sûr il était brillant, vraiment brillant, et l'embonpoint lui allait bien, comme à Ben Johnson – une grande intelligence dans un grand corps. Noirs, blonds, barbus, rasés, musclés ou lisses et maigres. (Mabel soupira.) Je les ai tous aimés. En général, je pense que la bêtise me rebutait, mais il y a eu un garçon très bête, rencontré dans un ascenseur il y a des années et des années, devant qui je me sentais les jambes molles.

— Comment saviez-vous qu'il était bête ?

— Je m'en suis aperçue, ma chérie.

Bouche bée, Lily contemplait Mabel.

— Vous avez souvent été amoureuse ?

— J'étais tout le temps amoureuse.

Lily rit et regarda le manuscrit.

— C'est là-dedans ?

— Oui.

— Je pourrai le lire, un jour ?

— Si vous êtes très sage, dit Mabel.

— La nuit dernière, dit Lily. Il a vu que vous le regardiez ?

— Lequel ?

— N'importe lequel.

Mabel sourit. Pourquoi ?

— Je ne sais pas. Juste parce que.

Mabel rit. Parce que quoi ? dit-elle. Elle rit encore, et en riant elle plissait le nez et ses yeux paraissaient minuscules.

Lily riait aussi.

— Pourquoi rions-nous ? hoqueta Mabel.

— Parce que quoi, fit Lily en riant de plus belle.

Mabel rit si fort qu'elle se mit à tousser et à s'étouffer. Lily se leva et lui tapota le dos.

— Ça va ?

— Ça va très bien. Je trouve déprimant de penser que cette vieille carcasse ne peut même plus supporter une bonne blague. C'est pathétique.

— Ce n'était pas une bonne blague. Ce n'était même pas drôle, dit Lily.

— Oh, si, c'était drôle. Simplement, nous ne savons pas pourquoi c'était drôle. Mabel haussa et rabaissa les sourcils.

— Ne recommencez pas, dit Lily.

Elles restèrent silencieuses pendant une minute environ. Ce temps aurait paru très long si elles n'avaient pas tellement ri ensemble, mais Lily apprécia cette pause. Il faisait chaud dans la pièce, et la chaleur paraissait accentuer le parfum de Mabel. Son odeur raffinée se mêlait à celle de la poussière, et entre les rideaux écartés le soleil éclairait la table basse. Elle décida qu'Edouard Shapiro s'était mis à sa fenêtre avec l'espoir de la voir, et se sentit heureuse à cette idée.

Elle entendit un bruit, tourna la tête et vit Mabel affalée dans son fauteuil. Lily se pencha sur elle. Les paupières de la vieille femme frémirent. Elle poussa un soupir étranglé et regarda autour d'elle avec affolement. Ses mains tremblaient. Au secours !

— Mon Dieu, Mabel ! Lily lui empoigna les épaules. Qu'est-ce qui se passe ?

— Au secours, Lysandre, au secours ! cria Mabel. Fais l'impossible…

Lily lui lâcha les épaules.

— Seigneur, Mabel ! Vous m'avez fait une peur bleue !

Mabel se redressa sur son siège et ajusta sa blouse, qui lui était remontée à la taille. Elle se glissa une mèche de cheveux derrière l'oreille et dit, d'un air à la fois guindé et satisfait :

— Bon, maintenant, à vous de me faire une peur bleue.

Lily regarda le toit du Cercle des arts et ajouta un clocher là où il n'y en avait pas. Aussi loin que remontaient ses souvenirs, le vrai clocher manquait. Peut-être avait-il été emporté par une tornade, ou peut-être quelqu'un avait-il décidé que le théâtre et les acteurs n'avaient pas leur place dans un bâtiment qui ressemblait à une maison de Dieu, même si ce n'en était pas une, et abattu le clocher avec sa croix. Elle gravit les marches en courant ; par les portes ouvertes, elle entendait des bruits de voix, des coups de marteau et des rires. Et puis quelqu'un cria "Silence !" et tout se tut. Dans le vestibule, Lily regarda vers la scène et aperçut Martin Petersen assis sous un projecteur qui blanchissait ses cheveux blonds et effaçait la couleur de ses yeux. Il a l'air heureux, se dit-elle, heureux d'être au centre de l'attention, ne fût-ce qu'un moment. Alors Martin la vit et son expression changea. Il la regarda fixement pendant quelques secondes et puis hocha la tête, comme si elle avait dû comprendre ce qu'il lui signifiait ainsi, comme s'il existait entre eux un accord secret, mais Lily l'ignora et détourna les yeux. "Merci, Martin", cria quelqu'un derrière elle. Le projecteur s'éteignit, et la salle retrouva son terne éclairage habituel.

Il faisait chaud et, même avec toutes les fenêtres ouvertes, la chaleur accablait les comédiens. Amy Voegele perdit une dent et en fut si excitée qu'il fallut retarder la répétition de plusieurs minutes pendant que tout le monde courait à la recherche d'une boîte ou d'un contenant quelconque au goût de la gamine. Au cours de la première scène, Lily remarqua que Mr. Dugan avait les jambes pleines de piqûres d'orties et qu'il les avait badigeonnées avec une lotion à la calamine, transformant en forêt rose les poils raidis de ses mollets. Pendant que Jim prononçait les répliques de Lysandre en tenant la main de Lily, elle se sentit distraite par les grandes auréoles de transpiration qu'il avait sous les bras, mais Mrs. Wright lui dit qu'elle était enfin "naturelle". Lily ne pouvait se défendre de penser qu'elle avait volé, ou du moins emprunté ce "naturel", que ce qui paraissait naturel ne l'était pas et, bien qu'elle ressentît chacune des émotions d'Hermia comme si c'était une des siennes, elle songeait que son jeu était une sorte de contrefaçon, qu'elle n'avait pas le droit d'être aussi bonne. C'était Mabel Wasley qui habitait le rôle, et Lily jouait Mabel, ou plutôt Mabel en Hermia.

Elle ne vit plus Martin et ne pensa pas à lui avant le début de l'acte II quand, debout dans les coulisses, elle s'éventait en écoutant Puck. Susie Immel, qui bâillait bruyamment depuis quelques minutes, sortit de sa poche un lézard en caoutchouc en émettant une série de rots sonores. À chaque rot bruyant, artificiel, elle faisait sauter le lézard. Pendant qu'elle la faisait taire, Lily aperçut Martin debout non loin d'elle, en train d'attendre. Elle le voyait de profil, la tête et les épaules basses, les yeux fermés. Il respirait profondément. Une telle préparation parut ridicule à Lily – trop pour trop peu – mais il se redressa, entra en scène avec les autres elfes et fées, et elle se rendit compte qu'il était métamorphosé. Avec sa chemise écossaise à manches courtes, son jean raide, sa ceinture en vinyle et ses baskets – fleur d'une garde-robe limitée – Martin Petersen avait l'allure de quelqu'un, non, pensa Lily, de quelque chose de différent. Martin dominait de sa taille les autres elfes du cortège, tous des enfants, et pourtant il ne semblait ni disproportionné ni maladroit. Il n'avait pas, comme certains des plus jeunes, une démarche affectée ou caracolante.

Jim tira sur la manche de Lily en s'exclamant : Vise-moi Petersen !

Lily hocha la tête sans répondre. Elle examinait le corps de Martin, tâchant de découvrir ce qui l'avait transformé ainsi, mais elle ne pouvait isoler les éléments – sa façon de se tenir, ses gestes, ses expressions –, tous étrangers au Martin qui prenait son déjeuner à l'Idéal-Café. Mrs. Wright l'observait aussi. Et quand Martin parla dans l'acte III – "Me voici", dit-il, "Salut !", et "Toile d'Araignée" – ce fut sans bégayer. Aucun tic, aucune grimace ne vinrent déformer son visage, et Lily eut l'impression d'être témoin d'un miracle – tel celui du paralytique, dans la Bible, qui s'en va en emportant son lit. Et elle n'était pas la seule. Elle sentait l'étonnement de tout le monde. Plus tard, quand elle le rencontra dans les coulisses, elle le regarda dans les yeux et le serra dans ses bras. Tu as été merveilleux, dit-elle. Mieux que ça !

Martin sourit.

Et alors Lily l'embrassa. Elle lui planta un baiser sur la joue, parce qu'elle était heureuse de son succès, un baiser parce qu'elle se sentait coupable d'avoir cru qu'il n'y arriverait pas, un baiser parce qu'elle imaginait que ça lui ferait plaisir. Mais en même temps, c'était un baiser sans signification, et Lily l'aurait oublié aussitôt si elle n'avait remarqué l'expression de Martin au moment où elle s'écartait de lui. Il ne souriait pas, ne rougissait pas, n'avait pas l'air content de lui. Pâle et solennel, il ouvrit la bouche comme s'il allait dire quelque chose, puis la ferma hermétiquement.

— Ça va, Martin ? demanda-t-elle.

Il fit signe que oui, et tout en l'observant Lily se demanda pourquoi Martin ne réagissait jamais comme elle s'y attendait. Elle aurait aimé qu'il arrête de lui lancer ces regards chargés de sous-entendus ; elle haussa les épaules et s'éloigna.

Après la répétition, Mrs. Wright prit la pose d'un champion, bras levés et mains serrées au-dessus de sa tête, et adressa à ses acteurs des encouragements du style "Un bon début" ou "Nous aplanirons les petits défauts". Des mères venaient chercher leurs enfants et la salle se vidait rapidement. Lily se dirigeait vers la porte quand elle sentit qu'on lui effleurait l'épaule. En se retournant, elle vit Martin. Il lui fit signe de le suivre au-dehors et puis désigna les marches du perron. À l'intérieur, Lily entendit Mrs. Wright dire quelque chose à Mrs. Baker au sujet de "fil de fer pour les ailes". Martin dévisagea rapidement les deux femmes et puis revint à Lily. Ses lèvres frémirent et il achoppa sur un *t* initial.

Lily s'efforça de cacher sa déception.

— T-t-tu l'as trouvée ? demanda-t-il.

Elle lui fit face.

— Tu veux dire la serviette, Martin ?

Il fit signe que oui.

— Je l'ai trouvée. Je ne prétends pas avoir compris ce que tu voulais dire, par contre.

Martin hocha la tête et bégaya de nouveau : C'est ce qui est écrit, voilà tout. Il regardait fixement Lily et rapprocha son visage du sien.

— Ma figure est sale, ou quoi ?

Il fit signe que non, contempla ses mains.

— Qu'est-ce que tu voulais dire ? demanda Lily.

Martin s'adressa à ses doigts : Eh b-b-bien, ça ne peut marcher qu'avec ce mot-là, tu vois.

— Bouche ? fit Lily.

Martin sursauta et la dévisagea. R-r-redis-le ?

Lily sentit son visage s'empourprer. Bon Dieu, Martin, je n'y comprends rien du tout.

Il la regarda : J-j-je voulais que ta bouche prononce le mot bouche.

Lily fronça le nez. Quoi ?

Martin serra ses deux index l'un contre l'autre. Il détourna le visage.

— Parce que, bégaya-t-il, les deux vont parfaitement ensemble, le mot et ce qu'il signifie.

Lily garda le silence. Elle réfléchissait.

— Et alors ? demanda-t-elle.

Martin regarda par-dessus son épaule. En entendant le bruit de la clef de Mrs. Wright dans la serrure, Lily en fit autant, et elle vit la directrice et Mrs. Baker passer rapidement à côté d'eux. Au bas des marches, les deux femmes s'arrêtèrent et Mrs. Wright agita la main. Vous avez été épatants tous les deux, ce soir. Continuez comme ça, dit-elle.

— Merci, Mrs. Wright. Bonsoir, Mrs. Baker, leur cria Lily tandis qu'elles se dirigeaient vers une voiture garée au coin de la rue.

Lily observa le profil de Martin. Il ouvrit la bouche et se mit à parler. Au début, il bégayait beaucoup, mais ensuite il parut avoir pris de l'élan et se mit à parler très couramment. Sa voix chantait, et Lily supposa que la mélodie l'aidait à organiser son discours.

— Je cherche l'entrée, disait-il. Je veux trouver une ouverture.

— Vers quoi ? demanda Lily.

— Tu n'as jamais l'impression que rien n'est réel ?

Lily le dévisagea.

— Eh bien, dit-elle lentement, parfois, je trouve les choses ordinaires très étranges.

Martin approuva d'un énergique hochement de tête.

— C'est, c'est comme si tout était recouvert d'une peau, et il suffirait de pouvoir passer dessous pour, pour atteindre ce qui est réel, mais on n'y arrive jamais, alors il faut chercher un moyen de passer à travers. Tu vois ?

Lily ne voyait pas du tout. Elle se sentait mal à l'aise.

— Non, dit-elle, je ne vois pas.

— Eh b-b-bien… Il tourna vers Lily son visage pâle. Il ne parvint à sortir le *b* qu'après plusieurs essais : Bouche. Le mot n'est pas réel mais, mais tu te sers de ta bouche pour le dire, et alors les deux se rencontrent…

— Martin, fit Lily en secouant la tête.

— S-s-simulacres, dit-il d'une voix forte.

Lily le regarda. Elle n'aimait pas le mot. Simulacres ?

— L-l-les m-mots sont des simulacres – de simples sons à la place des choses, pas vrai ? Les images sont des simulacres, la pièce est un simulacre. Mais peut-être que si tu peux leur faire rencontrer la chose réelle, alors ils se révéleront l'un, l'autre.

Martin avait l'air triomphant. Lily le dévisagea sans rien dire.

— Mais il faut que ce soit juste. On doit regarder si attentivement qu'on en a mal aux yeux. La plupart du temps, ce n'est pas juste. Mais on ne peut pas arrêter de regarder. Il se tut un instant. Redis-le, implora-t-il.

Lily s'écarta de lui. Elle secoua la tête, et puis se tourna vers la rue. Les trottoirs étaient sombres sous la ramure basse des grands ormes. Elle aperçut le ciel nocturne entre leurs branches et le contempla. Elle se sentait lasse et aurait préféré être ailleurs.

— C'est trop glauque, dit-elle.

Martin lui chuchota à l'oreille : Toile d'Araignée. Lily lui fit face, brusquement.

— Quoi ?

— Le père d'Hermia va la mettre à mort.

Cet abrupt changement de sujet désorienta Lily, mais elle répondit :

— Il ne le fait pas, pour l'amour du ciel ! C'est une comédie, Martin. (Elle gesticulait des deux mains.) C'est drôle, rappelle-toi. Les gens sont censés rire.

Martin se frotta les mains et puis appuya ses deux index l'un contre l'autre. Ils tremblaient sous la pression, et Lily interpréta son silence comme l'occasion pour elle de partir. Elle se leva et se dirigea vers sa bicyclette.

— Tu viendras me voir, Lily, tu viendras chez moi ? demanda-t-il à son dos. Lily ne se retourna pas.

— Un de ces jours, dit-elle. Sûr.

Martin marchait derrière elle, et soudain elle trouva désagréable de lui tourner le dos.

— Mrs. Wasley, dit-il. Martin paraissait vouloir couvrir tous les territoires en une fois. Elle est ton amie, ajouta-t-il d'une voix forte et claire qui n'était pas tout à fait la sienne.

Lily posa une main sur sa selle. Oui, elle est mon amie. Pourquoi ?

— Elle a des nerfs de chauve-souris.

— Quoi ?

Avant qu'elle ait pu en dire plus, Martin se trouvait à quelques centimètres d'elle, le nez contre son oreille.

Lily saisit le cadenas de sa bicyclette et commença à former le code. Pour reconnaître les chiffres, elle devait se pencher très bas sur les petites roues, et elle éprouva de nouveau le sentiment que son dos était vulnérable. Elle tira sur le cadenas. Il ne céda pas. Très lentement, elle répéta l'opération. Il y eut un déclic, et elle ouvrit le cadenas. Elle entendait Martin respirer derrière elle. Elle se tourna vers lui. Salut, dit-elle.

Il remonta les épaules vers ses oreilles et agita les mains devant sa poitrine en s'efforçant d'articuler un mot qui commençait par *ch*. Elle le plaignit. Mais trop, c'est trop, songea-t-elle, et elle se demanda ce qui provoquait le bégaiement. Ce doit être comme de porter une muselière.

Alors il approcha les lèvres de son oreille et chuchota : Chez les Bodler.

Lily résista à la tentation de s'écarter de lui ; elle releva du bout du pied le support de son vélo et passa la jambe par-dessus.

— A-a-a… Martin peina longtemps sur ce *a*. Avant de partir, redis-le…

Lily partit en pédalant.

— Non, dit-elle. Ce “non” parut résonner dans l'atmosphère, et puis, quelques secondes après, elle sentit rebondir les pneus de sa bicyclette sur les rails du chemin de fer. Elle aurait aimé jeter un coup d'œil en arrière, voir la silhouette sombre de Martin debout, solitaire, devant le petit bâtiment, mais elle ne le fit pas. Pourquoi avait-il ainsi évoqué les Bodler ? C'était sa façon de chuchoter qui provoquait en elle une sensation bizarre. Presque comme s'il savait, pour les souliers, pensa Lily. Elle se souvenait du silence, ce jour-là, le seul bruit celui du vent, le vaste ciel, et la grange au toit écroulé en dedans, la mousse qui poussait entre les pierres. Martin s'était-il trouvé près du garage ? Était-ce lui qu'elle avait entendu ? Et puis... se serait-elle effeuillée pour Edouard Shapiro si elle n'avait pas mis les souliers ? Elle revit la ferme Bodler, telle qu'elle l'avait vue ce jour-là. Un homme qui ressemblait fort à Frank la Crasse se tenait debout sur un monticule de terre fraîchement remuée. Où étaient les jumeaux lorsque ça s'était passé ? Soudain, l'histoire sonnait faux. La ville avait fait une légende du meurtre d'Helen Bodler, mais avait-on tenu compte des détails ? Comment une femme aurait-elle pu disparaître le jour même où son mari creusait un énorme trou à côté de sa maison sans éveiller les soupçons des voisins ?

2

À travers la porte vitrée de l'hôtel Stuart, Lily distinguait les cheveux d'Ida mais pas son visage. Il y avait presque une minute qu'elle s'enjoignait d'ouvrir cette porte, mais chaque fois qu'elle tendait la main vers la poignée, elle calait. C'est maintenant ou jamais, se dit-elle, et elle décida de compter jusqu'à dix, mais quand elle arriva à sept, Ida Bodine leva les yeux de son livre ; Lily ouvrit la porte et entra dans le hall.

Ida pencha la tête en écarquillant les yeux. Une misère en pot était suspendue au-dessus d'elle, et ses myriades de petites pousses lui encadraient le visage, telle une perruque folle.

— Salut, Ida, fit Lily. Elle sentit la fausse cordialité de sa voix.

— Il est pas un peu tard pour une visite ? Raidi par le fard, le visage d'Ida évoquait un masque criard.

— Tout dépend des horaires qu'on a, répliqua Lily en se dirigeant vers l'escalier.

Elle regardait droit devant elle. En montant, elle se tint à la rampe, elle en avait besoin pour garder son aplomb. À mi-hauteur, elle loucha vers Ida qui s'était replongée dans son livre, une histoire passionnante à coup sûr, si elle l'empêchait d'épier Lily. Penchée en avant sur sa chaise, Ida tenait le livre appuyé contre le comptoir. Sur la couverture rose, à côté du titre doré et en relief, on voyait une femme évanouie entre les bras d'un homme qui portait à la taille une épée dans son fourreau. Les manches de la femme avaient glissé sur ses épaules, révélant des seins prêts à surgir de la robe à tout moment.

Quand Lily arriva à l'étage, elle découvrit le long corridor. Elle ne l'avait jamais vu. Depuis le temps que je vis à Webster, je n'ai jamais vu le premier étage de l'hôtel Stuart ! Eh bien, c'est aussi moche que ce que j'imaginais. Les vestiges d'un tapis brun se recroquevillaient le long des murs, et l'odeur qui flottait dans l'air rappelait à Lily la cafétéria du lycée : un relent de haricots verts blafards et de purée de pommes de terre sur un plateau de plastique marron. Une seule lampe éclairait le couloir, une applique bizarre en forme de tête d'élan, avec une ampoule faiblarde vissée dans le crâne. Lily compta les portes pour s'orienter. Elle s'arrêta devant la quatrième, leva le poing, prête à frapper, et ne le fit pas. Je ne peux pas, pensa-t-elle. Sa respiration lui semblait si bruyante qu'elle craignit qu'on ne pût l'entendre de l'autre côté de la porte. Reste calme. Tu peux le faire. Mais elle abaissa la main. Et puis, après quelques secondes, elle frappa. Quand elle retira sa main, celle-ci lui parut très froide.

La porte s'ouvrit. Edouard Shapiro la regardait en souriant.

Lily tenta de lui rendre son sourire, mais s'en découvrit incapable. Elle avait la bouche raide d'angoisse.

— Bonsoir, dit-il.

Lily sentit son odeur : peinture et cigares. Il avait de longs cils très noirs, dont deux tout petits aux coins intérieurs des yeux, et elle vit que ses iris étaient multicolores : vert, gris et ocre. Il portait un T-shirt blanc taché de peinture et un blue-jean.

— Bonsoir, dit Lily. Sa voix sonnait normalement.

— Voulez-vous entrer ? Il sourit de nouveau.

Lily n'essaya plus de sourire. Elle déglutit, et entra. La chambre était plus petite qu'elle ne pensait, et quand elle chercha des yeux les toiles, elle vit qu'elles étaient tournées face au mur.

— Nous n'avons pas été présentés, dit-il en tendant la main. Je m'appelle Edouard Shapiro.

Lily mit sa main dans la sienne et, quand il l'entoura de ses doigts chauds, elle vit une tache de peinture bleue sur sa troisième phalange.

— Lily Dahl.

— Eh bien, Lily Dahl, voulez-vous un verre de vin ?

Elle accepta d'un signe de tête.

Il désigna d'un geste un siège de toile. Lily s'y assit et, en examinant ses jambes nues sous le jean coupé, elle remarqua une légère éraflure près de son genou. Mais elle avait les jambes fraîchement épilées et elle se réjouit d'avoir retouché le vernis de ses orteils dans l'après-midi, quand elle avait décidé de porter des sandales. Elle croisa les jambes et regarda l'homme penché au-dessus d'un frigo minuscule. Vite, elle se pinça les joues pour les colorer. Il se retourna, lui tendit un verre de vin blanc et demanda :

— Ça vous plaît, votre travail au café ?

— Vous m'y avez vue ? Lily se sentit rougir.

— Bien sûr que je vous y ai vue. Il la regarda paisiblement et s'assit en face d'elle.

Lily contemplait le plancher. Ça peut aller, dit-elle.

— Cet endroit a l'air sympathique. Authentique.

— Que voulez-vous dire ? Elle releva les yeux vers lui.

Il sourit et tendit la main vers une boîte de cigares posée sur le sol.

— Eh bien, je crois que je veux dire que c'est un vrai café de petite ville – sans prétention.

Lily rit. Toute la ville est comme ça, au cas où vous ne l'auriez pas remarqué.

Il la regarda en silence. Il porta le cigare à sa bouche et souffla la fumée vers sa droite.

Lily but une gorgée de vin. Celui-ci n'avait pas la douceur qu'elle pensait lui trouver. Elle attendit que Shapiro dise quelque chose, et comme il se taisait, elle se lança :

— Tout le monde parle de vous. Elle hésita. En ville, tout le monde bavarde.

Il s'appuya au dossier de sa chaise en souriant. C'est vrai ?

Lily inspira. Eh bien, c'est normal qu'on bavarde au sujet d'un étranger.

— Je suis encore un étranger, hein ?

— Eh bien, comparé à la plupart des gens, oui.

De son verre levé, Edouard Shapiro se désigna. À l'étrange, dit-il. Il inclina son verre en direction de Lily. Et au pas tellement étrange.

Lily posa son verre sur son genou. Je ne voulais pas dire étrange comme ça.

Ils se turent. Lily gardait les yeux baissés. Elle ne voyait de lui que le bas de son jean et le dos de ses pieds nus dans des mocassins.

Il parla alors, d'une voix à peine plus forte qu'un murmure.

— Je crois que nous devrions boire à Division Street la nuit, à son silence et à sa musique, à son obscurité et à ses lumières.

Lily leva les yeux vers les siens, et ils trinquèrent. Lily parla lentement, pensivement : Je ne voulais pas dire que vous êtes étrange, mais que les gens d'ici sont curieux de quelqu'un qu'ils ne connaissent pas.

Il hocha la tête. Son regard était attentif.

Lily avala une gorgée de vin et reprit, plus rapide : Voyez-vous, à Webster il y a des gens qui passent leur temps à cancaner devant tous ceux qui s'ennuient assez pour les écouter, et ces gens-là ne se soucient pas tellement de ce qui est vrai et de ce qui ne l'est pas. Elle se pencha un peu en avant. Certains, les pires, iraient même jaser à la police, dit-elle avec un hochement de tête significatif.

Shapiro avait la tête penchée, les yeux réduits à des fentes. Lily vit sa cendre tomber à terre. Et puis un coin de sa bouche remonta d'un air amusé.

— Faites-vous allusion, à votre façon discrète, à notre amie Mrs. Bodine ?

Lily fit oui de la tête.

— Et Mrs. Bodine s'est sentie gênée par ma musique au point d'appeler la police ?

— Pas la musique.

— Pas la musique, répéta-t-il avec une gravité feinte. Et quoi donc ?

Lily le regarda. Dolorès.

Avec de petites rides au coin des yeux, il demanda : Dolorès Wachobski ?

Voilà donc comment elle s'appelle, pensa Lily.

De la main droite, il dessina des cercles autour de son oreille, lui signalant ainsi de continuer. Il tenait le cigare entre le pouce et l'index, et Lily observa la fumée qui dansait.

— Je ne sais pas vraiment comment dire ceci, dit Lily.

Il ouvrit de grands yeux en guise d'encouragement.

— Eh bien, Dolorès a plutôt mauvaise réputation. Lily regarda par la fenêtre. Elle se fait payer. Lily hésita. Par des hommes. Elle se retourna vers lui.

Il n'y avait plus trace d'humour sur le visage de Shapiro. Je vois, dit-il. Je connais Dolorès. Je la peins.

Lily resta bouche bée. Elle se mordit la lèvre, qui trembla un instant sous ses dents.

— Je vais vous montrer, dit-il. Je n'ai pas fini, mais ça vient.

Lily se détourna. Elle entendit qu'il se levait et sentit sa main sur son bras. À ce contact, elle dut résister de toutes ses forces à une violente envie de s'affaler contre lui. Elle se laissa guider vers le mur sans le regarder ni lui parler, consciente de la main qu'il lui posait au creux des reins, et quand ils furent près des tableaux, il tendit un bras devant elle pour saisir une toile et effleura du pouce le bouton de son jean. Lily inspira par le nez un peu trop fort, pensa-t-elle, et fit un pas en arrière. Il tourna le grand tableau vers elle.

Une Dolorès Wachobski grandeur nature regardait Lily droit dans les yeux. Assise à califourchon sur un tabouret, serrant le siège des deux mains entre ses jambes écartées, elle se penchait en avant, le visage à la fois farouche et réservé. Elle était vêtue d'une robe blanche à pois noirs, assez décolletée devant pour exposer au moins à moitié ses formidables seins. Le haut de la toile était occupé par trois cases qui firent penser Lily aux journaux illustrés. Ces cases contenaient des scènes qui paraissaient plus ébauchées que peintes et, comparées au réalisme du portrait qu'elles coiffaient, elles évoquaient d'autant plus une bande dessinée. Lily se rapprocha de quelques pas et se haussa sur la pointe des pieds pour examiner les cases. Dans la première, elle vit une fillette tapie derrière un petit cabanon ou un cabinet extérieur. C'était la nuit et au-dessus de l'enfant se trouvait un croissant de lune, représenté si simplement que Lily pensa qu'il aurait dû avoir un visage.

— C'est quoi, cette partie-là ? demanda-t-elle en désignant les cases.

— C'est la partie narrative, répondit-il. Chaque personne que je peins choisit une histoire à raconter en images dans le tableau. Voyez-vous, je collabore toujours avec les gens dont je fais le portrait. Nous parlons pendant les séances, et avant que tout soit fini il ou elle décide quelle histoire figurera dans la série de cases.

— La petite fille, c'est Dolorès ?

— Oui.

Lily regarda la deuxième image. La fillette dormait derrière l'édicule, la tête sur les bras. Dans la troisième apparaissait une femme qui avait empoigné d'une main l'enfant par sa chemise. L'autre main était levée, comme si la femme s'apprêtait à frapper. Lily désigna la femme.

— Qui est-ce ?

— Sa mère.

Lily resta un moment silencieuse.

— Elle avait peur de sa mère ?

— Je ne crois pas. Dolorès aimait se cacher. Je crois qu'elle aimait que sa mère la trouve. Shapiro parlait posément, en articulant chaque mot.

Lily scruta son visage, mais il ne manifestait pas d'émotion particulière.

Dehors, Lily entendit une voiture, des coups de klaxon, et puis un fracas métallique. Des pneus crissèrent, la voiture fila dans la rue en dérapant et les bruits moururent lentement. Lily contempla, dans la dernière case, l'enfant qui se ramassait sous la main dressée.

— Elle doit avoir confiance en vous, dit-elle. C'est assez intime.

Il soupira. Ce soupir troubla Lily.

— Et les autres ? demanda-t-elle en regardant les trois autres toiles.

Il marcha vers la suivante et la retourna.

Lily émit un long sifflement amusé. Dieu du ciel ! s'exclama-t-elle. C'est Tex.

L'homme se dressait devant elle de toute la hauteur de son mètre quatre-vingt-quinze – complètement nu. À ses cheveux roux faisait écho la touffe rousse au bas de son ventre, un ventre blafard et enflé, parsemé de grains de beauté. Lily examina son pénis. Il ressemblait à n'importe quel autre. Debout sur la pointe des pieds, elle tenta de mieux voir les trois cases au-dessus de la tête de l'homme. Dans la première, cramponné au dos d'un cheval qui essayait de le désarçonner, un cavalier agitait son chapeau.

— Je ne savais pas que Tex faisait du rodéo. Je suis allée en voir beaucoup, dans les environs, mais je ne l'y ai jamais vu.

— En réalité, je ne crois pas qu'il monte. Voyez-vous, les histoires n'ont pas besoin d'être vraies. C'est ce qu'il voulait, c'est ce qu'il a eu. Je ne m'en mêle pas.

— Comment ça se fait qu'il est nu et que Dolorès est habillée ?

Shapiro sourit.

— Il voulait révéler sa “véritable personnalité”. Je le cite.

— Vous pensez que quand on est nu on est plus soi-même que quand on est habillé ? Lily ne s’était pas retournée, elle gardait les yeux fixés sur les cases. Elle rougit.

— Non, dit-il, je ne crois pas.

Dans la deuxième case, une silhouette masculine dominait une figure féminine agenouillée sur le sol. L’homme tenait un revolver contre la tête de la femme. Oh ! fit Lily. C’était moins un mot qu’une voyelle d’exclamation. Elle fit face à Shapiro.

Celui-ci la regarda. Je crois que c’est encore un fantasme, plus sinistre que le premier.

— La femme, c’est quelqu’un de particulier ? Je veux dire…

— Il n’a pas précisé.

— Mais je pensais que vous aviez dit que vous parliez avec les gens qui posent pour vous.

— C’est vrai, mais il n’a pas voulu préciser. Il m’a seulement dit ce que je devais dessiner.

Dans la troisième case, un homme était pendu par le cou sous un arbre.

— Ça aussi, c’est lui ?

— Oui, je pense, mais quand il m’en a parlé, il m’a expliqué la scène en détail sans jamais prononcer le mot “je”. Il disait “il”. Je crois que nous savions tous les deux que “il” signifiait “je”. Ce que j’ai admiré chez lui, c’était sa certitude. Il savait. Howard n’a jamais hésité.

— Howard ?

— Howard Gubber.

Lily sourit. Oh là là ! Un nom plus nouille, j’en ai jamais entendu. Je parie que vous êtes le seul à le connaître, dans tout Webster, à part sa mère, et elle est sans doute morte et enterrée au cimetière d'Urland.

Elle montra du doigt la troisième toile, et Shapiro, obéissant, la tourna vers elle. Elle était plus petite que le portrait de Tex.

— Eh, voilà Stanley ! dit Lily. Stanley Bloom. Il mange souvent à l'Idéal. Il est gentil. Elle inclina la tête de côté, comme si elle pouvait le voir mieux de cette façon. Le petit homme était assis sur une chaise et regardait droit devant lui. Dans cette position, on ne remarquait pas trop la difformité de son corps. Il était vêtu d'un costume qu'il devait réserver à l'office du dimanche. En tout cas, il ne le portait pas pour venir déjeuner. Son visage étroit et ridé était bien reconnaissable, cependant, un ramassis de taches brunes et de kystes. Lily inspecta les cases de Stanley. Dans la première, deux garçons couraient ensemble, l'un devant l'autre. Dans la deuxième on voyait une grande maison allongée avec de nombreuses fenêtres.

— Qui habitait là ? demanda Lily.

— C'est un sanatorium, répondit-il en se rapprochant d'elle. Ce garçon – il désigna le second enfant dans la première case – était son frère. Il est mort de tuberculose en 1925. "Je n'ai qu'une grande histoire, m'a-t-il dit, et c'est celle-ci." Son frère s'appelait Henry.

Lily tourna la tête vers la dernière case. Elle représentait une chambre avec une fenêtre et un lit vide. La base d'un autre lit apparaissait au bord du cadre, mais le lit inoccupé se trouvait au centre.

Lily sentit sur son épaule la main de Shapiro. Henry est mort avant l'une des visites de sa famille. Quand Stanley et ses parents sont entrés dans la chambre, le garçon n'y était plus.

— Vous voulez dire qu'ils ne l'ont pas revu ?

— Pas ce jour-là, pas vivant. C'est en voyant le lit inoccupé qu'il a su que son frère était mort, et c'est comme ça qu'il raconte l'histoire.

Très doucement, il la tourna vers lui. Elle regarda ses sourcils et ses grands yeux, le nez droit et la petite bouche, et elle pensa : Dieu, c'est un beau visage ! Avant qu'il l'embrasse, elle demanda :

— Il avait quel âge ? Henry, je veux dire.

— Il avait dix-neuf ans.

Elle avait enlevé son short et lui sa chemise avant qu'elle se rappelle qu'elle avait ses règles. Elle savait qu'il fallait le prévenir. Elle lui serra le poignet de ses doigts en disant d'une voix tendue qui l'embarrassa : J'ai mes règles. Ça vous gêne ?

Il fit non de la tête.

— Je reviens tout de suite. Elle regarda son tampon presque immaculé disparaître dans le bol taché de rouille des toilettes d'Edouard Shapiro. L'évier était plein de traces de peinture bleue, verte, jaune et brune. Avant de sortir de la salle de bains, elle ouvrit l'armoire à pharmacie. Dedans, sur une étagère de verre sale, il y avait un mince rasoir noir – rien d'autre. Lily inspecta son visage dans le miroir. Elle le trouva un peu rouge, mais bien. En refermant la porte, elle reconnut consciemment qu'elle n'éprouvait aucun doute. Elle sentait que rien n'aurait pu la faire hésiter.

Il n'était pas rasé, et ses joues grattaient quand il l'embrassa, et ses mains puaient la térébenthine, mais ce qui plut à Lily, c'est qu'il ne semblait pas soucieux de lui-même. Elle le sentait entièrement détendu. Il n'était pas passif, mais pas pressé non plus, et Lily pensa soudain que Peter et Hank s'étaient tous les deux regardés lui faire l'amour, et que cet homme était différent. Elle caressa les poils rêches sur sa poitrine, promena les doigts sur et autour de son nombril, et puis elle l'embrassa à cet endroit et sentit les muscles de ses cuisses qu'elle avait si bien contemplées par la fenêtre. Elle caressa ses genoux et ses mollets, et il lui embrassa le cou et les épaules et le dos, et il l'embrassa derrière les genoux et il lui embrassa les chevilles, et il ne toucha pas son sexe avant un long moment, et Lily pensa que si elle ne l'avait pas aimé avant, elle l'aimait désormais. Alors il l'étonna. Il saisit des deux mains l'intérieur de ses cuisses et la tira vers lui, et elle pensa : c'est comme s'il savait, il sait tout de moi, et elle laissa sa tête retomber en arrière sur le matelas. À travers le drap mince, elle sentit un petit bouton dur appuyer contre son crâne quand il abaissa son corps sur le sien. Il chipota un instant avec un préservatif, mais elle ferma les yeux et l'écouta respirer. Elle serra fort les bras autour de son dos. Tous deux transpiraient sur le drap blanc, et Lily s'imagina à la fenêtre comme si elle se voyait avec ses yeux à lui, et elle se revit en train d'enlever son short, et elle lui mordit le cou, pas fort, délicatement. Pendant qu'ils faisaient l'amour, elle se parlait en silence, elle se racontait ce qu'ils étaient en train de faire, et ça l'excitait davantage, et quand vint l'orgasme elle cria, mais elle ne savait pas si elle criait fort et ça lui était égal, et un instant plus tard elle le regarda, elle vit son visage et les pupilles de ses yeux qui remontaient vers ses paupières et elle sentit le léger séisme de son orgasme et puis le poids de son corps sur le sien. Elle respirait l'odeur de ses cheveux – shampooing et cigares. Dans la pénombre, elle examina la peau de ses épaules, les petites irrégularités et décolorations. Elle les effleura des doigts et pensa qu'il ne ressemblait à personne.

Quand il lui demanda quel âge elle avait, elle mentit et répondit : Vingt et un. L'ajout de ces deux années lui paraissait important, et elle se promit de lui dire la vérité plus tard.

Ils parlèrent longtemps cette nuit-là, et Lily apprit qu'il était né à Newark, dans le New Jersey, qu'il avait fait les Beaux-Arts à New York mais qu'il avait aussi étudié l'histoire de l'art, et qu'avant de se trouver une galerie il avait gagné sa vie en copiant de vieux maîtres et en vendant ces copies à des hommes riches, surtout au Texas, qui voulaient un Caravage, un Renoir ou un David pour leurs épouses ou leurs petites amies. Shapiro avait trente-quatre ans, et il disait n'avoir que récemment trouvé "sa vérité". Il n'avait encore vendu que quatre "vrais" tableaux, mais il se sentait optimiste. Et Lily lui parla de théâtre et lui raconta qu'elle jouait Hermia dans le *Songe d'une nuit d'été*. Il ne lui dit pas que c'était impossible et bien trop difficile, ne lui demanda pas ce qui lui faisait croire qu'elle pourrait y arriver. Il l'écouta parler en fumant ses cigares et l'interrogea sur les raisons pour lesquelles elle voulait devenir actrice et ce qu'elle éprouvait quand elle jouait. C'est alors qu'elle lui parla de Marilyn. Il ne sourit même pas. Il dit qu'il avait adoré Marilyn dans *The Misfits*, que ce qu'il aimait en elle c'était qu'elle paraissait si vivante, plus vivante que beaucoup d'acteurs, fragile et vigoureuse en même temps. Lily était heureuse de l'entendre parler de Marilyn et quand il se tut elle lui couvrit le visage de baisers, elle lui dit qu'il était beau, et ils firent à nouveau l'amour.

Le matin, Lily s'éveilla spontanément à temps pour le travail. Elle n'avait dormi que deux heures. Après avoir avec précaution soulevé le bras de l'homme du travers de sa taille, elle s'assit et posa les pieds sur le plancher. Ses jambes tremblaient d'épuisement, mais en regardant l'homme endormi elle se dit : j'étais couchée là, près de lui. Elle s'habilla en vitesse et lui écrivit un billet. Il y avait beaucoup de choses qu'elle aurait aimé dire dans ce billet : je t'aime, je t'adore, je crois que tu es l'être le plus merveilleux du monde entier, mais ces phrases auraient été peu sages et elle écrivit donc : Cher Ed – elle trouvait délicieux de l'appeler Ed – mon numéro de téléphone est le 645 11 33. Lily. Pendant un instant, elle examina son écriture, craignant qu'elle ne paraisse puérile, et puis elle se dit : tant pis, et descendit l'escalier sur la pointe des pieds. Ida dormait, la tête sur le comptoir, une joue déformée par son bras droit. Son maquillage avait passé pendant la nuit, et Lily lui trouva le visage plus doux et plus joli que la veille.

Division Street était déserte et grise dans l'aube à peine naissante. Lily marcha jusqu'au milieu de la chaussée et s'arrêta. Elle parcourut la rue des yeux, du magasin de Mr. Berman à la boutique de Tiny et à la cordonnerie Willy, jusqu'au Ben Franklin du coin, et se promit de se souvenir exactement de l'aspect de cette rue ce vendredi matin, le 7 juin, l'été suivant ses dix-neuf ans. Ensuite elle reprit sa traversée et, à l'instant où elle posait le pied gauche sur le trottoir, elle vit s'allumer les lumières de l'Idéal-Café.

À cinq heures vingt-cinq, Martin Petersen appuya son visage contre la fenêtre du café. Lily était sûre de l'heure : elle venait de jeter un coup d'œil à l'aiguille des minutes de la pendule, parce que Vince tenait à ce que le café ouvre ses portes "à l'heure pile". Écrasé contre la vitre, le nez de Martin avait l'air d'un groin et Lily en aurait ri s'il n'avait pas fait une apparition aussi soudaine. Mais aucun bruit n'avait précédé son arrivée – ni moteur dans la rue, ni pas sur le pavé. L'écoute des bruits matinaux de Webster faisait partie des préparatifs du déjeuner dans le café et quand, en tournant la tête, elle aperçut Martin, vêtu des mêmes habits que la veille, elle sursauta.

Il lui fit signe.

Lily déverrouilla la porte et lui parla à travers la moustiquaire.

— Qu'est-ce que tu fais là si tôt ?

Martin s'avança vers la porte en tendant un bout de papier.

— J-j-e t'ai apporté un plan, bégaya-t-il.

— Pour quoi faire ?

— Pour, pour venir chez moi.

Lily agita les mains des deux côtés de son visage. Martin Petersen, s'écria-t-elle du ton d'une maîtresse d'école exaspérée, je sais où tu habites. La maison de mes parents est à moins de cinq cents mètres et j'ai vécu dans cette maison pendant dix-sept ans.

Martin monta l'unique marche et enfonça son visage dans la moustiquaire. Il y eut un bruit sourd lorsqu'il accentua la pression, poussant du front, de la bouche et du menton contre la toile métallique comme s'il voulait la faire exploser.

En regardant Martin, Lily vit que les petits croisillons de la moustiquaire s'imprimaient sur la peau de son visage, et elle vit aussi qu'il y était indifférent. Obstiné, résolu et aveugle, Martin refusait de suivre les règles qui s'imposaient automatiquement à la plupart des gens, et Lily eut une envie soudaine de frapper du poing ce grand visage blanc déformé par le treillis. Derrière Martin, elle vit Pete Lund descendre de sa Ford bleue.

— Arrête, chuchota-t-elle. Tu vas la casser.

Elle déverrouilla la moustiquaire, laissa entrer Martin et tint la porte ouverte pour Pete, qui la salua d'un signe de tête.

Après avoir parcouru le café d'un regard soupçonneux, tel un gamin jouant à la guerre froide, Martin tendit à Lily un petit rectangle de papier plié. Il approcha du sien son visage à présent quadrillé et chuchota : R-r-redis-le.

Lily recula en secouant la tête. Elle sentait le bord du papier plié qui lui coupait la paume.

Vince parla derrière elle, d'une voix autoritaire mais pas encore fâchée : Lily, un client !

— J'arrive, dit Lily.

— Redis-le, chuchotait Martin.

— Dahl !

— J'arrive, Vince. Lily regarda derrière elle. Vince paraissait plus rouge que d'habitude. Elle se retourna vers Martin. Il avait des yeux énormes, bleus et désespérés. Elle n'avait plus envie de les voir, ces yeux. Elle haïssait ce visage éperdu, implorant, et aurait aimé qu'il disparaisse. Bouche, dit-elle. Et puis elle répéta plus fort : Bouche. Penchée vers lui, elle gronda : Bouche.

Martin sourit. Lily pensa que c'était un sourire d'ivrogne : les lèvres molles, l'air vague. Elle lui tourna le dos et rejoignit Vince.

— C'est un client, oui ou non ? aboya celui-ci en désignant Pete Lund.

— Calme-toi, Vince, dit Lily. Elle lança un coup d'œil à la pendule. Il est cinq heures trente-quatre.

Pete Lund était en train de lire paisiblement le *Chronicle*.

— Il a l'air énervé ? Il réclame mon attention ? Tu sais ce qu'il veut manger. J'ai même pas besoin de prendre sa commande. Va dans ta foutue cuisine et mets-toi au fourneau. Je te connais. Tu es en rogne pour une autre raison. Boom, sans doute. Il vit toujours chez toi ? Il veut pas retourner chez sa maman, c'est ça ?

Les bras croisés sur sa poitrine, il la regardait fixement. Comment ça se trouve que j'ai embauché les deux seules filles de ce petit trou à merde qui ont le culot de me tenir tête ?

— C'est parce que t'aimes pas les mauviettes, Vince, c'est tout. Les filles un peu sensibles te laissent tomber. Tu te rappelles Cindy ? Elle a filé en larmes au bout de trois jours.

— Bah, m'en parle pas, cette nana ne supportait pas la plaisanterie.

— Oh ! Vince, c'était pas une plaisanterie. C'était une sale histoire dégueulasse, et tu l'as racontée pour la choquer. Lily sourit. C'est Boomer qui te tape sur les nerfs ?

— Ce gosse ne sait pas ce qu'il veut. Je le flanquerais à la porte si y avait pas cette foutue bonne femme.

— Qu'est-ce qu'elle a ?

— Quand il est chez elle, elle n'en veut pas, mais dès qu'il n'y est plus, elle le réclame.

— Donc elle n'en veut pas, dit Lily.

Vince hocha la tête. Et il peut pas s'empêcher d'y retourner. Il est comme un poivrot après un verre. Elle l'a jeté dehors mais il l'excuse, il dit que c'est la faute du mari – je dis pas que c'est pas un connard de première bourre, celui-là !

Il se tut un instant, et puis : Qu'est-ce qui se passait, là-bas ? Du pouce, il désignait la porte.

Lily regarda Vince. Je ne sais pas, dit-elle, et elle était sincère. Il commence à m'agacer, mais de quoi il s'agit, ça, je pourrais pas te le dire.

Après avoir servi ses quatre premiers clients, Lily s'accorda une pause derrière le comptoir et sortit le plan de sa poche. Un coup d'œil lui suffit pour constater que quoi que Martin ait pu dire à propos "d'indications" pour se rendre chez lui, il avait à l'esprit quelque chose de beaucoup plus compliqué. En l'examinant de plus près, elle vit que ce que Martin lui avait donné était moins un plan qu'un dessin représentant deux cartes déployées, y compris les marques aux endroits où le papier imaginaire, pas le vrai, avait été plié. Ces cartes étaient dessinées de façon à créer une illusion de profondeur, comme si une carte transparente flottait au-dessus de l'autre. Celle du dessus montrait Webster et ses environs, et celle du dessous Athènes et le bois enchanté de la pièce. Division Street était indiqué en lettres grasses, ainsi que l'Idéal-Café et l'hôtel Stuart, mais aucun magasin. En dehors de la ville, on voyait la ferme Bodler, le ruisseau et les bois de Heath, et la grotte de Jesse James, et dans le coin supérieur droit Martin avait tracé une flèche et écrit : "Vers chez tes grands-parents Dahl." Non loin de la flèche se trouvait la ferme Overland, marquée d'une grande étoile et avec un dessin représentant une caisse ou un coffre oblong. Les grands-parents de Lily étaient morts tous les deux, et cette notation lui parut bizarre. La ferme Overland existait toujours, à quelques minutes seulement de l'endroit où habitaient ses grands-parents, mais elle n'y avait plus pensé depuis longtemps. Elle n'avait jamais aperçu les enfants qui vivaient à l'étage de cette maison, et elle s'efforça de se rappeler ce qu'elles avaient. Elles étaient muettes. Sa grand-mère lui avait raconté que les deux fillettes se balançaient d'avant en arrière durant des heures, chacune dans un coin. Mais que signifiait la caisse ? Ce dessin l'irritait. Elle sentait que Martin lui parlait à sa manière détournée, en faisant allusion à des choses qu'elle ne comprenait pas. Et puis, juste avant de quitter le papier des yeux, elle remarqua que, tout au long des bords de chacune des cartes, Martin avait écrit le mot “SOMMEIL”. Pendant quelques secondes, elle tenta de résoudre cette énigme, et puis elle releva la tête, observa les banquettes rouges et le crâne hâlé de Clarence Esterby, et songea qu'elle regrettait d'avoir prononcé le mot pour Martin. Elle avait eu tort de le faire, mais pourquoi ? Parce qu'il avait eu l'air si content, si satisfait. En y repensant, elle eut la nausée.

Vers midi et demi, peu avant la fin de son service, Lily coupait deux parts de meringue au citron pour les vieilles sœurs Moss.

— C'est de l'eczéma, ma chère, disait Leonora. J'en ai eu cent fois. C'est ce nouveau détergent que tu as employé pour les draps.

— J'ai peur que ce ne soit de l'herpès, répliquait Bessy.

— Absurde, ma chère. J'ai eu de l'herpès juste après la guerre. Ça ne ressemble pas du tout à de l'eczéma.

Bessy venait de se pencher en avant pour protester d'une voix sifflante : L'eczéma ne forme pas de croûte, quand Edouard Shapiro entra dans l'Idéal-Café. Il s'agrippa au comptoir et, le nez à trois centimètres de celui de Lily, déclara d'une voix basse mais claire que Berthe dut entendre car elle laissa tomber le couvercle du plat à gâteaux : Tu me manques. Lily oublia alors Martin Petersen, elle oublia de dire au revoir à Berthe, à Vince et à Boomer, et elle oublia d'enlever son tablier. Elle suivit l'homme au-dehors et dans Division Street où il la prit dans ses bras et l'embrassa en pleine vue de tous les clients du café comme d'une demi-douzaine de passants sur le trottoir. Ensuite il l'entoura de son bras et ils montèrent ensemble les marches de l'hôtel Stuart.

Cet après-midi-là, Lily posa à Ed une question qu'elle aurait mieux fait de ne pas poser, elle le savait. Elle hésita, comprenant qu'il serait plus intelligent de ne pas céder à sa curiosité, mais l'envie était trop forte, tel le besoin de palper une cicatrice qui ne peut que saigner si on la touche.

— Comment est-elle ? demanda-t-elle. Étendue sur le lit, elle interrogeait le plafond.

— Qui ? Ed se tourna vers elle. Il était debout devant sa toile.

— Ta femme.

Il la regarda, sourit. C'est peut-être toi qui devrais me le dire. Ma vie m'a l'air d'être un livre ouvert.

— Non, tout ce que je sais c'est que tu as une femme et qu'elle n'est pas ici.

— Non, elle n'est pas ici.

— D'accord, fit Lily, je n'ai rien demandé.

— Non, dit-il, ce n'est pas grave. Il revint vers le lit et s'assit. J'ai été marié cinq ans. Il se tut un instant. Ça n'a pas marché. Elle est peintre. Son style est très différent du mien, elle fait de ces tout petits tableaux... Ed traça dans l'air avec ses doigts un rectangle à peu près de la taille d'une carte postale. Ils sont plutôt abstraits, mais de temps à autre on peut y reconnaître un objet minuscule – une paire de ciseaux, un chapeau, une boîte à pilules. Il fit une nouvelle pause. J'ai toujours respecté son travail, mais je crois qu'elle n'a jamais aimé le mien. Elle n'en a rien dit, mais j'avais l'impression qu'elle trouvait ce que je faisais démesuré et vulgaire. Elle avait toujours l'air surprise quand d'autres gens semblaient s'y intéresser.

— Mais comment est-*elle* ?

— Je croyais te l'expliquer. Il se pencha en travers du lit et lui prit la main. Peut-être que non.

— Comment as-tu pu épouser quelqu'un qui n'aimait pas ta peinture ?

Ed serra les lèvres et resta un instant silencieux. Je suppose que je ne l'ai su que plus tard. On avait dix-huit ans quand on s'est rencontrés, et je crois que je la trouvais mystérieuse. Je n'ai jamais vraiment compris qui elle était, et je lui ai couru après pendant des années.

— Elle doit être belle.

Ed sourit à Lily. Pourquoi dis-tu ça ?

— Parce que tu as dit qu'elle était mystérieuse et que tu l'avais poursuivie, et je pense que les hommes voient les jolies femmes, et qu'ils imaginent toutes sortes de choses sous la beauté avant même de connaître la personne, et alors ils ne peuvent plus s'arrêter de courir.

— Parlez-vous d'expérience, Lily Dahl ? Il la dévisagea tendrement, les yeux étrécis, et puis saisit son T-shirt qui pendait au pied du lit en fer.

Lily se pencha en arrière et le regarda. Tu es le troisième.

Ed eut l'air étonné. C'est ça que tu as cru que je te demandais ?

— Je te le dis. Il y en a eu deux autres. J'ai rompu avec le second avant-hier.

Ed passa son T-shirt et saisit son jean. Il oublia son caleçon, qui se trouvait à côté, et enfila le pantalon sur ses cuisses nues. C'est pour mémoire, ou tu es en train de me dire autre chose ?

Lily le considéra en se mordant la lèvre. Elle chercha des yeux son chemisier, le même qu'elle avait porté la veille. Il faut que je me change, pensa-t-elle. Puis elle dit : Je suppose que j'aime bien que les choses soient claires. Tu comprends ce que je veux dire ?

Il alla à la fenêtre et regarda dehors. Lily observa son dos en se demandant s'il dissimulait une émotion. Elle pensa que si elle s'était trouvée dans sa chambre à cet instant, elle aurait pu voir son visage.

— C'est rare, non ? que les choses soient claires. Il ne se retourna pas. Lily pensa qu'il aurait pu être en train de regarder sa fenêtre à elle, de l'autre côté de la rue, et cette idée l'attrista. Ils restèrent silencieux pendant au moins une minute. Lily s'habilla rapidement, ramassa sur le lit son tablier chiffonné et se dirigea vers la porte.

— Je vais rentrer, maintenant, dit-elle. Au revoir, Ed.

Il se retourna alors et vint vers elle. Il l'embrassa sur la bouche et lui dit : Je t'appellerai. Lily leva la tête vers lui. Il m'aime mieux quand il sait que je m'en vais, pensa-t-elle.

— Qu'est-ce que c'est que cet air-là ?

— Quel air ? demanda-t-elle.

— Cet air, cet air ironique et satisfait ?

— Devine, dit-elle. Et, se détournant, elle sortit de la chambre.

Il n'y avait pas de bruit chez Mabel, qui devait être sortie ou endormie. Mabel dormait souvent mieux le jour que la nuit. Lily ferma ses rideaux en pensant à Ed. Je n'aurais pas dû parler d'elle. "Elisabeth." Elle prononça le nom à haute voix pour l'entendre. Ni Elisa, ni Lisa, ni Liz, et pas non plus Lizzie, ni Beth, ni Betsy ni Bess. Elle se demanda pourquoi on pouvait avoir envie de peindre sans rien représenter, et puis décida de ranger sa chambre. Elle jeta un T-shirt et un jean sales dans la corbeille de la salle de bains, revint dans la chambre, aperçut le bout d'un des souliers volés qui dépassait de sous le lit et se pencha pour le ramasser. Dans la lumière filtrée par les rideaux, elle distingua à l'intérieur l'ombre d'un pied. Elle ne se souvenait pas de cette empreinte. Elle savait que ce n'était pas son pied, parce que les siens étaient très cambrés et que la personne qui avait porté ces souliers avait les pieds plats. Ça lui avait échappé, apparemment, et elle eut soudain, irrationnelle, l'idée que les souliers changeaient, que les traces de leur ancienne propriétaire étaient lentement en train d'y apparaître. Les souliers lui paraissaient plus abîmés, c'était incontestable, plus usés et plus sales que dans son souvenir, mais peut-être s'était-elle trompée dans ce garage obscur. Lily approcha les souliers de son nez et renifla. L'odeur du garage des Bodler rappelait celle de la cave à pommes de terre de sa grand-mère, et elle se revit couchée près de la porte ouverte de la cave, humant cette bonne senteur de terre, elle revit la petite maison blanche. Son grand-père avait arrêté d'exploiter la ferme pendant la Crise, quand la banque avait saisi presque toutes les terres, et ce devait être alors que tout était devenu silencieux. Même la maison ne faisait aucun bruit. Elle n'avait pas l'eau courante, et n'avait donc jamais bourdonné ni gargouillé comme celle de Lily. Les vaches, les cochons et les poules qu'il y avait eu un jour, des animaux que Lily connaissait par leur nom parce que son père lui en avait parlé, n'avaient jamais été pour elle que des idées. Lily jeta un coup d'œil à sa table de chevet et vit le livre que Mabel lui avait donné. Elle avait l'intention de le lire. *Middlemarch*. La dernière fois qu'elle était entrée dans la maison de ses grands-parents, c'était après que des vandales l'avaient saccagée. Elle se souvenait de s'être sentie contente que ses grands-parents fussent morts et que plus personne n'y vécût. Avec son père, elle avait passé la porte pour découvrir les miroirs et les vitres en pièces, les meubles brisés, les débris de vaisselle éparpillés sur le sol, et ce même silence surnaturel dans la maison.

À travers le mur, elle entendit un halètement et puis un cri bref et étouffé. Assise, immobile, elle écouta. Mabel était-elle malade ? Un cauchemar ? Il y eut un soupir, et puis des pas sur le plancher. Peu après, Lily entendit la machine à écrire. Elle s'était habituée à cette vieille machine, qui avait fini par signifier pour elle le sommeil. Je suis si fatiguée, se dit-elle. Elle pensa au poulailler de la ferme Overland. Elle décida de regarder à nouveau le dessin de Martin, et s'endormit.

La sonnerie du téléphone la réveilla.

C'était Ed. Elle entendait pour la première fois sa voix à l'appareil, et elle eut l'impression que le son de cette voix la réchauffait. Elle prit soudain conscience de sa propre voix et parla doucement dans le combiné, en essayant de paraître indifférente, comme si elle n'était pas tellement contente, mais quand il l'invita à dîner chez Rick, Lily répondit "oui" tout de suite et rit, annulant ainsi la nonchalance étudiée qui avait précédé.

Ils s'installèrent à une table de coin, et il lui raconta d'autres histoires de sa vie. Après les Beaux-Arts, il avait travaillé pendant un an comme assistant d'un plombier et appris le fonctionnement interne des éviers et des toilettes, une expérience qu'il n'avait jamais regrettée, disait-il, et puis il avait pris l'argent gagné et était parti à Amsterdam, où il avait lu et peint et fait de petits boulots tels que créer des décors de théâtre et peindre un mur de brique avec dix fenêtres pour un film d'art qu'il n'avait jamais vu. Lily aimait sa façon de lui parler. Il ne supposait pas qu'elle connaissait Amsterdam, mais ne supposait pas non plus qu'elle ne connaissait rien. Elle aimait sa façon de manger ses lasagnes. Il paraissait les apprécier sans y accorder beaucoup d'attention. Elle aimait son cou au-dessus du bord de son T-shirt blanc et ses épais cheveux noirs et ses yeux qui n'erraient pas. Lily ne mangea guère. Elle contemplait les aliments rouges, blancs et bruns, et n'en avait que faire. Elle n'avait pas faim et, d'ailleurs, elle n'avait pas envie de mâcher devant Ed. Rolf les regarda plusieurs fois, non sans sympathie, pensa Lily, mais elle savait qu'il parlerait à Hank, et que même s'il ne le faisait pas quelqu'un d'autre s'en chargerait. Hank saurait tôt ou tard, de toute façon. Lorsque Ed eut payé l'addition, elle lui avoua qu'elle n'avait que dix-neuf ans, pas vingt et un, et il haussa les sourcils.

— Je ne voulais pas que tu me renvoies, dit-elle, alors j'ai ajouté deux ans.

— Je vois. Ed respira fort par le nez et puis, après avoir jeté sa serviette sur la table, se leva.

En allant vers la porte, ils rencontrèrent Denise Stickle. Lily la présenta à Ed très rapidement, en faisant semblant de ne pas remarquer le regard étonné de la jeune fille. On se verra à la répétition, dit-elle.

Dans la rue, il constata : Tu n'aimes pas cette fille, hein ?

— Denise ? fit Lily. Ça se voit ?

— Oui.

— Je n'ai rien contre Denise. Je la connais depuis toujours. Nous allions toutes les deux au cours de danse de Mrs. Lodenmeyer quand nous étions petites, et maintenant elle est revenue du collège pour l'été, elle a auditionné pour le rôle d'Helena et on le lui a donné. En tout cas, elle a l'allure qu'il faut. C'est une de ces filles qui m'ont toujours prise à rebrousse-poil. Tu vois le genre : "cheerleader", techniquement vierge.

Ed regarda Lily d'un air intrigué.

— Elle fait tout, *sauf*... du moins au lycée. Je ne vois pas la différence.

Ed soupira.

Lily garda le silence. Elle arrêta de marcher et leva les yeux vers lui.

Il s'arrêta aussi, la regarda et fronça les sourcils.

— Tu m'as séduit, dit-il. C'est toi qui as commencé.

— Je sais, dit Lily. Et j'en suis fière.

Le mot "séduit" lui semblait beau. Elle ferma les yeux et inspira. L'air sentait bon. Elle rouvrit les yeux, regarda la demi-lune et constata quelle moitié parfaite c'était.

Des heures plus tard, bien après que Rick et le bar du Coin eurent fermé pour la nuit, Lily et Ed bavardaient encore dans la chambre de ce dernier. Elle lui parlait d'Hermia et des conseils de Mabel, elle lui racontait qu'elle avait joué Maria dans *West Side Story* à la fête du lycée et combien elle avait aimé chanter et danser en scène. Alors Ed lui demanda une chanson. D'abord, elle refusa, et puis comme il insistait elle céda et finit par chanter *Diamonds Are a Girl's Best Friend*[1]. Et parce qu'il semblait y prendre plaisir, elle ne se brida pas mais vociféra les paroles en se pavanant de long en large. À la fin de la chanson, elle lui adressa un clin d'œil.

Il applaudit. Tu as une bonne voix, forte et claire. Il la dévisageait. Marilyn porte une robe rose dans le film, quand elle chante cette chanson. J'aimerais te voir dans cette robe.

— Tu crois que le rose m'irait ?

Il fit oui de la tête.

Lily pensait à Marilyn. Tu sais, dit-elle, il y a une chose curieuse à propos de Marilyn. Personne ne serait tellement content qu'elle vive encore, sauf moi, peut-être. Dans les magazines, il y a toujours quelqu'un qui a retrouvé Elvis ou J.F.K. vivant quelque part en Amérique du Sud

1. Chanson de Marilyn Monroe dans *Les hommes préfèrent les blondes. (N.d.T.)*

ou ailleurs. Mais Marilyn, on ne la retrouve jamais, même si elle est tout aussi célèbre. Eh bien si on ne la retrouve pas, c'est parce qu'on n'a pas envie de la retrouver vieille.

Elle s'assit près de lui sur le lit.

— Tu as de belles oreilles, tu sais ? Un peu décollées, mais vraiment jolies. Elle s'écarta un peu de lui, observa les cheveux sur sa nuque. Et puis elle tendit la main et lui toucha la joue. Elle aimait lui parler, lui dire tout ce qui lui passait par la tête, elle aimait l'expression qu'il avait en l'écoutant. Elle dit : Parfois je regrette que mes parents aient déménagé. Elle lui dit, en baissant la voix : Mon père avait un cancer à la jambe, un cancer rare et mal connu. On a sauvé sa jambe, mais à quoi bon ? C'était un charpentier formidable. Tout le monde le savait. Les yeux fixes, Lily contempla le mur. Il aurait pu en mourir, il aurait pu perdre sa jambe. C'était impossible qu'ils restent, j'imagine. Les hivers, tu sais. Son regard revint vers Ed et elle baissa la voix comme pour lui confier un secret : Alors ils ont vendu notre maison en dehors de la ville et ils sont partis en Floride – à Tampa. Rien à voir avec ceci. Beaucoup des vieilles personnes que je connaissais quand j'étais petite sont mortes aujourd'hui – mes grands-parents, leurs amis. On a eu un enterrement après l'autre, ces cinq dernières années. J'imagine que plus rien ne les retenait ici. Mes parents, je veux dire.

— Et toi, quelque chose te retient ?

Lily le regarda. Je n'y ai jamais réfléchi. Je me dis tout le temps que je vais partir, et je partirai, c'est sûr. Je ne veux pas passer ici ma vie entière. Mais je me sens proche de cet endroit. Je dois l'avoir dans le sang.

Ed garda le silence pendant plusieurs secondes. Et puis il dit : La série de tableaux, ceux que tu as vus. Tu sais comment je vais les appeler ?

— Non.

— Webster.

Lily hocha la tête.

— Tu crois que c'est un mauvais titre ?

— Non.

— Alors, quoi ?

Lily se tut un instant, et puis : Je crois que c'est bien, parce que tu as ces cases avec les histoires, et ça fait intervenir des aspects de la ville. Il ne s'agit pas seulement de portraits des gens.

— Même si les histoires ne sont pas toutes vraies, comme celle de Howard ?

— Cette communauté vit d'histoires qui ne sont pas vraies. Folie pour l'un, vérité pour l'autre, comme disait mon grand-père.

— Un relativiste ?

Lily se demanda ce qu'il voulait dire. Non, répondit-elle, il était socialiste. Thorstein Veblen était son héros.

— Vraiment ?

— Tu n'approuves pas ? demanda Lily en souriant.

— Tu plaisantes ! J'ai un oncle dont le grand espoir de célébrité venait d'avoir léché des enveloppes pour Emma Goldman.

Lily hésita. Pouvait-elle demander qui c'était ? Avant qu'elle se soit décidée, Ed ajoutait : Ils étaient tous du même bord, Lily. Ils regardaient les mêmes étoiles.

— Tout ça, c'est parti de tes oreilles ?

— Non, dit-il, de Marilyn Monroe.

L'homme revint dans la rue, ce soir-là, pour guetter et attendre. Lily dormit toute la nuit, mais

Ed lui raconta au matin qu'il y avait eu quelqu'un dehors, quelqu'un qui allait et venait dans la ruelle en marmonnant.

Le lendemain, le vent tourna. L'air devint clair, chaud et sec. La lumière aiguisait les contours de chaque immeuble, de chaque arbre ou de chaque buisson, de chaque citerne ou de la moindre cassure du trottoir. Lily trouvait à la silhouette des gens et des objets qu'elle voyait une netteté presque douloureuse et pensait que cet éclairage violent correspondait à l'intensité déchirante de son bonheur avec Ed. Avant de quitter le travail, elle confia à Berthe ce qu'elle n'aurait jamais dit à Ed, qu'elle était terriblement amoureuse de lui et que c'était à peine supportable. Berthe avait pressé la main de Lily en disant : Tu es sûre, alors. Et Hank ? Lily lui avait dit la vérité : elle ne pensait guère à Hank. C'était affreux, elle le savait, mais c'était ainsi. Et Berthe l'avait regardée et avait dit : Eh bien, le paradis ne serait plus le paradis si on s'y souvenait de ses amis en enfer.

L'après-midi, Lily arriva chez une Mabel agitée. Pâle et frissonnante, elle accueillit Lily les bras ouverts en disant :

— Vous êtes là, Dieu soit loué ! Vous ne croiriez jamais quelle nuit j'ai passée. Un supplice, Lily. Je n'en suis pas remise. Mabel se laissa tomber dans un fauteuil et leva les yeux vers Lily. Asseyez-vous, dit-elle.

Lily s'assit. Qu'est-ce qui s'est passé ?

Une rougeur subite envahit les joues de la vieille femme. Elle se pencha en avant dans son fauteuil et répondit :

— Il est venu ici. Elle pointa un index vers le bas. Dans cet immeuble, la nuit dernière.

— Qui ?

— Je ne sais pas qui, mais je suis sûre que c'est l'homme... (Mabel baissa la voix et désigna la fenêtre d'un signe de tête)... qui montait la garde là, dehors.

— Comment le savez-vous ?

— Je l'ai senti, Lily. Vous n'étiez pas chez vous, n'est-ce pas ?

Lily fit non de la tête.

— J'ai d'abord cru que c'était vous, au retour de vos... de vos ébats.

Lily se demanda si c'était une accusation indirecte. À quelque chose dans le ton de Mabel, elle se sentit vaguement coupable d'avoir laissé la vieille femme seule toute la nuit.

— Je vous ai appelée, mais il n'y a pas eu de réponse.

— C'était peut-être Vince, dans le couloir, en train de vérifier les lumières ou quelque chose comme ça. Ça lui arrive, vous savez.

— Jamais à cette heure-là. Ce n'était pas Vince. Il me prévient toujours et, d'ailleurs, il fait autant de bruit dans cet escalier qu'un troupeau d'éléphants. C'était quelqu'un de furtif. Il est entré chez vous.

— Chez moi ?

Mabel hocha la tête. Elle avait le visage écarlate et une veine enflée sur le front.

— Il chuchotait et marmonnait tout seul. Je l'entendais à travers le mur, mais je n'ai pas pu distinguer un mot, et vous savez comme les bruits passent à travers ces murs. J'aurais dû discerner quelque chose. Mabel se frictionna les bras, regarda au plafond. Des bredouillages. Ne me regardez pas de cette façon, Lily.

— J'essaie seulement de comprendre.

Mabel se frotta les mains et regarda le plancher de part et d'autre de son fauteuil.

— Régulièrement, pas souvent, j'ai eu des hallucinations auditives, étrange expression, je le reconnais, mais c'est ainsi que ça s'appelle, et cette voix venant de chez vous ressemblait à ça sans y ressembler.

— Vous êtes certaine que ce n'en était pas une ?

Mabel se toucha les lèvres un instant. Non, répondit-elle posément. Quand ça m'arrive, c'est quelqu'un que j'ai connu, Evan en général. Mon mari. Et ce qu'il dit est net et court. Il est mort il y a plusieurs années d'une hémorragie cérébrale. Elle tourna la tête et contempla les clefs sur la table en bois blanc. Un matin, il s'est plaint de maux de tête, et deux heures après il était mort. Mabel prit une brève inspiration, serra les lèvres, et ajouta : Quoi qu'il en soit, il m'arrive de l'entendre dire : Aide-moi. Mabel regarda Lily. Il n'a jamais dit ça de son vivant, mais c'est comme si je portais en moi l'empreinte de sa voix et comme si, de temps en temps, elle revenait. Parfois j'entends ma mère qui m'appelle. Mabel se frictionna les cuisses. Ça ne me dérange pas.

Lily se posa une main sur le front. Elle ne dit rien.

Mabel la regarda droit dans les yeux. Elle reprit, lentement, en insistant sur chaque mot : Ce n'était pas ça, la nuit dernière, voyez-vous ? Mais c'était presque comme si cet homme avait été au courant de mes expériences, une ou deux fois j'ai cru qu'il les imitait.

— C'est impossible, murmura Lily.

— Oui, dit Mabel. Et pourtant c'est ce qu'il m'a semblé. Avez-vous remarqué quelque chose dans votre chambre ?

— Je ne suis pas rentrée encore.

— Allons voir, proposa Mabel.

Lily sortit avec Mabel sur le palier. Elle la dévisagea en se demandant si elle vivait à côté d'une personne à l'esprit un peu dérangé. Mabel tourna lentement la poignée et ouvrit sa porte d'une poussée rapide. La porte claqua contre le mur, à l'intérieur.

Il n'y avait rien à voir. Pour autant qu'elle sût, Lily retrouvait sa chambre exactement telle qu'elle l'avait quittée. Avec Mabel à ses côtés, elle se sentit contente d'avoir repoussé les souliers blancs sous le lit. Les mains écartées, paumes en l'air, elle dit :

— Tout est dans l'état où je l'ai laissé.

Mabel se tourna vers elle. Vous me croyez, n'est-ce pas ? Vous ne me prenez pas pour une folle qui entend des choses, pour une vieille femme sénile qui ne peut plus distinguer ce qui est réel de ce qui ne l'est pas ?

— Non, fit Lily, songeuse. Ed l'a entendu la nuit dernière dans la rue. Il m'a même dit qu'il parlait.

Mabel hocha la tête. Son expression manifestait clairement qu'elle savait où Lily avait passé la nuit et n'avait aucune intention de se prétendre étonnée. Elle semblait aussi soulagée.

— Je suis une personne très rationnelle, Lily. Je sais que je parais distraite et trop nerveuse, et je ne nie pas que je le suis, c'est vrai, mais ces mêmes traits de caractère qui... – elle hésita – qui peuvent vous agacer me permettent aussi de sentir ce que beaucoup de gens ne sentent pas. C'est comme une odeur ou un accord de musique émanant d'un autre corps, et je les perçois. Mabel lança à Lily un regard significatif. Cet homme qui se tapit sous l'auvent ou dans la ruelle... il émane de lui quelque chose d'aigu, presque un cri. Mabel hésita. Je crois que vous devriez fermer votre porte à clef.

— Bon Dieu, Mabel ! s'exclama Lily.

Mabel détourna la tête et regarda vers la fenêtre, au-delà du lit.

Lily observa les épaules maigres de Mabel sous la tunique flottante. Qui pouvait être venu dans sa chambre ? Lily espérait que c'était Hank. Il a passé assez de temps ici pour s'y sentir un peu chez lui, pensa-t-elle. J'ai encore des chemises et des caleçons à lui dans un tiroir. Et je n'ai pas été très gentille avec lui. Je ne lui ai pas laissé une chance de me dire sa façon de penser. Mais Hank aurait fait du bruit, il se serait manifesté, il n'aurait pas été silencieux et secret. Lily pensait à Martin, mais elle n'en dit rien. Je peux me tromper, songeait-elle. Le soleil brillait à travers les rideaux clos et, les yeux fixés sur le pantalon étroit et les sandales dorées de Mabel, Lily changea de sujet.

— Vous savez, je crois qu'Ed vous plairait. Je lui ai déjà parlé de vous, et je crois que vous avez beaucoup en commun, tous les deux. Vous aimeriez voir sa peinture, n'est-ce pas ?

Mabel se retourna. Elle parut se détendre imperceptiblement : d'abord son expression, puis son dos et ses épaules.

— Oui, dit-elle d'une voix encore tendue. J'aimerais bien.

Lily sourit. Bon, dit-elle. Je lui en parlerai, et on arrangera ça.

Après le départ de Mabel, Lily marcha lentement d'un bout à l'autre de sa chambre en cherchant les traces d'un intrus. On n'avait pas touché aux chemises de Hank. Toutefois, Lily n'était guère maniaque. Quantité d'objets auraient pu être déplacés sans qu'elle s'en aperçoive, et cette idée l'incita à regarder sous le lit si les souliers s'y trouvaient encore, bien qu'elle n'eût pu expliquer en quoi ceux-ci lui paraissaient plus vulnérables que le reste. Mais ils étaient là, sous le lit, et après les avoir ramassés elle se dirigea vers le miroir en les tenant devant elle. Tandis qu'elle les contemplait, l'idée lui vint qu'Helen Bodler avait peut-être bien eu un amant, après tout, et puis comme si cette pensée découlait de la précédente, elle se souvint du nom du mari de Mabel : Evan. C'était lui, sans doute, le beau jeune homme de la photo. Elle posa les souliers sur la table et observa leur reflet dans le miroir. Je me demande quel âge il avait quand il est mort, pensa-t-elle. La brise agita les rideaux et les fit voleter dans la chambre. Lily les regarda palpiter en l'air pendant quelques secondes et puis retomber. Alors elle fourra les souliers dans son sac de toile et, en courant, passa la porte, descendit l'escalier et sortit dans la ruelle, où elle sauta sur sa bicyclette, et elle partit en pédalant dans Division Street sous un ciel d'un bleu si parfait que ça lui donnait envie de chanter, ce qu'elle fit. Le temps d'arriver à quelque cinq cents mètres de chez les Bodler, elle avait chanté plusieurs chansons de comédies musicales et deux de ses hymnes préférés.

Le camion des Bodler était garé dans l'allée. Lily déposa sa bicyclette au fond du fossé, escalada la berge et se coucha à plat ventre dans l'herbe haute pour observer, de l'autre côté du champ, la petite maison, le garage et les monceaux de bric-à-brac. De la fumée sortait d'un fût rouillé à quelques mètres du garage, noire et puis grise quand le vent s'en emparait. Lily aperçut le pare-chocs d'un second camion et entendit des voix. Elle ne voyait personne et le vent déformait les sons – des marmottements indistincts, entrecoupés de mots isolés qui portaient au-dessus du pré, curieusement chargés et amplifiés. Elle entendit très nettement le mot "corde", et puis, peut-être, "brûler", ou quelque chose d'approchant. Une silhouette apparut derrière les camions. C'était Frank, les bras chargés d'un grand sac-poubelle brun, et sur ses talons Lily vit surgir un vieux fauteuil roulant en rotin. Dick poussait quelqu'un. Lily crut d'abord qu'il s'agissait d'une grande femme, mais après deux ou trois secondes elle se rendit compte que c'était Martin Petersen. Il se leva d'un bond, dit quelques mots à Dick, et les deux hommes chargèrent le fauteuil à l'arrière du camion invisible et entreprirent de l'attacher à l'aide de cordes. Martin était debout sur le plateau, le haut du corps se détachant sur le ciel ; il se pencha pour prendre des mains de Frank le volumineux sac brun. Lily se déplaça un peu dans l'herbe pour mieux les voir, en gardant la tête basse. Martin sauta du camion. Lily aurait aimé entendre ce qu'ils disaient ; elle avança en rampant. Les trois hommes se tenaient à présent debout ensemble. Elle vit Dick tourner la tête. Il paraissait regarder droit dans sa direction. Lily se colla au sol, et puis comprit qu'il n'avait pas dû la voir, car il se retournait vers Martin. Frank devait être en train de négocier un prix. Il leva les cinq doigts d'une main et posa une fois l'index de l'autre sur chaque doigt. Martin tournait le dos à Lily, elle le vit plonger la main dans sa poche. Le vent lui fit voler les cheveux dans les yeux et aplatit l'herbe devant elle. Frank parlait, mais Lily ne distinguait pas ce qu'il disait. Elle entendit la voix de Martin, un bégaiement initial qu'il domina bientôt, et puis : "Affaire privée, Frank." Martin se frotta le visage et ce geste ressemblait à l'un de ceux de Frank. Il ne s'en rend peut-être pas compte, se dit Lily, mais il imite Frank. Les hommes se serrèrent la main et Martin donna à Dick une claque sur l'épaule. Cet attouchement parut réveiller Dick de sa stupeur – il hocha plusieurs fois la tête et saisit maladroitement la main de Martin, qu'il tint serrée pendant plusieurs secondes. Le contact physique entre eux trois suggérait une intimité incompréhensible. Peu de gens touchaient les Bodler. Son père le faisait, pourtant ? Oui, il serrait la main de Frank sur le pas de la porte. Lily posa la tête dans l'herbe et ferma les yeux. Elle imagina le pasteur Ingebretzen sortant en trombe de la maison, sa soutane noire volant au vent, poursuivi par Frank brandissant une hache. Et puis elle modifia l'image. Non, le pasteur n'aurait pas été en soutane, simplement en complet noir, avec son col. Elle se souvenait du vieux pasteur Ingebretzen. Un petit homme sérieux qui citait les Écritures à tout propos, même aux enfants de l'école du dimanche qui en comprenaient rarement un mot. Il avait tendance à souligner ses sermons de gestes du bras, et un jour il avait pointé sur elle, Lily Dahl, son index court et blanc. Il l'avait isolée parmi tous les élèves de l'école du dimanche. "Sois empli de crainte, et ne pèche pas ; recueille-toi en ton cœur sur ta couche, et demeure immobile." Des années s'étaient écoulées avant que Lily comprenne que le pasteur avait dû la désigner par hasard, qu'il n'avait pas aperçu dans son cœur la souillure du péché mais s'était contenté de choisir une jeune frimousse particulièrement maussade et de la châtier ainsi. À l'époque Lily était persuadée que le pasteur Ingebretzen avait sondé son âme et savait que dans son lit, le soir, elle souffrait non seulement d'un sentiment de culpabilité, mais aussi de terreur. Dieu, Satan, le Saint-Esprit et les anges lui inspiraient une peur égale, et elle priait pour que lui fût épargnée l'apparition de n'importe lequel d'entre eux. Elle avait même utilisé ce mot "épargnée", car elle lui trouvait une sonorité biblique. En entendant le camion de Martin, Lily releva la tête et le vit qui reculait dans l'allée. Le fauteuil roulant oscilla et tressauta sous ses liens quand le camion, quittant la terre battue, tourna à droite sur la grand-route – dans la direction opposée à celle de la ville, vers la petite route que Martin avait dessinée pour elle sur la carte. Tout en regardant le camion qui rapetissait au loin, elle voyait en esprit l'enchevêtrement délicat des lignes qu'il avait tracées en dessous de chez lui, l'inexplicable caisse près de la ferme Overland et la flèche pointée vers la maison de ses grands-parents. C'était comme une flèche pointée vers rien, sauf peut-être le paradis.

Frank la Crasse et Dick le Sale s'attardèrent dans l'allée. Ils ne se parlaient pas, ne se regardaient même pas. Ils restèrent un bon moment inertes et muets. Lily avait espéré qu'ils grimperaient dans leur camion et s'en iraient, mais elle comprit que ce ne serait pas le cas quand elle vit Dick s'approcher du feu. Il leva un bras et saisit sur l'amas de fouillis le plus proche un paquet mou qu'il laissa tomber dans le tonneau. Quoi que ce fût, ça excita les flammes qui montèrent haut. Dick releva le menton et s'écarta du feu, mais, lorsque la flambée se calma, il revint et répéta son geste. Cette fois, quand il s'écarta des flammes bondissantes, Lily remarqua qu'il riait ou que son expression suggérait un rire, bien qu'elle n'entendît rien. Peut-être que, combinés au vent, les crépitements du feu couvraient le bruit, mais Lily en fut étonnée. Il haussa les épaules, rejeta la tête en arrière, la bouche grande ouverte, la tête secouée par une hilarité silencieuse. Ensuite il sortit de sa poche quelque chose de blanc qu'il jeta dans le feu. L'objet blanc ne fit que peu d'effet sur les flammes, mais Dick rit néanmoins de son rire silencieux, comme si un bout d'étoffe carbonisé était la chose la plus désopilante qu'il pût imaginer. Lily vit Frank rejoindre son frère en traînant les pieds, s'arrêter à côté de lui et lever un poing au-dessus de sa tête. Elle se crispa, en attente du coup mais, au lieu de frapper, Frank laissa lentement retomber son bras devant le visage de Dick. Ensuite il se dirigea vers la maison, suivi de son frère. La moustiquaire claqua et Lily se dit : maintenant ou jamais.

Elle piqua un sprint vers le garage. Lorsque ses pieds foulèrent l'allée, elle sentit rouler le gravier sous ses semelles et elle pensa : je fais trop de bruit, mais elle ne s'arrêta pas avant d'être arrivée haletante dans le garage, où elle s'aplatit contre un mur afin de se cacher. Elle guetta le grincement de la porte de la maison. Rien. Elle avança silencieusement vers la valise. Elle se souvenait exactement de l'endroit où elle l'avait laissée et se figurait pouvoir l'ouvrir, y remettre les souliers et la refermer en l'affaire de quelques secondes. Debout au centre du garage, elle s'accroupit pour atteindre la valise, qui aurait dû se trouver coincée entre deux tonneaux à eau de pluie, et s'aperçut qu'elle n'y était pas. Elle bouscula des fûts, des caisses et un vieux râteau, avec l'espoir de la dénicher, mais la valise avait disparu du garage. Lily s'arrêta, serra contre son cœur le sac contenant les souliers et se demanda que faire. Alors elle entendit claquer la moustiquaire, et puis un bruit de pas. Elle fila s'accroupir derrière une grande caisse de bois. À travers ses parois à claire-voie, elle vit passer Dick qui traînait ses savates vers le feu et s'arrêta à côté du tonneau. Elle observa la silhouette sombre et immobile, le visage brouillé par la fumée qui montait, et attendit. Elle pouvait voir le hangar des Klatschwetter et leur silo. Elle remarqua que le ciel s'était couvert et que le soleil était plus bas qu'elle n'aurait cru. Elle s'inquiéta soudain à l'idée d'arriver en retard à la répétition. Mais Dick ne se pressait pas. Lily s'assit. Elle sortit les souliers du sac et les posa sur ses genoux. Elle serait obligée de les laisser là, dans le garage. Quelle alternative avait-elle ? L'humidité de la terre battue commençait à imprégner son short en jean et sa petite culotte, et elle souleva ses fesses pour changer de position. Les souliers glissèrent. Lily se retourna pour les rattraper, donna du nez contre l'angle d'une brouette rouillée qui se trouvait derrière elle et puis, comme elle portait les mains à son visage, se heurta le front aux dents d'un râteau de jardin. Avec un petit cri effrayé, elle y mit les doigts et quand elle les enleva, elle vit que sa main était couverte de sang. Oh, merde ! chuchota-t-elle. Elle se palpa le front ; l'entaille n'était pas profonde. Ensuite, baissant les yeux, elle remarqua des taches de sang sur ses cuisses. C'est mon nez, pensa-t-elle, et elle le pinça avec énergie, mais le sang passait néanmoins. Elle le lâcha et entreprit de se nettoyer les jambes. Le sang s'étalait sur sa peau, mêlé à la terre qu'elle avait sur les mains. Malgré le manque de lumière, elle se rendait compte qu'elle saignait abondamment. Elle chercha des yeux les souliers et s'aperçut qu'elle les avait tachés aussi : un grand pâté rouge sur le talon de l'un et trois gouttes à la pointe de l'autre. Elle saisit son sac de toile et se mit à les frotter avec l'étoffe. Elle crachait dessus et frottait, et puis, comme elle se penchait sur les souliers, elle vit d'autres gouttes de sang tomber sur ses jambes. Elle ne renonça pas, pourtant, mais s'efforça de frotter d'une main en se tenant le nez de l'autre. Elle sentit la panique monter en elle : les souliers étaient fichus. Ses efforts de nettoyage avaient donné au cuir blanc un aspect roussâtre et dégoûtant, et elle eut soudain envie de pleurer. Je ne peux plus les laisser ici, pensa-t-elle. Elle vit encore une goutte de sang tomber sur une des pointes et couvrit les lacets de ses mains. Relevant la tête, elle regarda par les fentes de la caisse et constata que Dick avait disparu. Maintenant ! se dit-elle et, les souliers à la main, elle se fraya un chemin jusqu'à la porte du garage, où elle risqua la tête au-dehors. Sans les examiner de très près, elle vit que le sang sur ses mains paraissait beaucoup plus rouge à la lumière du jour. Elle jeta un coup d'œil vers la maison et ne vit personne. Ensuite elle regarda de l'autre côté, mais ni Frank ni Dick n'étaient en vue.

Elle contempla la fumée qui montait du fût et se dit : je vais les brûler. Il n'en restera rien. C'était la solution idéale. Elle courut vers le feu, lâcha les souliers dans les cendres et puis, soulagée, s'enfuit vers le fossé et se laissa tomber de tout son long dans l'herbe. Pendant un moment elle ne bougea plus. Et puis elle se retourna pour observer le tonneau fumant. Elle ne vit pas de flammes. Ils ne brûlent pas, se dit-elle. Demain matin les Bodler vont sortir, ils les trouveront, et ils verront qu'ils sont couverts de sang. Et s'ils étaient à elle ? S'ils avaient rentré la valise chez eux pour la mettre à l'abri parce qu'elle appartenait à leur mère ? Lily sauta sur ses pieds, courut jusqu'au fût et regarda dedans. Manifestement, le feu avait noirci et racorni les souliers sans les détruire, et quand Lily se pencha pour les retirer des cendres, une odeur fade et putride la fit reculer un instant. Ensuite elle saisit les souliers. Le cuir brûlant lui écorcha le bout des doigts, mais elle tint bon et repartit vers le fossé, où elle se jeta de nouveau dans l'herbe en laissant choir les souliers. Alors elle les regarda et rit, d'un rire bref et malheureux, de sa propre stupidité. Quand elle ramassa les deux pauvres choses carbonisées pour les remettre dans son sac, elles n'étaient plus brûlantes, chaudes simplement. Chaudes comme quelqu'un qui a une forte fièvre, pensa Lily, qui poussa alors sa bicyclette du fossé à la route. Son nez ne saignait plus, mais ses pouces et ses index battaient douloureusement quand elle empoigna son guidon. En levant les yeux, elle vit que le soleil avait disparu sous de gros nuages gris, un changement de temps très ordinaire dont néanmoins elle s'étonna. Elle se mit à pédaler avec énergie, tête baissée, dans la circulation, en espérant que le crépuscule la cacherait.

À mi-distance de chez elle, Lily vit une Pontiac turquoise et blanc qui arrivait rapidement en face d'elle et, quand la voiture ne fut plus qu'à quelques mètres, elle aperçut Dolorès au volant.

Dolorès roulait vitres baissées, avec une chanson de Loretta Lynn à toute force à la radio. Les phares de sa voiture éclairèrent Lily durant une ou deux secondes. Pendant ce bref instant, Lily vit que Dolorès la regardait, mais elle ne sembla pas la reconnaître. C'est sans doute sa soirée chez les jumeaux, pensa Lily. La répétition doit avoir commencé sans moi. Et en songeant au Cercle des arts, Lily comprit tout à coup qu'Hermia lui manquait, comme si Hermia était son amie intime. Elle sentit une goutte de pluie sur sa nuque au moment où elle passait devant le panneau indiquant les limites de la ville. Et puis elle en sentit une autre, et une autre.

Quand elle ouvrit la porte de derrière et leva les yeux vers le haut de l'escalier, Lily vit Mabel sortir sur le palier pour la regarder monter. L'ampoule nue éclairait de blanc ses cheveux gris.

— Je suis contente que ce soit vous, Lily, dit-elle et puis, en plissant les yeux, elle s'écria : Vous avez eu un accident !

Dès lors, Mabel ne fut plus qu'efficacité. Son angoisse de quelques heures plus tôt avait disparu, et Lily remarqua qu'elle avait l'allure d'une tout autre personne. D'un ton sans réplique, elle ordonna à Lily de venir chez elle se faire soigner et nourrir, et après avoir jeté dans son placard le sac taché de sang contenant les souliers brûlés et téléphoné au Cercle des arts, où Mrs. Wright accepta pour excuse une histoire de chute de vélo, Lily obéit.

Assise sur le canapé, elle écoutait l'eau couler dans la salle de bains. En attendant Mabel, elle chercha des yeux le couple japonais et ne le trouva pas. Ensuite Mabel fut debout devant elle avec une bassine d'eau et un gant de toilette. Elle approcha une chaise du canapé, déposa la bassine par terre et, sans un mot, se mit à laver le visage de Lily. Elle tamponna doucement la coupure sur son front, lui souleva les cheveux et promena le linge tiède sur son cou. Ensuite elle lui lava les jambes et les sécha juste au moment où elles commençaient à chatouiller. Tandis que tout cela se passait, Lily était consciente que ce lavage marquait dans ses relations avec Mabel une transformation irrévocable, et pourtant elle n'y résistait pas. La façon dont Mabel la touchait, sa façon de déplacer la main tenant le linge étaient d'une telle tendresse que Lily sentait sa gorge se serrer d'émotion. Quand Mabel plongea les mains de Lily dans la bassine, l'eau chaude aviva ses brûlures et elle sursauta. Mabel lui prit les deux mains dans les siennes et les retourna ; elle avait des ampoules au bout des pouces et de deux doigts de chaque main. Mabel leva vers Lily des yeux sérieux, mais ne dit rien. Elle sortit de la pièce et revint un instant plus tard avec une nouvelle bassine d'eau.

Alors elle se mit à parler. Elle parla sans préambule, sans donner la raison de son désir soudain de raconter à Lily ce qu'elle ne lui avait jamais raconté. Elle se lança en disant : Mon père m'aimait, mais il n'était pas doué pour l'affection. Il me touchait rarement, et quand il le faisait, son corps restait de bois. J'ai pitié de lui, maintenant. C'était ma mère qui nous tenait et nous berçait, mon frère et moi, et elle avait des mains, Lily, quand ces mains te touchaient, elles te communiquaient le calme de tout ce qu'il y a de calme en ce monde, et quand elle est morte – j'étais plus jeune que toi, dix-sept ans – il m'a semblé que tout ce qui était bon et clair avait été soufflé de ma vie. J'ai quitté mon père et mon frère un jour de printemps, après un an de préparatifs secrets. Je me suis enfuie pour me marier avec Owen Hartwig, un libre-penseur de l'*Aberdeen Weekly*.

— Mais je croyais que le nom de votre… de ton mari était Evan.

— C'est vrai. J'ai quitté Owen Hartwig devant l'autel, ou plus exactement devant le juge. Mabel se tut un instant. Je ne supportais pas de le voir de tout près, tu comprends, nez à nez. Ça paraît ridicule, mais je pense que ça ne l'était pas, en réalité. Son corps avait quelque chose de repoussant.

— Mais… tu pensais l'aimer ?

— J'aimais l'idée de ce qu'il était : un journaliste percutant, avec une tendance libérale. J'avais oublié qu'il me faudrait vivre avec ces cuisses-là.

— Alors qu'est-ce que tu as fait ?

— Je suis devenue femme de chambre au Grand Hôtel, je me suis fait domicilier en ville et enfin j'ai suivi les cours du soir à l'université.

— Et ton père et ton frère ?

— Ils sont restés à la ferme. Mon frère l'a exploitée jusqu'à sa mort, il y a dix ans.

— La ferme ? Lily regarda Mabel.

— Près d'Aberdeen, dans le Dakota du Sud.

— Le Dakota du Sud ? Je croyais que tu venais de quelque part dans l'Est.

— Non.

— Mais tu n'y as jamais fait allusion. Tu as l'air d'une citadine pur sang.

Lily s'essuya les mains à la serviette que lui tendait Mabel.

— Les livres.

— Les livres ?

— Oui, je voulais vivre une grande vie passionnée, pleine de risques, de beauté et de douleur. (Mabel rit.) Ce dernier point semble acquis naturellement.

— Et tu l'as eue ? Lily regarda Mabel dans les yeux. Ta vie a été comme ça ?

Mabel sourit.

— Je crois que ce n'est pas tant ce qui arrive dans la vie que la façon dont on se représente ce qui arrive, dont on colore les événements. C'est un peu comme cette notion de l'enfant-fée, quand j'y pense. Une affaire de substitution. Quand je travaillais dans cet hôtel, je faisais les lits des gens, je nettoyais leurs toilettes, je rangeais leurs parfums et leurs savons et je vidais leurs cendriers, et je me sentais humiliée à chaque instant, parce que je m'imaginais destinée à autre chose, mais la vérité c'est que je n'avais aucune raison de croire ça. Je n'étais qu'une pauvre péquenaude du Dakota du Sud. Mais j'avais lu beaucoup de livres, et ces histoires écrivaient la mienne, si tu vois ce que je veux dire. Tu sais qui me les avait donnés ?

Lily fit non de la tête.

— Ma mère.

— C'est pour ça que tu me donnes tout le temps des livres à lire ?

Mabel fixa sur elle des yeux soudain étroits. Peut-être, dit-elle, et elle se leva brusquement et sortit de la pièce. Elle revint avec une longue chemise noire qu'elle lança à Lily.

— Tiens, enfile ça, dit-elle. Ça t'ira bien, et on va faire tremper ceci dans l'eau de Javel. D'un signe de tête, elle désignait le T-shirt de Lily.

— Pourquoi as-tu loué cet appartement, Mabel ? demanda Lily en la dévisageant.

Mabel hocha la tête. Son petit visage paraissait soudain fatigué.

— Il me rappelait un endroit où j'ai vécu autrefois... ces petites pièces... Elle respira profondément. J'ai eu envie d'y retourner. Je suppose...

Elle hocha la tête.

Lily contemplait la chemise noire posée sur ses genoux. Quand elle enleva son T-shirt, ses doigts brûlés lui firent mal, mais elle glissa ses bras dans les manches de la nouvelle chemise et quand elle la sentit, ouverte, flotter autour d'elle, Lily baissa les yeux vers la longue rangée de boutons, puis les tourna vers Mabel.

Mabel boutonna la chemise. Elle tenait l'étoffe à distance des seins de Lily afin de ne pas les effleurer de ses mains, et ses doigts laissaient derrière eux un léger parfum. Quand elle eut fini, elle regarda Lily dans les yeux en disant : Le secret n'est pas toujours un mal, tu sais.

— Non ? Lily pensait aux souliers.

— La confession est un problème, dit Mabel. En amitié, du moins. Celui qui l'entend ne peut pas toujours en supporter le poids. C'est pourquoi j'ai toujours trouvé belle l'idée d'un prêtre dans une boîte – le coupable chuchotant au travers d'un trou dans une oreille qui peut tout écouter. Freud aussi avait compris ça, avec son divan. On n'avait pas besoin de regarder l'analyste. On a perdu tout cela, désormais. Les gens regardent leur psychiatre droit dans les yeux.

Lily observait le visage de Mabel. Celle-ci tourna la tête vers la fenêtre.

— Je me demande s'il a repris sa veille, ce soir. Qui qu'il soit, il mijote quelque chose.

Mabel ébaucha un petit sourire mince qui troubla Lily. Elle le trouvait déplacé. Et puis Mabel marcha vers la fenêtre et ouvrit les rideaux. Son geste paraissait à la fois dramatique et conscient, mais Lily n'aurait pu dire si Mabel se moquait d'elle-même ou non. "Je suis ce joyeux vagabond de la nuit", dit-elle en regardant par la fenêtre. Lily reconnut la réplique de Puck. Non, dit Mabel, il est encore trop tôt. Elle se retourna. Mais il reviendra.

— Comment peux-tu en être sûre ?

— J'ai entendu le bruit de ses pas. Affaire non terminée.

Mabel offrit un sandwich à Lily et insista pour qu'elle garde la chemise, qui était en soie et sans doute chère. Lily protesta mais finit par céder.

Avant de s'en aller chez Ed, Lily s'arrêta sur le palier avec Mabel pour lui dire bonsoir. La vieille femme se pencha en avant et posa les lèvres sur la joue de Lily. Elle lui avait à peine frôlé la peau, mais la sensation de ce baiser demeura pendant que Lily descendait l'escalier et sortait dans la rue. En ouvrant la porte de l'hôtel Stuart, elle le sentait encore, comme si les lèvres de Mabel avaient laissé leur empreinte sur son visage.

L'histoire que Lily raconta à Ed pour expliquer sa plaie et ses brûlures sonnait vrai, elle semblait plus plausible que la vérité. Elle avait glissé dans la cuisine, au café, et s'était accrochée au fourneau pour freiner sa chute, mais loin de retrouver son équilibre, elle s'était brûlé les doigts et cogné la tête à la porte du four. En la racontant, elle la vit se passer comme un vrai souvenir, et dans une certaine mesure cette invention supplanta l'histoire véritable. Une fiction banale remplaçait une réalité ridicule, pour la simple raison qu'elle paraissait plus réelle que cette réalité. Ed la crut, et Lily elle-même y croyait presque.

Ce soir-là, couché près d'elle dans le lit étroit, il lui parla. Ce ne fut pas une conversation mais un monologue. Les yeux fixés au plafond, Ed se mit à décrire le corps de Lily, une partie à la fois. Il commença par ses cheveux, passa à son front, sans oublier la blessure. Il décrivit ses sourcils, ses yeux, son nez, sa bouche et son menton. Avec lenteur et méticulosité, il parcourut son corps sans même la regarder, en donnant tant de détails qu'elle avait l'impression que ce corps ne lui appartenait plus, et malgré son envie qu'il la touche, elle ne le lui demanda pas car le son de cette voix dans la chambre obscure la comblait d'un plaisir et d'une attente si intenses qu'elle n'avait pas envie que cela s'arrête. Quand sa description atteignit les orteils, il les embrassa, et Lily se demanda combien de femmes il avait désespérées en leur parlant ainsi, mais quand il embrassa le bout de ses doigts brûlés avec tant de douceur que la légère souffrance causée par ses lèvres ne faisait que la rendre heureuse, elle oublia complètement les autres femmes. Elles n'avaient ni visage ni nom, après tout, sauf Elisabeth – et cela n'était qu'un nom.

Lily s'éveilla dans la nuit à l'appel de sa vessie, se leva et, avant de passer dans la salle de bains, s'approcha de la fenêtre de la chambre et regarda son immeuble, de l'autre côté de la rue. Une seule lumière était allumée, dans le salon de Mabel. Lily supposa que c'était la lampe de bureau et que Mabel était encore en train de travailler à son livre à cette heure avancée. Ensuite elle observa la rue, à la recherche d'un signe de la présence de l'homme qui, au dire de Mabel, y montait la garde, mais elle ne vit personne. À l'instant où elle se détournait, elle entendit toutefois un bruit en dessous d'elle, sans doute sur les marches de l'hôtel. Elle leva la moustiquaire et passa la tête au-dehors pour voir qui c'était, mais cette fois non plus elle ne vit personne et entendit seulement courir dans la ruelle longeant l'hôtel. Elle écouta encore, mais l'homme devait s'être immobilisé ou bien se trouver déjà trop loin pour qu'on l'entende.

Le dimanche après-midi, Mabel accepta l'invitation d'Ed et de Lily à leur rendre visite à l'hôtel Stuart et, dans la demi-heure qui suivit son arrivée, elle s'évanouit. Dès l'instant où elle avait franchi la porte, vêtue d'une chemise mauve pâle, d'un pantalon noir étroit et d'un nuage de parfum, Lily avait été sensible à sa nervosité. Elle parlait avec volubilité, d'une voix tremblante et haut perchée, en sautant d'un sujet à l'autre et en soulignant ses propos de gestes des mains. Le temps avait changé, il faisait chaud et humide et la pluie, qui n'avait été la veille qu'une légère averse, menaçait de nouveau. Ed retourna le portrait de Dolorès pour le montrer à Mabel, et ensuite celui de Stanley. Elle les regarda avec attention, l'un et l'autre, sans cesser de parler. Elle se sentait particulièrement attirée par les cases narratives en haut des toiles et se lança dans une discussion à propos de la mémoire où il était question de parcourir une maison, pièce par pièce. Ed paraissait comprendre parfaitement, mais Lily la trouvait difficile à suivre. Mabel expliqua qu'elle-même utilisait "ce truc" pour se souvenir de discours ou de textes, et que pour elle la chose la plus importante était "les murs". Ed retourna le portrait de Tex et Lily vit Mabel regarder le tableau et puis s'écrouler. Elle tomba si vite que si Ed ne s'était trouvé à quelques centimètres d'elle, elle se serait affalée sur le sol. Ed porta Mabel sur son lit, l'y étendit et lui prit le pouls.

— Tu ne penses pas que c'est le tableau, si ? demanda-t-il en chuchotant. Peut-être que la nudité lui a donné un choc. Son pouls est bon.

— Ce n'est pas ce genre de vieille dame, Ed. De toute façon, il n'y a que les hommes qui croient que voir un pénis, c'est toute une affaire. Les femmes s'en fichent.

Il sourit de ce commentaire et se retourna vers Mabel. Au bout de quelques secondes, celle-ci ouvrit les yeux, mais pendant ce bref intervalle, Ed l'observa avec une expression d'une telle intensité que Lily en fut stupéfaite. Mabel remua, s'éveilla, et son visage cireux reprit bientôt sa couleur.

— Je suis affreusement gênée, gémit-elle.

— Il fait chaud, dit Lily. Tes nerfs...

Mabel s'assit ; elle regardait Ed fixement.

— Je ne comprends pas, dit-elle lentement. C'est ce tableau, bien sûr. Ça m'est déjà arrivé, il y a des années, quand j'étais étudiante, avec une reproduction, imaginez-vous ça ? Le professeur faisait passer ce fameux tableau de Grünewald représentant le Christ mort. Un regard, et j'ai tourné de l'œil. À l'époque, je ne savais pas quelle impression ce même tableau avait faite sur ce pauvre Dostoïevski, mais ça m'a un peu consolée, quand j'ai lu le récit de sa réaction.

Pendant un instant, Mabel regarda autour d'elle d'un air hagard, et puis elle revint à Ed.

— Les gens vont peut-être tomber comme des mouches quand vous l'exposerez, dit-elle. Ne serait-ce pas passionnant ?

— Ne t'excite pas, conseilla Lily en lui caressant la main.

Ed examinait Mabel avec attention. J'aimerais vous peindre, dit-il. Il inclina la tête et contempla le cou de Mabel et puis ses jambes. Lily n'aimait pas le voir regarder Mabel de cette façon, mais l'intéressée paraissait ravie. Elle se redressa et releva le menton.

— C'est vrai ? demanda-t-elle.

— Oui, j'aimerais énormément. C'est exiger beaucoup, comprenez-le. Je commencerais tout de suite à dessiner, et vous devriez me parler pendant des heures et des heures. C'est un peu comme si on s'enfermait au fond d'un trou avec quelqu'un pendant une semaine, ce qui, franchement, peut être désagréable, et puis il y a la question de l'histoire à raconter dans les cases. Parfois, les gens trouvent ça difficile. Je paie à l'heure, bien sûr, pas grand-chose mais… Mabel l'interrompit.

— Je suis d'accord.

Ed lui prit les deux mains dans les siennes et dit : Nous commencerons demain.

Lily les observait. Elle les avait présentés l'un à l'autre et à présent, moins de quarante minutes après leur rencontre, ils parlaient de s'enfermer ensemble au fond d'un trou. Si Mabel ne s'était pas évanouie, Lily se rendait compte que ce ne serait sans doute pas arrivé. Elle n'aurait pu expliquer pourquoi elle croyait cela, mais elle le croyait, et elle les observait tous deux avec un peu de méfiance. Elle avait souhaité qu'ils se plaisent, mais pas à ce point, et elle opposa à leur relation inattendue un mutisme presque total. Si Mabel semblait plus calme depuis son évanouissement, elle parlait néanmoins, surtout du portrait de Tex et de ce qu'il y avait dedans qu'elle n'avait pas voulu voir. Ça ira droit dans mon livre, ce soir, annonça-t-elle. Elle paraissait heureuse, presque fière de s'être trouvée mal en regardant un tableau. Quand Lily suggéra qu'à son avis c'était la chaleur, pas le tableau, Ed et Mabel lui lancèrent tous deux des regards sceptiques et elle abandonna donc cette argumentation. Malgré son empressement à discuter du tableau, Mabel ne voulait plus le voir. Ed le tourna contre le mur, cachant le grand gaillard et ses fantasmes sordides. Lily contempla le dos de la toile ; peu désireuse que Mabel reste le principal centre d'intérêt de l'après-midi, elle demanda à Ed comment Tex était vraiment.

— Comment il est vraiment ? répéta-t-il. Je ne sais pas. Il a cette obsession des hors-la-loi – les personnages du Far West. Il s'est amené avec un revolver à une des séances de pose, un quarante-cinq, un gros machin, j'avais une peur bleue, si vous voulez savoir la vérité. Mais j'étais convaincu que s'il voyait ma peur, ça tournerait mal, et j'ai fait de mon mieux pour garder l'air de rien. Il se trouve que l'arme n'était pas chargée. Il a eu l'amabilité de me montrer le chargeur avant de se mettre au travail. Ce revolver n'était qu'un ornement, en fait, pas besoin de balles. (Ed marqua une pause.) Il disait qu'on l'avait exclu de la reconstitution du hold-up de Jesse James, et que ça lui brisait le cœur.

— Non, dit Lily. On lui a dit qu'il ne pouvait pas être Jesse James, et c'était le seul rôle qu'il voulait.

Ed hocha la tête. Jesse James fait des apparitions, dit-il. L'autre jour, Dolorès m'a raconté qu'elle l'avait vu.

— La Dolorès du tableau ? demanda Mabel.

Ed hocha la tête. Son regard semblait distant.

— Elle avait bu, et elle n'était pas trop sûre des détails, mais elle prétendait l'avoir vu dans les bois, ou plutôt son fantôme, il sortait d'une grotte. (Il fit une pause.) C'est macabre, en réalité, maintenant que je le répète. D'après Dolorès, il transportait une tête de femme.

Lily regarda Mabel, qui s'était tournée vers Ed. Quoi ?

— C'est ce qu'elle disait. Des éléphants roses, à mon avis.

Mabel plissa le front.

Cette histoire absurde affectait Lily plus qu'elle n'aurait aimé l'admettre, et elle ne dit rien. Ça lui rappelait une autre histoire, elle ne savait plus laquelle. Elle frotta l'ampoule de son index contre celle de son pouce et sentit le liquide aller et venir à l'intérieur.

Ed regardait Mabel. Lily aurait préféré qu'il la regardât, elle.

— En réalité, Dolorès est une femme peu ordinaire. Elle a une sorte d'intelligence instinctive.

— Tout le monde n'associerait pas cet adjectif et ce nom, remarqua Mabel, mais je vous comprends.

Lily toussota. Ed et Mabel la regardèrent. Je suppose que la tête aussi était un fantôme, non ?

— Elle n'a pas précisé. Ed sourit.

Lily lui rendit son sourire. Elle s'étira sur sa chaise. J'ai chaud, dit-elle, les yeux toujours fixés dans les siens. Elle défit trois boutons de son chemisier, le dégagea à la taille et le noua sous ses seins. Elle sentait qu'ils la regardaient, tous les deux, et savoir cela la rendait heureuse. Voilà, c'est mieux, dit-elle. Elle s'étira de nouveau lentement, en roulant les épaules en arrière et en levant les bras au-dessus de sa tête de sorte que la plage de peau nue sous son chemisier s'élargit. Alors elle regarda Ed en se mordant la lèvre.

Il lui lança un coup d'œil méfiant et puis sourit en hochant la tête d'un air doucement réprobateur. Son expression déclencha un fantasme soudain : Lily s'imagina renversant Ed sur le plancher et lui grimpant dessus. Elle sourit et se tourna vers Mabel, dont le visage manifestait clairement que pas une seconde de l'échange entre Lily et Ed ne lui avait échappé.

Mabel lança à Lily un coup d'œil oblique. Elle ne cherchait pas à dissimuler son ironie. Lily Dahl, déclara-t-elle, comme si elle aimait la sonorité de ce nom, montrons Hermia à Mr. Shapiro. La dispute. Je connais le rôle d'Helena.

— Maintenant ? demanda Lily.

Mabel acquiesça d'un signe de tête. Je crois que le moment convient très bien. Ce sera notre répétition. Quand nous aurons fini, je m'en irai. Tu commences : "Ô escamoteuse !"

Lily et Mabel jouèrent trois fois la scène devant Ed. Mabel était une bien meilleure Helena que Denise. La troisième fois que Mabel, le visage levé vers le sien, prononça : "Bonne Hermia, ne soyez pas si amère avec moi. Je vous ai toujours aimée, Hermia. Je n'ai jamais trahi vos secrets, ne vous ai jamais causé de tort", Lily rougit en écoutant ces paroles.

À dix heures, le lendemain matin, Berthe dit à Lily qu'elle venait de voir Mabel Wasley franchir le seuil de l'hôtel Stuart. Lily se tourna aussitôt vers la rue, mais Mabel avait déjà disparu. Elle regrettait de ne pas l'avoir vue, de n'avoir pas la moindre idée de la façon dont elle était habillée. Quels vêtements Mabel avait-elle choisis pour "le trou" ? Ensuite elle essaya d'imaginer la conversation entre Ed et Mabel. Elle voyait Mabel gesticuler tandis qu'Ed se penchait vers elle avec cet air fasciné qu'il avait eu lorsqu'elle s'était évanouie. Je me demande pourquoi il n'a pas envie de faire un portrait de moi, songea Lily. C'était la première fois qu'elle pensait à elle-même comme à quelqu'un qu'Ed pourrait peindre, mais aussitôt elle se sentit mal. Pourquoi avait-il eu envie de peindre Mabel et pas elle ? Lily se rappelait les tableaux, revoyait chacun des personnages sur la toile : Dolorès, Tex, Stanley. Tout ça est tellement intime, pensa-t-elle. Et, de fait, à la réflexion, les tableaux lui donnaient l'impression que ce qu'Ed peignait, c'était l'intimité même – ces gens qui vous regardaient droit dans les yeux et qui, cependant, étaient seuls. Il ne choisissait pas ses modèles sans raison, n'est-ce pas ? Lily devina soudain qu'il ne la choisirait jamais et qu'il réservait à ceux qu'il peignait une intimité d'un genre particulier. Elle essaya de se voir comme l'un d'entre eux. Qu'aurait-elle à raconter dans les cases s'il le lui demandait ? Lily revit le terrain où s'était trouvée la maison de ses grands-parents. Les nouveaux propriétaires l'avaient rasée. Et maintenant c'est comme s'il n'y avait jamais rien eu. Mais ce n'est pas *mon* histoire, se dit-elle. Et en pensant à Mabel et à Ed, ensemble, de l'autre côté de la rue, elle se sentit contrariée. Elle imaginait Mabel dans une tenue de soie souple, et une bouffée de regret la traversa à l'idée de ses propres vêtements. Elle pouvait presque entendre Mabel parler : un flot de phrases pleines de noms de gens dont Lily ne savait rien. Quand elle sortit du café, elle s'inventait le tableau qu'Ed était en train de peindre. Elle se représentait Mabel telle qu'elle l'avait vue la veille – un corps menu sur un lit étroit, privé de toute couleur et presque de vie : le portrait d'un cadavre. Lily trouvait cette image réconfortante.

Elle s'arrêta devant la porte d'Ed. Elle les entendait parler. La voix d'Ed était basse, confidentielle, un peu hésitante. Elle ne distinguait pas ce qu'il disait, mais songea qu'il était exactement tel qu'elle l'avait imaginé. Son cou et son menton se crispèrent. Ensuite elle entendit Mabel qui répondait d'une voix plus haut perchée : "Elle avait un œil bleu et l'autre brun. Un trait rare et, dès qu'on l'a remarqué, très attirant. Je ne l'avais pas observé au début, mais ensuite je ne pouvais plus détourner le regard de ces yeux mal assortis. Je crois en toute honnêteté que si elle avait eu les yeux de la même couleur, je n'aurais pas réagi comme je l'ai fait. Elle était très belle et très silencieuse. Si elle avait parlé, peut-être aurait-ce été différent. Je pense que je suis devenue amoureuse d'elle sans jamais me l'avouer – ni le lui avouer à elle, ni à personne –, que vingt ans plus tard, quand je me suis autorisée à en prendre conscience. Elle était comme un chat, à vrai dire, ou peut-être un chat ensorcelé. Il n'y avait aucune bonté en elle, mais elle n'était pas mauvaise. Elle était dépourvue de tout sens moral. J'avais l'habitude de lui masser le dos et les pieds, et je me souviens que son contact me troublait. Ce n'était pas seulement une impression d'interdit. Ce vide en elle m'effrayait. Mais elle en savait plus sur moi que moi-même. Elle me faisait marcher comme un amant, se repaissait de mon adoration comme de celle de tous les autres, simplement parce qu'elle en était affamée. Et puis elle a disparu, elle est partie. Je ne l'ai jamais revue."

Lily se retourna et s'éloigna dans le couloir. Elle descendit sans bruit, mais vite, le pouls battant dans les oreilles, et elle courut jusqu'à sa chambre. Elle alla droit à son placard, attrapa le sac de toile sur le sol et jeta cette saleté sur son lit. Elle en sortit les souliers et les examina. Elle les tourna entre ses mains et toucha des doigts le cuir abîmé. Le feu les avait colorés – de noir, de brun, d'ocre et de jaune. Tachés et marqués de brûlures près des talons, les deux souliers avaient eu les pointes calcinées de part en part. Elle les approcha de son visage et les flaira, reconnaissant d'abord l'odeur des cendres et puis la puanteur du feu. Il faut que je m'en débarrasse, se dit-elle, mais elle ne pouvait se résoudre à les jeter à la poubelle. Elle les coucha l'un près de l'autre sur le plancher et les contempla fixement pendant une minute. Jamais rien vu de plus lamentable, pensa-t-elle et puis, avec des gestes lents et délibérés, elle ôta ses sandales et glissa ses pieds dans les souliers. L'un se déchira. L'autre battait sous son pied. Sans savoir pourquoi, Lily se sentit cruelle de porter ces chaussures noircies et abîmées, et sur-le-champ elle décida qu'elle avait besoin de cette sensation. Sans les enlever, elle régla son réveil à temps pour la répétition, s'étendit sur son lit et ferma les yeux. Lily rêvait quand la sonnerie la réveilla, mais quel que fût son rêve, il s'éteignit avec cette sonnerie et elle ne s'en rappela rien.

Lily pensa que c'était dû à son humeur, mais la pièce changea pour elle, ce soir-là. Dans la première scène, quand Mr. Pumper prononça le discours d'Egée exactement comme il le faisait toujours, Lily entendit pour la première fois la menace qu'il contenait : "Je revendique l'ancien privilège d'Athènes : Puisqu'elle est mienne, je peux disposer d'elle, Pour la livrer, soit à ce gentilhomme, soit à la mort, en accord avec notre loi." Et elle entendit aussi la violence dans ce que disait Thésée : "Pour lui vous n'êtes qu'une effigie de cire Où il a marqué son empreinte, et il est en son pouvoir D'en maintenir ou d'en détruire la forme." La métaphore qui lui avait échappé jusqu'alors prenait vie, et Lily voyait l'image d'une jeune femme, de son visage et de son corps écrasés par un poing d'homme. Elle se rappela Mabel, debout devant la fenêtre quand elles avaient répété ensemble : Il suffit d'un rien, avait-elle dit en tournant les doigts comme s'ils tenaient une vis, et la comédie devient tragédie.

Tout au long de la pièce, elle entendit des mots et des phrases qu'elle ne se rappelait pas avoir entendus, et derrière les gens familiers, derrière leurs T-shirts et leurs shorts, leur jeu maladroit et leurs répliques oubliées, derrière Mrs. Wright leur enjoignant d'être "aériens" et de "marcher légèrement", et derrière les bruits de marteaux et de scie venant d'en bas, où on construisait le décor, et même derrière ce temps orageux suspendu dans la salle tel un poids, elle sentait la présence d'une autre pièce qui était presque réelle, ou aussi réelle que l'est la mémoire. Même si elle ne pouvait pas vraiment sentir l'odeur des arbres, des chardons et du chèvrefeuille, elle se souvenait de les avoir sentis, et elle se souvenait des sanguinaires en fleur au début du printemps dans la pénombre des bois, et de l'apparition des boutons-d'or dans les prés, et des hautes herbes pleines de sauterelles qui bondissaient et palpitaient quand elle s'y frayait un chemin, et elle se souvenait de s'être aperçue, en sortant du ruisseau, qu'elle avait les jambes couvertes de sangsues et d'avoir couru chez elle sans baisser les yeux, et Lily imagina qu'elle comprenait désormais la double carte de Martin, et elle eut la nostalgie de sa maison, envie de retourner dans cette maison où elle vivait avec ses parents avant de devenir grande, avant le cancer de son père, avant l'Idéal-Café et avant Ed et Mabel, de retourner à ce dont elle se souvenait, au sainfoin, aux bouses de vache et au ruisseau.

Pour la première fois, ce soir-là, des musiciens accompagnaient les acteurs, un quatuor à cordes qui jouait bien. Sans la musique, Lily savait qu'elle n'aurait sans doute pas éprouvé la même chose. La musique était émotion pour elle, alors, moins le reflet d'un sentiment que le sentiment lui-même, et en l'écoutant après sa mauvaise journée, elle sombra dans un état qui ressemblait à une fièvre bénigne. La tête un peu légère, les articulations un peu douloureuses, elle joua le rôle d'Hermia dans une sorte de transe.

Quand, la répétition achevée, la musique s'arrêta, Lily essaya de se secouer et de revenir à elle, mais elle trouva cela difficile et n'écouta personne, ne remarqua pas les autres acteurs jusqu'au moment où Ruth Baker s'approcha d'elle, une grande coupe de tissu blanc sur les bras, en disant : Voilà le tissu pour toi et Denise. Il te plaît ?

Lily contempla cette blancheur et cligna des yeux.

— Je te retrouve dans l'atelier des costumes pour prendre tes mesures.

— D'accord, dit Lily.

— Tu n'as pas entendu l'annonce de Barbara ?

Lily regarda le visage rond de Mrs. Baker et son ventre boudiné sous le pantalon kaki. Excusez-moi. Je crois que je rêvais.

En passant la porte de l'atelier, Lily vit Denise debout sur un petit tabouret. Mrs. Baker tournait autour d'elle avec un mètre ruban, et Martin Petersen était assis en tailleur sur le plancher avec une longue pièce d'étoffe drapée sur les genoux. Il tenait d'une main un petit carnet et de l'autre un crayon. La lumière de l'ampoule nue au plafond accentuait la blancheur de Martin, mais Lily eut néanmoins l'impression que la couleur de sa peau pâlissait de jour en jour. Je suis sûre qu'il est plus pâle qu'il y a une semaine, pensa-t-elle. Qu'est-ce qu'il fait ici, d'ailleurs ?

— Martin m'aide, expliqua Mrs. Baker, comme si Lily avait posé la question à voix haute.

Lily hocha la tête et regarda Denise descendre du tabouret. C'était normal que Martin aide, non ? Il était homme à tout faire, après tout. Alors pourquoi avait-elle cette impression que sa présence était calculée, avait quelque chose à voir avec elle ?

Lily monta sur le tabouret. Denise s'en allait. Sa démarche agaçait Lily. Elle était raide et peu naturelle. Ses racines s'assombrissent, pensa Lily, et elle sentit Mrs. Baker qui déplaçait le mètre ruban le long de sa jambe. Elle criait les chiffres à Martin qui les notait sur son carnet. Lily l'observa un moment et vit trois épingles fichées dans le tissu de sa chemise. Il se courba vers la page, et les épingles reflétèrent un instant la lumière.

Mrs. Baker fit claquer sa langue. Ces jeunes filles ! dit-elle. Des miniformats. Bien sûr, il y a quinze ans et quatre enfants, j'avais moi aussi soixante-six de tour de taille, difficile à croire aujourd'hui, mais j'ai ma robe de mariage qui en témoigne.

Au moment où elle sentait Mrs. Baker lui entourer la taille avec le mètre et le serrer, Lily entendit respirer Martin, et ce bruit la fit rougir. Elle ferma un instant les yeux ; un vertige la saisit, elle vacilla sur son tabouret. Mrs. Baker lui prit le coude.

— Ça va, Lily ?

Son regard rencontra le visage soucieux de Mrs. Baker. Oui, dit-elle. J'ai perdu l'équilibre, c'est tout.

— Nous avons fini, ma chérie.

Lily descendit du tabouret et Mrs. Baker sortit en marmonnant toute seule à propos de Titania et de sequins.

Lily se tourna vers Martin. La pièce d'étoffe était à présent sur le sol près de lui, et elle vit que la fermeture éclair de son jean était à moitié baissée. Pendant un instant, elle imagina son pénis, ses testicules et sa toison sous la toile, et pour la première fois son sexe lui parut réel. Après s'être balancé une ou deux fois d'avant en arrière, Martin lui demanda : P-p-pourquoi ne viendrais-tu pas chez moi, maintenant ? On pourrait bavarder un peu. J-j-j'ai quelque chose à te montrer.

Il se tut, et quand il reprit Lily distingua dans sa voix une mélodie à peine audible : Je crois que tu devrais venir maintenant. Le bois est juste derrière la maison.

Elle regarda Martin et puis une cape de velours violet qui était roulée en boule derrière lui et demanda, les yeux fixés sur le velours : Pourquoi tu as dit ça, à propos du bois ?

Martin récita la tirade d'Obéron à Puck, quand le roi des elfes envoie son serviteur à la recherche de l'herbe qui va ensorceler Titania. Chaque fois que Lily l'entendait, elle imaginait la même chose : la flèche de Cupidon décrivant un grand arc avant de toucher sa cible en plein champ. Martin ne bégayait plus du tout. “Il est tombé sur une petite fleur d'Occident, Auparavant d'un blanc de lait, désormais empourprée par la blessure de l'amour. Et les vierges l'appellent : pensée d'amour.” Il lui lança un regard ferme et assuré. Il ne ressemblait plus du tout à Martin Petersen. Cette citation était un défi.

— Pourquoi pas ? répondit-elle. Elle se rejeta les cheveux sur le dos en regardant Martin droit dans les yeux.

S'il était étonné, il n'en montra rien. Il se leva en bredouillant quelque chose à propos de son camion, et Lily le suivit au-dehors. En marchant derrière lui, elle se rendit compte qu'elle était en train de faire une bêtise, mais c'était une bêtise qu'elle avait envie de faire. Sans Ed, elle ne serait pas allée chez Martin. Si elle allait chez Martin, elle ne pourrait pas rejoindre Ed, tandis que si elle rentrait chez elle, elle ne serait sans doute pas capable de se tenir à l'écart de l'hôtel Stuart. En même temps, elle se sentait attirée vers Martin et curieuse de cette maison où jadis on lui interdisait d'entrer.

Assise à côté de lui dans son pick-up, Lily regardait la route devant eux tandis que Martin conduisait en silence. Ils passèrent devant l'hospice des vieux et le collège et gagnèrent la grand-route. Les sièges avaient une odeur vaguement pharmaceutique. Lily s'accouda à la fenêtre en se serrant contre la portière de manière à se trouver aussi loin que possible de Martin. Laissant le vent lui souffler au visage, elle contemplait la nuit. Elle ne sut pas tout de suite que Martin commençait à parler, mais elle se tourna vers lui et l'entendit bégayer : Tu sais ce que c'est, la petite fleur d'Occident ?

— Non, dit Lily.

Martin ne continuait pas. Sans le regarder, Lily sentit l'effort que lui coûtait le mot suivant.

— U-ne p-p-pensée.

— C'est vrai ?

Lily revoyait les pensées de sa mère, rangées dans des caissettes avant d'être plantées en terre ; il y en avait dont les pétales étaient blancs avec, au centre, des taches violettes ou bleues. C'est vraisemblable, dit-elle. Je vois ça.

Martin hocha la tête. Lily observa son profil à la lumière du tableau de bord. Il changea de vitesse. Lily se laissa aller contre le dossier en se disant qu'une expérience pouvait être bonne en soi, que Martin Petersen était à tout le moins un personnage intéressant et que ceci aussi pouvait être une aventure.

Il roulait vite, pas à une vitesse folle, mais vite, et Lily le sentait pressé. Ils passèrent devant chez les Bodler, elle vit une lumière isolée à l'étage de la maison et la silhouette noire des grands tas de ferraille devant les arbres, et une bouffée d'excitation la parcourut. Martin s'engagea dans un chemin de terre sous un berceau d'arbres et s'arrêta devant la petite maison. L'obscurité était totale.

Quand le moteur se tut, Lily entendit des grillons dans l'herbe. Elle ouvrit sa portière, et Martin cria : A-a-attends ! Surprise, elle attendit, et vit Martin courir devant le camion, apparaître à sa portière et lui tendre la main pour l'aider à descendre. Elle joua le jeu :

— Merci, gentil seigneur, dit-elle.

Lorsqu'elle fut à ses côtés, il s'inclina en la saluant d'un grand geste de la main.

Sur le perron de la maison, il alluma la lumière. Lily regarda autour d'elle, et vit une plante en train de mourir sur une petite table, les feuilles si desséchées qu'elle n'était pas identifiable. Martin ouvrit la porte d'entrée et Lily s'arrêta derrière lui. L'odeur qu'elle avait remarquée dans le camion était plus forte dans la maison – colle ou produit chimique quelconque. Ils pénétrèrent dans ce qui devait avoir été la pièce principale. Martin alluma. Un canapé fatigué, deux chaises à dossier droit et une table composaient le mobilier. Martin lui proposa de s'asseoir, et Lily se dirigea vers le canapé en se demandant pourquoi cette pièce la mettait mal à l'aise. Elle se rappelait que le père de Martin avait les lèvres presque dépourvues de chair, et pour une raison ou une autre elle le revit soudain en train de marcher dans un champ avec son fusil, sans qu'elle se souvînt d'où lui venait cette image. Bien qu'il n'y eût pas de bibliothèque dans la pièce, il y avait partout des livres empilés et, après s'être assise, Lily lut quelques-uns de leurs titres : *L'Anatomie de Gray, Biographie de Staline, Moulages divers, Dessiner le corps humain, Le Troisième Reich, L'Ève future, La Planète sans nombre*. Elle vit aussi une pile de livres de poche, science-fiction et policiers, et au moins un roman intitulé : *Baxter*

Manor. Dans le coin le plus proche, elle remarqua des tasseaux et un coffre à outils posés sur le sol à côté d'un amas de chiffons, d'une grande paire de ciseaux, de petits morceaux de mousse synthétique, de bobines de fil, de tubes de couleurs et de plusieurs couteaux rangés bien en ordre. La lampe du plafond n'éclairait pas complètement le coin, et dans l'obscurité Lily devina aussi des formes vagues qu'elle ne put identifier. Les couteaux l'inquiétaient, mais elle se dit qu'à la lumière du jour ils sembleraient sans doute innocents.

Elle s'en détourna pour inspecter l'angle opposé de la pièce, où elle vit un fauteuil à bascule sur le bras duquel était drapée une grande étoffe noire. Le mur était orné d'une sorte de collage dont une mappemonde constituait le fond. La carte paraissait dessinée à la main et rappelait à Lily celles que Martin lui avait données. Elle était illustrée de coupures de journaux et d'images en couleurs provenant de magazines, certaines apparemment déchirées, d'autres découpées avec soin. Lily se leva du canapé pour s'en approcher et entendit Martin grogner derrière elle, mais elle fit la sourde oreille. Arrêtée devant le collage, elle remarqua que le centre de la carte était vide : pas d'images, pas de dessins, rien, et parce qu'il était entouré de tant de choses, ce vide paraissait chargé de sens. Ensuite elle regarda la photo d'un enfant affamé, sans doute publiée par une organisation du genre Enfants du Monde ou AICF. Juste à côté, Martin avait collé la photo d'un jeune mannequin en robe du soir provenant d'un magazine de mode. La juxtaposition était évidente et affreuse, mais en y regardant de plus près Lily vit que le mannequin minaudant et le malheureux enfant avaient des expressions étrangement similaires. Elle inspecta un à un les articles et les images : une vieille photo du Viêtnam, des articles sur John Wayne Gacy, Jack l'Éventreur, June Putkey, la jeune fille de Webster qui, quelques années auparavant, avait frappé sa mère à coups de couteau, un article intitulé : "Des milliers de visiteurs pour la statue de la Vierge guérisseuse", une photo de victimes des camps de la mort dans des tombes ouvertes, des publicités pour des vêtements, de la bière ou des cigarettes, des images de jardins avec des fontaines, des fleurs et des arbres. Elle vit une série de coupures de journaux à sensation, notamment : "UN HOMME SURVIT AVEC UNE TÊTE GREFFÉE", "LE PÈRE DE MON BÉBÉ EST UN EXTRATERRESTRE" et "UN CIMETIÈRE SATANIQUE DÉCOUVERT DANS L'UTAH. DES SAVANTS EXHUMENT DES CENTAINES DE CRÂNES CORNUS". Tout près d'une publicité en couleurs pour un dentifrice, montrant une jeune femme aux dents étincelantes, Lily vit une étoile à côté de Bergen-Belsen, et sous l'étoile Martin avait dessiné une caisse semblable, en plus étroit, à celle qu'il avait dessinée pour elle. Les muscles de ses épaules se crispèrent. Elle sentait Martin derrière elle et se retourna vivement. Qu'est-ce que c'est, Martin ?

Il la considérait sans émotion apparente, les lèvres serrées. Et puis il hocha légèrement la tête, elle vit sa langue, ses dents. Il bégaya quelque chose d'inintelligible.

— Comment peux-tu supporter d'avoir ça à ton mur, de voir ces trucs-là tout le temps ? Elle s'appuya au dossier du fauteuil à bascule et le sentit remuer sous sa main. L'étoffe noire lui frôla la jambe. Elle recula.

Martin désigna une annonce pour la compagnie du téléphone représentant une mère en train d'embrasser son enfant dans un jardin verdoyant. I-i-il y en a de belles.

— Je sais, Martin, mais à côté du reste elles ont l'air d'une plaisanterie. Et toutes ces jolies filles et ces fleurs... Je ne sais pas.

Martin se détourna. Elle l'entendit achopper sur la première consonne, et puis les mots lui vinrent avec fluidité, portés par la musicalité de la voix, ainsi qu'elle l'avait déjà remarqué : C'est un mélange, ci et ça. Ce qui *est*. Et toutes ces choses ont des noms. Tout a un nom, même – il désigna Auschwitz –, même des endroits qui ne devraient pas en avoir un. J'ai lu des tas de choses. J'en ai vu à la télé. Il fit un signe de tête en direction d'un vieux poste coffré de vinyle imitation bois. Blanc et noir. Je ne veux pas la couleur.

Ils restèrent silencieux. Lily n'aimait pas l'odeur de la maison. En tournant la tête vers la porte de la chambre, qui était ouverte, elle aperçut un lit en désordre couvert de papiers épars, un bureau et quelques centimètres d'une commode. Qu'est-ce que tu voulais me montrer ? demanda-t-elle. Il faut que je rentre bientôt.

Il passa près d'elle pour entrer dans la chambre. Elle l'entendit ouvrir et refermer un tiroir. Il revint avec une coupure de journal et pria Lily de se rasseoir, ce qu'elle fit.

— C'est ceci. Il lui donna le vieil imprimé jauni.

Lily vit une petite photographie d'enfant, une fillette qui ne devait pas avoir plus de deux ou trois ans, avec des cheveux noirs et courts. Elle souriait joyeusement.

— Qui est-ce ?

— Becky Runevold.

— Ça ne me dit rien.

— Son père l'a tuée il y a seize ans, dit Martin. Après un bref silence, il reprit : Auj-j-jourd'hui. Elle aurait notre âge.

— Aujourd'hui ? répéta Lily. Tu la connaissais ?

— Non.

— Mais c'était il y a très longtemps. D'où vient cette photo ?

— Le *Journal des pionniers*. C'est ma mère qui l'a découpée.

— Ta mère connaissait la famille ?

Martin secoua la tête.

— Alors pourquoi tu l'as ?

Martin reprit à Lily le petit carré de papier et le contempla fixement.

— Tu vois bien, Lily, non ?

— Je vois quoi ?

— Elle, elle te ressemble à toi quand tu étais petite.

Lily s'empara de la photo. Non, pas du tout.

Martin la regarda en face. Il hocha lentement la tête. Si, elle te ressemble.

— Je devrais le savoir mieux que toi, objecta Lily.

— N-n-non, d-d-d'habitude les autres le remarquent, pas la personne. Il avança les lèvres, hocha la tête et ajouta : C'est comme si tu avais grandi à sa place – d'une certaine façon. Il saisit le bout de papier dans la main de Lily et elle le lâcha.

Lily dévisageait Martin. Non, pas du tout, répéta-t-elle.

— Ça ne s'est pas passé dans une grande ville. Près de Farmington. Il l'a noyée dans son bain.

— Pourquoi ? chuchota Lily.

Martin haussa les épaules. Il avait l'air calme mais figé, absorbé par une pensée lointaine. "Parce que c'est un rêve insondable", dit-il.

— Tu l'aimes vraiment, cette pièce, hein ?

Martin la regarda, les yeux plissés, comme si elle se trouvait à plusieurs mètres de lui. N-n-non, dit-il.

— Tu n'arrêtes pas de la citer.

Martin trébucha sur les mots suivants : C'est plus facile, expliqua-t-il enfin, que de le dire moi-même.

— Mais tu avais envie de jouer dedans ? insista Lily.

Il fit oui de la tête.

— Et la carte, Martin ? Pourquoi as-tu voulu me la donner ? Lily aurait aimé lui demander ce que représentait la caisse, mais elle se tut.

Martin se tourna vers la fenêtre et chantonna, tel un gosse sur un terrain de jeux : Elle est là, dehors, maintenant.

— Qui ? demanda Lily.

— Elle n'est pas vivante.

Lily tressaillit. Elle avait passé plusieurs seuils depuis qu'elle avait accepté de raccompagner Martin chez lui, et elle décida que celui-ci serait le dernier. Je voudrais rentrer, dit-elle.

Martin se leva aussitôt et se dirigea vers la porte. Lily ne comprit pas tout de suite ce qu'il faisait. Il ouvrit la porte moustiquaire et franchit rapidement le perron sans éteindre la lumière. Lily le suivit et, quand elle fut sur le perron, elle le vit, debout près de son camion, côté passager, en train de lui tenir la portière ouverte.

Elle monta sans un mot, et Martin conduisit en silence. Lily n'aurait pu dire si c'était un silence de colère, de bouderie ou de résignation.

Son visage n'exprimait rien. Mais Lily n'avait pas envie de bavarder. Elle s'assit contre la portière et regarda la route, attentive au moindre geste de Martin. Tandis qu'il conduisait, elle imaginait des embardées et des collisions soudaines, le véhicule filant sur la voie opposée, fonçant droit sur des phares arrivant d'en face. Quand Martin arrêta le camion dans Division Street, devant le café, Lily se tourna vers lui. Il lui parut très jeune à ce moment, avec son visage doux et ses cheveux très courts, pas du tout à la mode. Les yeux sur le pare-brise, Lily dit : Salut. Martin se pencha vers elle, mais Lily tira sur la poignée de la portière et sauta dans la rue. Martin se glissa sur le siège du passager et passa la tête par la fenêtre.

— Tu ne le laisseras pas te peindre, dis, Lily ?

Bouche bée, elle le regarda fixement. Elle savait ce qu'il lui disait, comprenait qu'il s'agissait d'Ed, mais elle demanda : De quoi parles-tu ?

— C-c-c'est important qu'il ne te peigne pas. Pas toi. Et puis Martin ajouta : P-pour ton bien, Lily.

Elle se détourna. Bonsoir, Martin, dit-elle. Elle s'engagea dans la ruelle où donnait la petite porte qui menait chez elle, et regarda démarrer le camion de Martin. Ensuite elle regarda, de l'autre côté de la rue, la fenêtre d'Ed. Elle vit deux silhouettes dans la lumière : Ed et Mabel. Ils étaient assis l'un en face de l'autre sur les deux seuls sièges de la chambre. Lily vit Mabel lever une main et désigner le plafond. Encore en train de parler, se dit-elle. Elle les observa tous les deux pendant au moins une minute avant de fermer les yeux en retenant son souffle. Son envie de se précipiter chez Ed et de l'entourer de ses bras était si grande que l'effort de se contrôler la faisait trembler. Elle compta jusqu'à cent pour se donner le temps, et puis voulut pousser la porte, s'aperçut qu'on l'avait fermée à clef, sortit son trousseau, ouvrit et monta se coucher.

Avant de s'endormir, Lily eut l'impression de sentir une odeur de brûlé – un feu éloigné, peut-être, dont le vent chassait la fumée vers la ville. Ça ne peut pas être les souliers, tout de même, qui pueraient encore ? Elle revit la carte et les images au mur de Martin, et puis l'espace vide au centre. Allait-il le remplir ? En un sens, c'était ce vide qui lui trottait en tête à présent, plus qu'aucune des images ou des phrases qu'elle avait vues autour. "Elle n'est pas vivante", pensa Lily. Il devait parler de cette petite fille – Becky. Lily mit un disque afin d'oublier Martin, la petite morte, et Ed, et Mabel. Elle écouta deux fois *The Best of Aretha Franklin*, et en l'écoutant elle s'imaginait sur une scène, en robe verte à paillettes. Elle chantait les paroles : *You Make Me Feel Like a Natural Woman* et dans son fantasme elle avait une voix comme celle d'Aretha, une voix qui semblait venir tout droit du ciel.

À l'instant où elle posait la main sur la poignée de la porte du café, Lily entendit le déclic du juke-box et les premières paroles d'une chanson : "Croyez-vous à la magie ?" En ouvrant la porte, elle aperçut Vince en train de danser et de chanter tout seul dans l'espace entre les tables et le comptoir. Il lui tournait le dos, et elle le regarda se déhancher en claquant dans ses doigts, elle vit sa calvitie décrire des cercles au rythme de ses roulements d'épaules, et puis il marcha vers la machine à café à la façon d'un danseur de charleston. Lily sourit. Ce gros avait de la grâce, de la légèreté. Elle le vit faire des courbettes en chantant : “dans le cœur d'une jeune fille...” Il pivota, découvrit Lily et, sans perdre un instant la cadence, lui tendit la main en disant : Danse avec moi, dahlia. Lily saisit la main tendue et ils dansèrent et se démenèrent en se heurtant les hanches et en braillant ensemble le refrain.

Quand le disque s'arrêta, Lily observa : Tu es de bonne humeur, ce matin.

Vince était essoufflé, une veine saillait sur son front. Toi aussi, dit-il. Il hocha la tête. Tu es très en beauté, fraîche comme la rosée ! Ton nouveau bonhomme te traite bien, je suppose.

Il se frotta le visage, hésita, se lança : Il n'est pas un peu vieux pour toi, mon petit ? Étant donné mon grand âge, il me semble que je dois t'avertir (il sourit) : On ne s'améliore pas en vieillissant.

Lily rougit. Tu sais, Vince, on ne décide pas vraiment. Ça arrive, c'est tout.

— Ouais, je sais. Il hésita de nouveau, se gratta l'avant-bras avec énergie. Hank traîne par ici, ces derniers temps, je crois qu'il faut que tu le saches.

— Je n'ai pas remarqué.

— Il vient me voir l'après-midi, et hier en début de soirée je suis tombé sur lui devant le Stuart.

— Hank ? demanda Lily.

— Il va pas bien.

— Hank ? répéta-t-elle.

Vince inclina la tête en arrière, simulant la surprise. Oui, Hank. Tu te souviens de lui ? Un beau grand type. Tu es sortie avec lui pendant près d'un an.

Lily fit claquer sa langue. Vince, gémit-elle. Hier soir ?

— C'est ça. Je suis resté tard pour faire les comptes, et quand je suis sorti il errait lamentablement dans la ruelle, avec une gueule d'enterrement.

— C'est pas le genre de Hank, dit Lily.

— Il est au courant… Du menton, Vince désigna l'hôtel Stuart. Je l'ai emmené chez moi, je lui ai offert le discours standard autour d'une bouteille de bourbon : les conneries du style “aucune femme n'en vaut la peine”. Il est allé travailler bourré.

— C'était sympa de ta part, Vince.

— C'est pas mes oignons, Lily, mais je crois que tu devrais lui parler.

— Ça ne changera rien.

Vince prit la main de Lily et la tapota. Je sais bien, mais le problème de Hank, c'est qu'il n'y croit pas. Il n'y croit pas, c'est tout.

Lily regarda la rue et soupira. Ce qu'il y a de drôle, Vince, c'est que n'importe quoi peut arriver. Je veux dire, rompre avec Hank, c'est banal. Toutes sortes de trucs vraiment dingues se passent tout le temps. Il faut s'y attendre.

— Hank n'a pas appris ça. Il en est encore à la théorie : collège, université, un bon job, une jolie femme, des gosses malins et heureux. Vince scruta le visage de Lily. Je ne pense pas qu'il l'ait jamais vu.

— Vu quoi ?

— Ce que j'ai vu du premier coup d'œil : ce démon affamé et insatisfait, en toi, qui saute devant les trains en rigolant.

— Qui t'a raconté ça ?

— C'est une légende, Lil'.

— J'étais qu'une gamine.

— Tu étais assez grande pour savoir ce que tu faisais.

— C'est fini, ça, maintenant, Vince.

— Ouais, dit-il en croisant les bras. T'es passée à plus gros.

— Arrête !

Vince regarda par la fenêtre et fit la grimace. J'ai du plomb dans le crâne. Il va pleuvoir. Il va pleuvoir des seaux et puis on aura du vent.

Lily rit. Il y a trop longtemps que tu as quitté Philadelphie. Je croirais entendre un vieux fermier.

— Vieux fermier mon cul, dit Vince. J'ai un baromètre dans la tête depuis l'âge de sept ans. Ma grand-mère m'appelait M. Météo.

Vince ne se trompait pas. Le temps changea. L'aube tourna au vert pâle et, peu après, Division Street devint aussi immobile qu'une image d'elle-même. À six heures trente, Boomer fit son entrée, et à trois ils servirent quelques lève-tôt qui se dépêchèrent de manger afin de rentrer chez eux avant l'orage. Des nuages noirs arrivèrent, le vent se leva et se mit à hurler. À sept heures, ils allumèrent la radio et écoutèrent un homme annoncer qu'un avis de tempête avait été lancé pour Minneapolis et ses environs, Webster comprise. Lily téléphona à Berthe pour lui conseiller de rester chez elle, et ils fermèrent le café. La pluie martelait la chaussée. Les auvents des boutiques grinçaient sous les bourrasques et, très près, un coup de tonnerre retentit. Pendant une ou deux minutes, il plut si fort qu'ils perdirent l'hôtel de vue. Le nez collé à la vitre, Boomer marmonnait "ouais" avec une régularité hébétée qui commençait à agacer Lily.

Ils s'assirent tous les trois dans un box et se mirent à jouer au poker en mangeant la tarte de la veille et en écoutant la porte moustiquaire ferrailler sur ses gonds. Les gouttières débordaient, et le jeune arbre fragile planté depuis quelques jours à peine par le Comité pour l'embellissement de Webster se couchait sous les rafales. Lily espéra qu'elle n'avait pas laissé sa fenêtre ouverte, et puis elle pensa à Mabel, là-haut. Pendant un instant, elle imagina la vieille dame emportée par sa fenêtre, son corps volant tel un mouchoir par-dessus les toits.

— C'est à toi, Lily, dit Boomer.

Elle regarda le plongeur. Il ne se tenait jamais tranquille. En ce moment, sa tête et ses épaules se trémoussaient. Lily examina le T-shirt qu'il portait, avec l'inscription "The King" en caractères géants. Elle regarda le visage de Boomer et contempla ses yeux derrière ses épaisses lunettes plusieurs fois réparées avec les moyens du bord : outre la bande gommée enroulée autour de la monture, il y avait un bout de fil de fer tordu qui pointait au-dessus du verre de droite, tel un ressort de matelas décroché. Ces besicles extravagantes au-dessus de la figure de l'idole du rock donnait au garçon l'air d'un extraterrestre assimilé. Il répéta d'un ton geignard : Tu retardes le jeu.

— T'emballe pas, répliqua Lily. Elle étudia sa main, prit deux cartes et ne bougea pas un cil en voyant la quinte.

Vince médita quelques secondes, puis poussa une capsule de bouteille au milieu de la table.

— T'es au courant pour Dolorès ? demanda-t-il.

— Non, fit Lily.

— Arrêtée.

— Pourquoi ?

— Je parie que je sais, lança Boomer, rigolard.

Lily regarda la dent cassée du gamin : une petite pointe blanche sur le devant de sa bouche.

Vince l'ignora et reprit, avec un hochement de tête destiné à Lily : On dit qu'elle a pénétré dans une des grottes.

— Sans blague ! dit Lily, les yeux fixés sur ses cartes.

— Ton bon ami a payé sa caution, déclara Boomer.

Lily tint ses cartes devant sa bouche et son nez et regarda Boomer par-dessus : Qui t'a dit ça ?

Boomer s'appuya au dossier de la banquette en croisant les bras. J'ai des relations dans la police, moi.

— Comme tout le monde, dit Lily.

— Non, pas toi, toi t'en as plus, chantonna Boomer d'une voix moqueuse et haut perchée.

Lily observa son air satisfait. Il me ferait pitié, ce môme, pensa-t-elle, s'il n'était pas si puant.

Vince soupira bruyamment et se gratta la joue.

— Va te faire voir, Boom, dit Lily. Tu joues ou pas ? Je te relance de trois.

L'orage commença à s'apaiser vers onze heures. La pluie cessa, mais des rafales de vent charriaient dans la rue des objets invisibles et des torrents continuaient à dévaler dans les caniveaux. Une lumière jaunâtre suintait de trous isolés dans les nuages, et immeubles, trottoirs et parcmètres paraissaient noyés dans un crépuscule sans ombre dont Lily ne se rappelait pas avoir jamais vu le pareil. Debout devant la fenêtre, elle regardait dehors. Elle avait pensé autrefois que Dieu se manifestait dans les orages, mais elle ne le croyait plus. Elle contempla le toit plat de l'hôtel Stuart et les nuages gris teintés de jaune. Elle se souvint de la photo de journal qu'elle avait vue la veille, et soudain le simple fait que des gens vivent et meurent lui parut étrange, pas terrible, simplement étrange. Elle regardait dehors, et revoyait le corps de son grand-père après qu'il était mort à l'hôpital d'une ultime attaque. Il semblait rajeuni. Tout le monde l'avait remarqué. Et puis Lily imagina Helen Bodler dans sa tombe. Elle grattait la terre au-dessus d'elle et poussait, poussait de toutes ses forces. Et puis, dans la vision de Lily, elle réussissait à se déterrer et à s'asseoir. Elle sortait de la tombe fraîche et Lily la voyait, immobile, à côté du long trou peu profond. Elle avait de la terre dans les cheveux, autour de la bouche et sur le nez, dans les cils et les sourcils. Helen s'en débarrassa comme elle pouvait, tourna le dos à Lily et se mit à marcher dans l'allée en s'éloignant de la ferme Bodler. Sans se dépêcher. Quand des miracles se produisent, personne ne se dépêche. Lazare n'a sûrement pas couru. Il s'est levé, pensa Lily, et il est sorti de son tombeau, encore vêtu de son suaire.

Ce fut le téléphone qui chassa Lily de sa chambre, dans l'après-midi. Elle ne supportait plus de guetter ce stupide appareil. À plusieurs reprises, elle avait soulevé le combiné pour le reposer aussitôt. “Qu'il m'appelle, déclara-t-elle à haute voix. Il n'a qu'à m'appeler.” L'appartement de Mabel était anormalement silencieux – elle devait être sortie ou, alors, enfin endormie après une nuit d'insomnie. Quand Lily regardait la fenêtre d'Ed, elle ne voyait rien, mais elle pensait que Mabel se trouvait peut-être là, avec lui, et cette idée la tourmentait. Elle téléphona à Berthe.

— Qu'il t'appelle, dit Berthe.

— J'avais peur que tu dises ça.

— Laisse-moi te le dire autrement. Tu ne veux pas de lui s'il ne veut pas de toi, d'accord ? Mieux vaut le savoir maintenant.

Lily écoutait. Elle ne répliqua pas, mais elle pensait : Bien sûr que si, je le veux. Depuis quand ne veut-on plus de quelqu'un juste parce qu'il ne veut pas de vous ? Parfois on le veut encore plus. Elle dit : Oui, merci, Berthe. Elles parlèrent de l'orage pendant quelques minutes et, après un silence, Berthe dit :

— Il paraît qu'il est allé chez Swensen.

— Quoi ? fit Lily.

— Shapiro, il est allé au salon funéraire. Berthe inspira. Il a dit qu'il voulait dessiner un des cadavres. Eh bien, le seul mort qu'il y avait là était le vieil Oscar Hansen...

— Qui t'a raconté ça ?

— Mr. Swensen lui-même. Il m'a dit que ça l'avait surpris, tu sais. Il a dû demander la permission à la famille, puisque Oscar ne pouvait répondre ni oui ni non.

— Mince, Berthe ! dit Lily. Ils ont bien voulu ?

— Eh bien, je crois que le fils d'Oscar a plus ou moins dit "faites comme chez vous", mais que sa fille n'était pas très sûre. Lily entendit que Berthe posait le combiné. Si tu mords encore une fois dans ce gâteau, Roger, je te ligote les quatre pattes et je te renvoie chez ta mère. Puis elle revint à Lily : Je ne sais même pas pourquoi je te raconte ça. Il me semblait juste que tu devais le savoir.

Lily ne répondit rien.

— Lily ?

— Je suis là. Je réfléchissais.

Berthe rit. C'est pas un crime de dessiner un macchabée, tu sais. Je veux dire, ce type est tellement sympa et, bon, on voit bien que ça doit être intéressant. J'ai toujours eu une vague envie d'entrer là pour me rendre compte.

Que Berthe prenne la défense d'Ed, cela rassura Lily. Mmh, dit-elle. Elle hésita, puis ajouta d'une voix douce : T'es une chouette amie, Berthe.

— Ah, laisse tomber, fit la voix à l'autre bout du fil. Lily raccrocha. Elle aurait aimé que, exceptionnellement, Berthe lui en dise autant.

Consciente que c'était la dernière fois, Lily chaussa les souliers brûlés. Elle ne les garda pas longtemps aux pieds, juste de quoi marquer l'occasion. Ensuite elle les emballa dans un bout de la cotonnade blanche dont elle avait fait ses rideaux, déposa le paquet au fond de son sac de toile et sortit de sa chambre. Elle ferma la porte à clef.

Elle partit sur sa bicyclette à travers un labyrinthe de branches tombées, arrachées aux arbres par la tempête avec leurs feuillages encore verts. Elle était contente de rapporter les souliers. Elle ne pourrait pas les remettre dans la valise, ni même dans le garage, mais elle leur trouverait un endroit discret et calme, où ils pourraient en paix retourner à la terre.

Le ciel arborait de nouveaux pans d'un bleu limpide, et l'air frais était vivifiant. Lily filait, en pédalant si fort qu'elle haletait. En arrivant près de chez les Bodler, elle vit leur camion et s'arrêta à bonne distance du chemin. Elle poussa sa bicyclette dans le fossé, la coucha sur le flanc et remonta dans le pré. Là, elle se retourna pour regarder la ferme Klatschwetter. Le ciel, immense, se dégageait rapidement. Elle sentit une odeur de fumier de vache, une odeur qu'elle aimait lorsqu'elle était ainsi mêlée à celles de la luzerne et de la terre tiédie par le soleil. Son regard erra, de la route à l'horizon, en passant par un bosquet d'arbres nains, un silo, un hangar rouge, pour revenir aux jersiaises et aux Holsteins en train de paître. Des bêtes lentes, songea-t-elle en les observant : la tête baissée vers l'herbe, une queue chassant une mouche, et puis ce déhanchement bovin près de la clôture. Les fils barbelés étaient électrifiés, on voyait le ruban argenté qui longeait celui du bas. Ce pouvait être par la familiarité de ce qu'elle voyait que Lily se sentait émue, ou par l'immensité du paysage, qui la rapetissait d'une façon qu'elle trouvait confortable : elle contemplait la scène sans penser à rien, jusqu'à ce qu'un bruit derrière elle la fît sursauter et se retourner pour voir ce qui arrivait.

Frank Bodler était arrêté à trois mètres d'elle environ. La visière de sa casquette lui cachait les yeux, mais Lily apercevait sa bouche et son menton sévères. Elle ne comprenait pas d'où il pouvait sortir. Quelques secondes plus tôt, elle avait parcouru le pré des yeux et n'y avait vu personne. Il portait une grande bêche rouillée, et il en frappa le sol à deux reprises. Lily le regarda la saluer d'un hochement de tête et puis lui faire signe d'approcher. Pendant plusieurs secondes, elle ne bougea pas. Elle tenait le sac serré contre elle et attendait.

Frank grogna le mot : Venez.

Elle y alla. Elle ne savait pas très bien pourquoi elle y allait, mais elle suivit l'homme à travers le pré, obnubilée par une grande tache huileuse derrière la jambe de son pantalon crasseux. La bêche sur l'épaule, il marchait légèrement voûté. Ils savent, se dit-elle. Ils vont me confondre, me demander où sont les souliers. Ils doivent m'avoir vue. Lily se mit à préparer ses aveux. Je leur dirai la vérité, pensa-t-elle. Mais la vérité lui paraissait insensée. J'avouerai sans parler de leur mère. Quelle raison pourrais-je bien donner de les avoir brûlés ? J'ai paniqué, je me sentais coupable. Je les ai jetés dans le feu. Devant la porte de la cuisine, Lily s'arrêta. Elle se rappelait sa chute, se rappelait le sol humide contre sa peau. Elle s'entendit déglutir et puis franchit le seuil. Désorientée, elle heurta une bande de papier à mouches. La substance jaune et collante, incrustée d'insectes, lui frôla l'oreille, et elle ne put s'empêcher de pousser un cri étouffé. Frank n'y fit pas attention. De la cuisine, il passa dans la pièce suivante, où deux petites fenêtres laissaient entrer un peu plus de lumière. Ça sentait le moisi. Frank montra du doigt un canapé éventré, attendit que Lily s'y soit assise, ouvrit la porte menant à la troisième pièce et disparut, en refermant la porte derrière lui.

Lily coinça son sac entre elle et le bras du canapé afin de le cacher de son corps. Dans l'écran glauque d'une très vieille télévision, elle aperçut son reflet déformé, et elle se tourna vers la fenêtre. À travers la vitre sale, elle vit le haut d'une touffe de pivoines en fleur. Elle déglutit de nouveau, bruyamment. La pièce était encombrée d'objets – deux grille-pain près de ses pieds, un carton de chiffons ou de vieux vêtements au bout du canapé, un épais cordon élastique noir pendouillant sur le dossier d'un fauteuil en osier. Pour éviter de regarder ce cordon, Lily leva les yeux au plafond et remarqua les taches d'humidité aux formes si complexes qu'elles évoquaient la carte de quelque continent imaginaire. Elle en étudiait encore les côtes déchiquetées quand Frank revint dans la pièce avec Dick.

Ils s'arrêtèrent tous deux sur le seuil de la troisième pièce. Frank fit un pas en avant, tendit brusquement un bras vers Lily et demanda d'une voix si forte qu'elle sursauta : C'était elle ?

Dick se dirigea vers Lily. Elle arrondit les épaules et se serra contre son sac en le regardant approcher, presque plié en deux. Il semblait vouloir garder la tête à hauteur de celle de Lily. Il s'arrêta, les mains sur les genoux, et la dévisagea avec attention. Elle voyait la poussière dans ses sourcils et la saleté au creux de ses rides. Elle déglutit, persuadée qu'il l'entendait. Déglutir était devenu un tic. La salive semblait se former si vite dans sa bouche qu'elle ne pouvait l'ignorer. Elle se demanda comment il se pouvait qu'elle ait jamais pu avaler sans y penser ? Dick continuait de l'examiner. Et puis il redressa la tête.

— Ouais, dit-il. Il avait une voix aiguë. Lily se rendit compte qu'elle ne l'avait jamais entendu parler et que le timbre de sa voix n'avait rien de commun avec celle de son frère. Je suis coulée, pensa-t-elle. Elle réfléchit à sa première phrase. Les mots "je regrette" commencèrent à se former dans sa bouche.

Les deux hommes s'assirent sur deux des misérables sièges alignés de l'autre côté de la pièce.

— Z'êtes la fille à Lars Dahl, dit Frank.

Lily fit oui de la tête.

— Connais vot' père, poursuivit-il. Brave homme, vot' père. Connaissais vot' grand-père, aussi.

Il se tourna vers son frère et cria : La fille à Lars Dahl !

Dick était sourd. Lily l'ignorait. Elle les regarda l'un après l'autre.

— Je travaille à l'Idéal-Café, dit-elle aussi fort qu'elle pouvait sans hurler.

Frank plissa les yeux.

— Je vous ai servis très souvent. Sa voix lui parut puérile. Était-il possible qu'ils ne s'en souviennent pas ?

Frank se gratta le crâne, et Lily vit des pellicules grisâtres tomber sur le devant de sa chemise. Elle jeta un coup d'œil vers le coin où il avait posé sa bêche et essaya de deviner combien de temps il lui faudrait pour bondir et l'empoigner. Avec précaution, elle commença à se déplacer sur le canapé en entraînant le sac avec elle. Un ressort s'enfonça dans sa cuisse, et elle s'arrêta.

— C'est Dick qui vous a vue.

Lily attendit l'accusation.

— Hier soir, dans le pré.

Pas hier soir, pensa-t-elle. Hier soir j'étais à la répétition et puis chez Martin... Elle regarda Dick.

— Ça n'a plus d'importance, maintenant, dit Frank.

Dick se pencha à nouveau vers elle. Il ferma un œil, comme si cela pouvait améliorer sa vision.

Frank gardait le silence. Ils attendirent tous trois sans mot dire pendant un bon moment. Enfin, ne pouvant plus le supporter, elle s'écria : Je ne comprends pas !

Aucun des deux ne répondit. Ils échangèrent un regard. Et puis, comme en réaction à celui de son frère, Dick se leva lentement de son siège et partit de son pas traînant vers la cuisine. Des bruits de vaisselle intermittents se firent entendre dans cette pièce pendant quelques minutes. Frank fouilla dans la poche de sa chemise, en retira une blague de tabac à chiquer, prit entre le pouce et l'index une pincée des petites feuilles brunes et les logea dans sa joue. Pour ce que Lily en savait, il avait perdu toute conscience de sa présence. Je pourrais sans doute me lever et partir, se dit-elle. Elle regarda la bêche, envisagea de se lever, et puis resta où elle était.

Finalement, Dick revint de la cuisine chargé d'un plateau de plastique brun avec une cafetière en fer-blanc, trois tasses et quelques biscuits oblongs recouverts d'un glaçage blanc, rangés sur une assiette. Ses chaussures ne quittaient pas le sol. Il les poussait en avant à la manière d'un gosse qui patine pour la première fois, les yeux fixés sur les tasses, les mains tremblantes. Il n'y avait pas de table dans la pièce pour poser le plateau, mais Dick avait manifestement prévu son coup. Il s'arrêta et se mit à fléchir les genoux peu à peu. Quand il fut descendu de vingt centimètres environ, il maintint un instant sa position comme pour s'assurer qu'il était allé jusque-là, se pencha et posa brusquement le plateau à terre. Les tasses s'entrechoquèrent, les biscuits glissèrent, mais le plateau se stabilisa à côté d'un des grille-pain. Sans se relever, Dick se mit à servir le café. Il tendit une tasse à Lily. Dans le liquide noir, elle vit des bulles de graisse flottant à la surface ; elle porta à ses lèvres la tasse sale et but. Le café n'était pas mauvais – un peu huileux, mais fort et bon.

Dick la dévisageait. Œuf, dit-il.

— Pardon ? cria Lily.

Frank lui répondit en criant aussi : Il y a un œuf dans le café !

Dick approuva d'un signe de tête. Il se redressa et présenta l'assiette aux biscuits sous le nez de Lily. Elle en prit un.

Lorsqu'ils furent installés avec le café et les biscuits, Lily cria à Dick : Je ne comprends pas. Vous ne pouvez pas m'avoir vue hier soir. Je n'étais pas ici.

Dick hocha la tête, mais Lily ne savait pas très bien ce que cela signifiait, s'il lui faisait signe qu'il l'avait entendue ou qu'il était d'accord avec elle. Il parla de cette voix bizarre qu'il avait : J'ai vu Marty qui vous portait à travers le pré et de l'autre côté de la route.

— Quoi ? s'exclama Lily, mais pas assez fort. Elle se corrigea et cria : Marty ?

— Marty Petersen, il habite un peu plus loin, expliqua Frank.

— Hier ? demanda Lily.

Dick reprit, les yeux fixés sur la fenêtre. Avec lenteur, il étendit les bras devant lui, coudes fléchis. Lily vit la tasse de café pencher dangereusement dans sa main droite. J'ai vu Marty qui vous portait comme si vous étiez évanouie ou... Il ne termina pas mais baissa les bras sans renverser la tasse, qu'il frotta ensuite des deux mains. C'était vous, assura-t-il, en s'adressant apparemment à la fenêtre. J'ai vu vot' visage et vos cheveux. Je l'ai appelé. Dick changea de voix : Marty, que j'y dis, qu'est-ce que t'as là ? Reviens, Marty, mais y me répond pas. Y traverse la route, y descend vers le ruisseau et y rentre dans le bois. J'ai plus les jambes pour courir, alors je rentre raconter à Frank ce que j'ai vu. Dick lança un bref regard à Lily et puis contempla de nouveau la fenêtre. Il hocha la tête, cligna des yeux, se retourna vers elle et lui dit : Mais vous v'là en pleine santé !

Lily se pencha en avant et regarda Dick fixement. Quelle heure était-il ? demanda-t-elle.

Dick regarda Frank, le visage interrogateur.

Frank dit : Je dirais le début de soirée. Faisait pas encore noir.

Les deux hommes restèrent silencieux. Le regard de Lily allait de l'un à l'autre. C'était dément. Toute cette histoire était dingue. Elle attendit qu'ils parlent.

Ni l'un ni l'autre ne dit mot pendant au moins une demi-minute. Alors Frank respira profondément et dit : Bon, eh ben voilà.

Lily le regarda et avala sa salive. D'une petite poussée, il se souleva de son fauteuil et puis il partit vers la cuisine. C'était suggérer à Lily de s'en aller, et elle sentit qu'elle ne pouvait l'ignorer. Elle déposa doucement sa tasse sur le sol, salua Dick d'un signe de tête auquel il ne réagit pas, et suivit Frank vers la porte.

Elle fit encore une tentative : Ce devait être quelqu'un d'autre, dit-elle. Et si c'était quelqu'un d'autre, ça pouvait être, eh bien… Elle ne termina pas cette phrase mais en ajouta une autre : Je ne crois pas qu'on peut laisser tomber comme ça. Lily serra contre elle le sac contenant les souliers et baissa les yeux. Les bottes de Frank avaient laissé des traces sur le linoléum, déjà couvert d'une épaisse couche de boue.

Sans lui répondre, il poussa la porte moustiquaire et la lui tint ouverte. Lily sortit, se retourna sur le seuil de pierre et le regarda. Mr. Bodler, dit-elle, si vous voyez autre chose, vous voulez bien m'appeler ? Je peux vous laisser mon numéro.

Il laissa la porte se refermer en claquant et lorgna Lily à travers le grillage. On n'a pas le téléphone, dit-il.

Tout le monde a le téléphone, pensa Lily. Si pauvre qu'on soit. Tout le monde a le téléphone.

Frank mit le nez contre la moustiquaire. C'est Dick, expliqua-t-il d'un ton confidentiel qui étonna Lily. Il aime pas ça, il aime pas entendre ces voix qui viennent de nulle part et qu'ont pas de corps. Même avant de devenir sourd, il aimait pas ça. (Frank hocha la tête.) Il disait que c'était comme de parler à un esprit, et pourquoi j'irais l'agacer avec ça ? On en avait un. On l'a vendu à Pete Lund. Il fait collection de ces vieux machins, et on en a eu un bon prix. Il nous manque pas, non plus. Les gens viennent ici, on va chez eux, c'est égal.

Lily hocha la tête à son tour. Je vois, dit-elle. Eh bien, au revoir.

Il ne répondit pas "au revoir". Aucun des deux frères ne semblait capable de ponctuer ses allées et venues de la façon habituelle, et Lily se sentait déroutée par l'absence de ces formules. Elle regarda Frank se détourner, traverser la cuisine et disparaître. Alors, au lieu de retourner vers sa bicyclette, elle prit à droite et se dirigea vers les bois, derrière la maison.

Elle choisit un emplacement au pied d'une petite falaise que longeait le ruisseau. L'endroit lui était profondément familier. Enfant, elle avait beaucoup vadrouillé du haut en bas du ruisseau de Heath et ce paysage était demeuré vivant en elle. Pourtant, debout en haut de la berge abrupte qui surplombait l'eau, elle avait l'impression que quelque chose avait changé. Il y avait des années qu'elle n'était pas revenue là, et tout lui semblait rétréci. Il lui fallut plusieurs secondes pour comprendre que c'était elle qui avait grandi et que sa taille actuelle modifiait les proportions du reste.

Le courant du ruisseau en crue agitait les innombrables tiges des roseaux penchés au-dessus de la surface. La lumière passant entre les arbres miroitait par endroits sur l'eau grise. Après avoir dégringolé la paroi terreuse, elle s'agenouilla à l'endroit qu'elle avait choisi et se mit à creuser avec ses mains. La terre humide n'opposait guère de résistance, et quand son trou fut terminé elle sortit de son sac les souliers toujours emballés d'étoffe blanche et les y déposa. Elle appuya pour bien les enfoncer et puis remit la terre par-dessus et chipota un moment pour soigner l'apparence de la surface, qu'elle tassa et lissa jusqu'à ce qu'elle soit arrondie et uniforme. Elle examina son œuvre, se renversa sur le sol et ferma les yeux. Elle entendit dans le lointain le martèlement assourdi d'un pic et puis, au-dessus d'elle, un froissement de feuillages. Lily se tourna brusquement vers le bruit en tendant l'oreille. Des feuilles bougeaient, une branche craqua. Est-ce que Frank m'aurait suivie ? se demanda-t-elle. Elle inspecta la falaise. Descendre était une chose, remonter en était une autre. S'il y avait quelqu'un là-haut, du temps qu'elle grimpe jusqu'en haut il serait reparti. Elle se leva, se frotta les mains contre son short, tapa des pieds pour décrasser ses tennis boueux et contempla son ouvrage. Avant de s'en aller, elle trouva une pierre lisse et ovale qu'elle posa dessus afin de marquer l'endroit.

En s'agrippant à des racines et en enfonçant dans la terre les pointes de ses chaussures, Lily escalada la falaise. Elle imaginait Dick en train de poursuivre Martin dans le pré sur ses petites jambes raides, et Martin qui portait une jeune femme dans ses bras, une femme aux longs cheveux noirs comme les siens. Il devait exister une ressemblance pour que Dick s'y soit trompé. Debout en haut de la falaise, elle parcourut des yeux le pré au-delà de la maison en se demandant comment il était possible que Dick, si lent qu'il fût, n'ait pas réussi à rattraper Martin. Martin portait quelqu'un, tout de même, alors à quelle vitesse pouvait-il courir ? Dick avait peut-être été victime d'une hallucination. Lily alla récupérer sa bicyclette et la poussa jusqu'à la route. "Elle n'est pas vivante." Elle se rappela les paroles de Martin et regarda le ciel. Un vent frais lui caressa le visage, et puis elle entendit du bruit dans l'herbe à sa droite. Un lapin gris fila tout près d'elle, et elle le regarda disparaître derrière une butte.

Lily roula vers chez Martin. Elle avait peur d'y aller, mais se sentait comme obligée de voir la petite maison en plein jour. Martin, son camion, sa maison, la carte, les images, tout lui paraissait pire dans son souvenir que quand elle s'était trouvée là, et à présent que Dick lui avait raconté son étrange histoire, elle voulait revoir l'endroit. Elle tourna dans le chemin d'accès, grimpa une petite côte qu'elle avait à peine remarquée quand Martin conduisait et posa pied à terre au sommet. Elle vit le camion arrêté dans l'allée, et puis Martin qui arrivait en courant de l'arrière de la maison et fonçait à l'intérieur, en faisant claquer la porte. La bicyclette de Lily dansa sur le gravier humide et dérapa une ou deux fois pendant qu'elle dévalait la pente vers la maison.

Qu'est-ce qu'il va dire quand je lui parlerai de Dick ? se demandait-elle en se dirigeant vers le perron. Elle vit que la porte était ouverte. À travers la moustiquaire, elle entendait un couinement et puis quelqu'un qui chantonnait. Elle monta les marches et regarda dans le salon. Martin était là, assis dans le rocking-chair, au centre de la pièce. L'étoffe noire que Lily avait vue la veille drapée autour de la tête, il se balançait avec violence. Et en se balançant, il chantonnait. Fiévreux, sourd et presque dépourvu de mélodie, son chant ressemblait plus à une mélopée accélérée qu'à de la vraie musique. Lily ne comprenait pas ce qu'elle voyait, mais elle eut la forte intuition qu'il ne fallait pas interrompre le balancement de Martin ; quoi qu'il fût en train de faire, il le faisait seul. Elle le vit pousser des pieds sur le sol pour accélérer le mouvement, entendit le murmure excité de sa voix et vit l'étoffe noire voler en cadence. Alors elle fit demi-tour, redescendit les marches du perron et reprit sa bicyclette. Pendant tout le trajet jusqu'à la ville, Lily revit Martin en train de se balancer dans ce fauteuil. Pourquoi faisait-il ça ? Cela avait-il un sens ? Il était rentré comme un fou dans la maison pour se balancer et chantonner avec la tête couverte. Lorsqu'elle atteignit les limites de la ville, Lily aurait donné gros pour pouvoir continuer à pédaler jusqu'en Floride.

Ce soir-là, de sa fenêtre, Lily observa Mabel et Ed. Assis l'un en face de l'autre dans la chambre d'Ed, ils ne quittèrent pas leurs sièges pendant plus d'une heure. Mabel agitait les mains en parlant et Ed dessinait. Lily voyait remuer son bras à longs traits larges, et puis elle le voyait changer de rythme et secouer le poignet. Quand il avait fini un dessin, il arrachait la feuille de son grand carnet, la jetait sur le sol et recommençait. En dessinant, il se penchait vers Mabel, perché sur le bord de sa chaise. Une fois, il repoussa de la main gauche une mèche de cheveux de Mabel ; Lily était trop loin pour pouvoir distinguer l'expression de celle-ci. Un peu plus tard, elle vit Mabel incliner la tête de côté en écartant les mains, paumes en l'air. Ce geste provoqua en Lily en léger choc. Elle le reconnaissait. Elles l'avaient répété ensemble pour Hermia quand elle parle à Lysandre au début de la pièce : "Apprenez donc la patience à notre épreuve, Puisque c'est une croix coutumière, Aussi liée à l'amour que les pensées et les rêves et les soupirs, Les souhaits et les larmes, pauvre cortège du désir."

Le lendemain, après le travail, Lily se retrouva debout devant la porte d'Ed. Elle ne pouvait plus se tenir à l'écart. Elle entendait Mabel parler, mais elle ferma les oreilles à ses paroles, frappa et ouvrit la porte sans attendre de réponse. On eût dit qu'aucun des deux n'avait bougé depuis la veille au soir. Ce ne pouvait pas être vrai, mais ils étaient assis là où ils l'avaient été, les têtes rapprochées, avec le sol autour d'eux jonché de feuilles de papier. Lily referma la porte derrière elle.

Ed se tourna vers elle. Lily ? dit-il. Où étais-tu ?

Mabel la regardait aussi. Son air sincère irrita Lily.

Où étais-je ? se demanda-t-elle, et elle répondit : Ici et là.

— Nous t'avons appelée plusieurs fois, dit Mabel.

Ah, c'est "nous", maintenant, pensa Lily, mais l'idée qu'ils lui avaient téléphoné lui fit du bien.

— J'étais sans doute sortie. Elle avança de quelques pas. Ça marche ?

— Bien, dit Ed. Voilà deux jours que j'écoute Mabel.

Il se tut, tendit un bras vers elle, et Lily lui donna la main. Il la tint serrée entre les deux siennes et leva les yeux vers elle. Je suis content que tu sois là, dit-il.

— C'est vrai ? La question était sans ironie. Elle voulait savoir.

— Bien sûr que c'est vrai, dit-il. Il lui caressa la main, et Lily le regarda dans les yeux. Elle n'y vit aucune réserve. En même temps, elle ne savait pas qu'y chercher. Elle pensa à Oscar Hansen sur un chariot chez Swenson.

Mabel s'était détournée, et quand Lily la regarda elle vit ses épaules trembler un instant. Elle dégagea sa main de celles d'Ed et examina les dessins. Sur tous, Mabel était assise sur son siège de toile, dans une position à peine différente de l'un à l'autre. Son expression, par contre, n'était jamais la même. Une vie ardente animait les visages épars sur le plancher. Mabel paraissait furibonde sur l'un, clignait des yeux et fronçait les sourcils sur un autre, elle avait les lèvres entrouvertes, les lèvres serrées, les mains levées à hauteur des coudes ou étalées de part et d'autre du visage. C'étaient des images de la Mabel intense et vibrante que Lily connaissait, et en dépit de leur immobilité, elle les sentait presque bouger.

Elle se tourna vers Mabel. Ça ne te fatigue pas de parler ? Ce n'est pas dur ?

Mabel rit. Je suis épuisée. Mais je me suis souvenue de moments de ma vie auxquels je n'avais plus pensé depuis des années. Elle fit une pause. C'est presque terrifiant.

— Et amusant, je parie, dit Lily.

Le visage de Mabel changea ; elle regardait fixement Lily. Elle leva les mains et pâlit soudain.

Craignant qu'elle ne s'évanouisse de nouveau, Lily tendit les bras vers elle, mais Mabel lui fit signe de s'écarter.

— Parfois, dit-elle, quand je me regarde dans une glace, ça me fait un choc de ne plus voir ce jeune visage, celui de la femme que j'ai été. Je sais que je suis vieille, proche de la fin de ma vie, mais ça m'étonne toujours.

Lily ferma les yeux. Elle vit Martin en train de se balancer avec un drap noir sur la tête et rouvrit les yeux.

— Vous disiez quelque chose ? demandait Mabel à Ed.

— Non... répondit-il avec lenteur.

Avec le "non" d'Ed encore aux oreilles, Lily entendit la porte se rabattre contre le mur et en levant la tête elle découvrit Dolorès Wachobski debout sur le seuil, la mine sombre. Elle portait la même robe que sur le portrait – blanche à pois noirs. Comme personne ne parlait, Dolorès parut saisir l'avantage d'une entrée surprise et pénétra dans la pièce d'un pas dansant. Salut, Eddie, lança-t-elle, ça fait un bail !

Ed se leva et marcha vers elle. Pas tant que ça, dit-il.

Elle est bourrée, se dit Lily, mais Ed ne paraissait ni fâché ni nerveux. Il plongea la main dans sa poche, en sortit une boîte de petits cigares, l'ouvrit et s'en mit un dans la bouche. Lily regarda la flamme de l'allumette près du cigare. Comment ça va ? demanda-t-il à Dolorès.

Elle lança un regard embrumé à Mabel et Lily, et puis alluma également une cigarette en disant : Quelqu'un en veut une ? Si on fumait, tous ? Mais elle n'en offrit pas et n'attendit pas de réponse. Elle souffla sa fumée droit vers Ed et sourit. Il lui rendit son sourire, sans hostilité. Il n'y avait que quelques secondes que Dolorès se trouvait dans la pièce et déjà Lily aurait aimé la gifler. Pour quoi elle se prend ? se demanda-t-elle, et elle se leva. Mabel ne bougea pas.

— Je viens chercher ma dernière paie, déclara Dolorès en faisant tomber sa cendre sur le plancher.

Lily fixa la cendre des yeux et puis les releva vers Dolorès. Elle fit une grimace, avec l'espoir que la femme le remarquerait.

Mais Dolorès regardait Ed.

— Je t'ai payée, rappelle-toi, dit-il.

— J'crois pas, mon lapin. Dolorès tendit le cou, puis se tourna brusquement vers Lily en aboyant : De quoi tu rigoles, gamine ?

Lily savait qu'elle n'avait pas ri. Il dit qu'il vous a payée.

— T'es sa comptable maintenant ? Dolorès se déhancha, une main à la taille. Ed se rapprocha d'elle, mais elle fit quelques pas vacillants vers Lily, en plaçant avec soin l'un devant l'autre ses souliers à hauts talons. J'ai un conseil à te donner, mon petit. Te frotte pas à lui. Il est pas ce qu'on croirait, tout bon et tout gentil. Elle agita la tête d'avant en arrière. Une de ses chevilles céda pendant une seconde, elle la redressa. La douleur fit un instant trembler sa bouche – premier signe d'émotion à percer sa bravade. T'entends ?

Lily sentait son haleine chargée d'alcool ; elle écarta un peu la tête.

— Il est pas pour les petites filles. Il a son vilain côté, tu m'entends ?

Lily regarda Ed. Son front se ridait, et elle le vit poser une main sur l'épaule de la femme. Dolorès, dit-il d'une voix paisible. Du calme.

Elle pivota vers lui en hochant la tête. Moi ?

Lily entendit Mabel derrière elle, mais ne se retourna pas. Mabel glissa une main dans celle de Lily, et Lily la prit.

— Tu veux un prêt ? demanda Ed du même ton paisible.

Lily les dévisagea, lui et puis Dolorès. Elle essaya de deviner l'âge de celle-ci. Quarante ans, déjà ? La robe révélait une poitrine abondante, et le tissu était trop mince pour dissimuler le boudin de chair autour de la taille. La peau des bras nus était blanche et lisse, avec de très légères taches de rousseur. Dolorès se redressa, et le mouvement inconscient des hanches fit prendre conscience à Lily de ce corps, distinct de la voix ou des vêtements. Elle vit Dolorès se tourner vers Ed et lui entourer le cou de ses bras. Les mains d'Ed se posèrent sur la taille de la femme, et Lily l'imagina en train de lui tirer sa robe sur les épaules. Pourquoi n'est-il pas gêné, devant moi ? se demanda-t-elle. Elle regarda le visage d'Ed au-dessus de la tête de Dolorès, mais il ne croisa pas son regard.

Dolorès chuchotait à présent : Tu te souviens, Eddie, je t'ai parlé de Jesse James. Je l'ai revu.

Mabel serra la main de Lily, et Lily se tourna vers elle. Mabel avait le visage las et tiré, mais les yeux vifs. Lily songea qu'elle aurait donné n'importe quoi pour connaître les pensées de Mabel.

Dressée sur la pointe des pieds, Dolorès s'appuyait contre Ed de tout son poids en chuchotant inutilement. Lily entendait chaque mot : J'ai vu le fantôme de Jesse avec moi, Eddie, sauf que ça ne pouvait pas être moi, puisque j'étais en train de regarder, mais il y avait deux moi.

Elle reprit son souffle. Et quand j'ai vu ça, j'avais pas bu une goutte. Tu m'entends ? J'étais sèche comme un chameau et je l'ai vu assis dans l'herbe devant la grotte avec moi tout crachée à côté de lui. Et Jesse, c'était un fantôme vivant, mais le fantôme de moi était raide mort et je te raconte ça maintenant pour que tu n'oublies pas que j'ai reçu un signe. Ma vie touche à sa fin.

Elle s'écarta d'Ed, rectifia le devant de sa robe et plissa les yeux d'un air à la fois rusé et distant. Et alors, reprit-elle, j'ai entendu de la musique qui venait droit du ciel. Dolorès inclina la tête de côté. Qu'est-ce que t'en dis, mon Eddie ? Elle engloba Mabel et Lily d'un coup d'œil et répéta : De la musique qui venait du ciel !

Elle fit une pause, comme si elle attendait qu'on absorbe ses paroles, puis pivota sur ses talons et marcha vers la porte ouverte, son grand sac noir à la main. Ed la suivit, et tous deux s'arrêtèrent dans le couloir. Lily vit Ed mettre la main à sa poche revolver, en sortir son portefeuille et donner plusieurs billets à Dolorès. Lily n'aurait pu dire combien d'argent il lui donnait, mais Dolorès l'accepta avec un sourire et éleva son sac à hauteur de son visage. Elle l'ouvrit non sans quelque difficulté et laissa tomber dedans les billets chiffonnés.

Lily avait entendu la proposition d'Ed de prêter de l'argent à Dolorès comme une preuve de sa générosité, mais quand les billets apparurent bel et bien, elle en fut malade. Plus que la vue des mains de l'homme autour de la taille de la femme, la vue de ces billets lui donna l'impression qu'il y avait entre eux non seulement de l'intimité, mais encore une sorte de connivence. Il aurait facilement pu accompagner Dolorès jusqu'au bout du couloir, l'argent qu'il lui donnait aurait alors été un secret. Au contraire, il avait choisi de ne pas se cacher, et Lily trouvait sa franchise indéchiffrable.

Elle écouta les hauts talons de Dolorès claquer au long du couloir, entendit le bruit s'éloigner puis disparaître. Le tapis de l'escalier devait l'avoir étouffé.

Mabel s'excusa en disant qu'elle était "usée jusqu'à l'os" et les quitta. Sans laisser à Lily le temps de prononcer un mot, Ed plongea sur elle, la souleva, la porta sur la petite table de cuisine et l'y allongea. Alors il se pencha sur elle et se mit à lui embrasser le cou. Elle avait cent questions à lui poser à propos de Dolorès, mais elle ne les posa pas, pas à ce moment. Il m'emporte en tempête, se dit-elle en le regardant. Cette expression lui plaisait, "en tempête", elle semblait suggérer qu'Ed était son gros temps à elle.

Quand elle arriva au Cercle des arts, Lily trouva les lieux envahis et bruyants. Elle observa les arbres de carton et les feuillages en papier crépon accrochés à leurs branches, et Geneviève Knecht qui parcourait la scène en agitant les bras pour faire semblant de voler. Elle entendait le quatuor qui s'accordait, les acteurs qui bavardaient, et fut prise d'une envie subite de fermer les yeux et de se boucher les oreilles afin de se protéger. Qui pourrait bien entrer dans la peau de son personnage au milieu d'un chahut pareil ? se demanda-t-elle, et elle s'assit sur un pliant en attendant que Mrs. Wright rappelle tout ce monde à l'ordre. Elle examina ses mains. Ses ampoules étaient devenues des bouts de peau rouge et rugueuse. Elle les frotta et puis, du coin de l'œil, elle aperçut la tête d'âne de Bottom qui apparaissait derrière le rideau – peinte, à présent, avec des touffes de poils pour la mèche frontale et la crinière. En relevant la tête, elle vit Martin qui tenait la tête devant lui, le visage paisible, la main gauche bandée de blanc. Des "hi-han" sonores s'élevèrent sur la scène, et Lily vit Ronald Lovold surgir derrière Martin et regarder la tête en rigolant.

Ce soir-là, tout le monde avait fait de nets progrès et Lily commença à se dire que la représentation ne serait peut-être pas une gêne, en fin de compte. Même Denise semblait moins terne. Les nouveaux décors et accessoires incitaient les acteurs à mieux jouer, et Lily était contente, elle aussi, des toiles de fond peintes, des faux arbres et du clair de lune artificiel, mais dès qu'elle bougeait ou parlait, elle oubliait ce qui l'entourait. Elle ne voyait ni n'entendait plus Mabel quand elle jouait Hermia. Elle avait intériorisé les conseils de Mabel, et Hermia évoluait désormais à chaque représentation, son personnage gagnait en densité, son image se précisait. Finalement, la jeune Athénienne était une petite dure, et c'est ainsi que Lily la jouait.

Tout aurait été bien si ce qui se trouvait au-dehors du Cercle des arts était resté au-dehors, et si ce qui se trouvait dedans était resté dedans, mais ça ne marchait pas comme ça. Quand Lily parlait à Lysandre, elle regardait le visage de Jim et lui manifestait les sentiments qu'elle éprouvait envers Ed, et Jim réagissait avec des expressions qu'elle ne lui avait jamais vues. Et en voyant Toile d'Araignée danser sur la pointe des pieds autour de Bottom, elle sentait dans l'elfe qu'incarnait Martin une présence inquiétante qui le rendait plus vrai que les autres. Il ne s'écartait jamais de son personnage. Même quand les petites fées se gaussaient de la tête ridicule juchée sur les épaules d'Oren, le visage blanc de Toile d'Araignée ne se départait pas un instant de son expression distante, quasi inconsciente. À plusieurs reprises au cours de la répétition, Lily sentit que Martin avait les yeux posés sur elle, elle les sentait sur sa nuque ou son dos, et quand elle se retournait il était toujours là pour croiser son regard, et Lily se demanda si des savants avaient découvert comment il se fait qu'on peut réellement sentir sur soi le regard de quelqu'un. La main de Martin la préoccupait. Comment s'était-il fait mal ? Elle regrettait de ne pas se rappeler de quoi avaient l'air ses mains dans le rocking-chair, mais elle n'en avait aucun souvenir.

Après la répétition, elle lui toucha l'épaule en disant : Martin. Elle avait parlé à voix basse et le regretta aussitôt, parce que ça paraissait confidentiel. Il se retourna, la vit et sourit. Devant son air ravi, elle eut l'impression d'être tombée dans un piège. Il faut que je te parle, dit-elle d'un ton plus normal.

Sans répondre, Martin lui prit la main. Elle le laissa faire, mais elle trouvait désagréable le frottement du bandage contre sa paume. En passant la porte, il serra plus fort. Elle ne comprenait pas qu'il agisse ainsi avec une blessure. Elle remua les doigts pour signaler qu'elle désirait qu'il la lâche, mais il ne fit que renforcer sa prise. Ta main, dit Lily. Tu me fais mal.

Martin la libéra, toujours sans rien dire. Ils s'assirent sur les marches et Lily, en s'adressant plus à la rue qu'à Martin, lui expliqua ce que Dick lui avait raconté. Tu ne penses pas, conclut-elle, que Dick a tout inventé, n'est-ce pas ?

— Dick ne ment pas, fit Martin.

— Eh bien, disons qu'il l'avait imaginé ?

— Non.

Lily se tourna vers lui. Tu veux dire que tu as vraiment traversé leur pré en portant quelqu'un avant-hier soir ?

La bouche de Martin tressaillit. Ou-oui, dit-il.

Lily ne s'attendait pas à cette réponse. Elle hésita, puis demanda : Qui était-ce ?

Martin lui fit face. Il ne bégayait pas. Toi, dit-il. C'était toi.

Lily scruta son visage pour voir s'il plaisantait. Elle ouvrit la bouche, la referma, dit enfin : C'est pas drôle, Martin.

Il fixa sur elle des yeux vides.

— Je n'étais pas là. Tu le sais très bien. Qui était-ce ? Dick pensait, eh bien… Lily soupira. Je crois qu'il craignait que… que la fille soit blessée, ou… Lily finit par le dire : morte.

Martin secoua la tête. I-il y a des t-tas de ch-choses que nous ne comprenons pas, Lily.

Lily fit un geste des mains. Déconne pas, Martin. Bon Dieu, je sais où je me trouve d'une minute à l'autre. Je sais parfaitement que j'étais pas avec toi dans un champ de luzerne devant chez les Bodler.

Il la dévisageait sans ciller.

— Pourquoi tu fais ça ? chuchota-t-elle d'un ton pressant. Ça mène à quoi ?

Martin secoua la tête avec violence, puis regarda ses genoux.

Lily lui empoigna l'épaule. Martin, si Dick t'a vu, toi, moi il ne m'a pas vue.

Martin ne répondit pas. Son visage était de pierre. Il se détourna de Lily. Il bégaya quelque chose qu'elle ne distingua pas.

— Quoi ? cria-t-elle. Alors elle entendit derrière elle des gens qui bavardaient près de la porte.

Les épaules de Martin étaient agitées de soubresauts. Il hoqueta. M-m-m... bégaya-t-il.

Lily tendit le bras vers lui. Bon Dieu, Martin, chuchota-t-elle, qu'est-ce qu'il y a ?

— Tout va bien ? demanda Mrs. Wright, derrière eux.

Lily ne répondit pas.

Martin se mit debout, dos à Lily. Il se tenait tête baissée et dos arrondi comme si quelqu'un venait de le frapper à l'estomac. Il grogna, et Lily crut voir de la salive tomber sur le trottoir. Quelqu'un descendit l'escalier en courant. C'était Mrs. Baker. Elle entoura Martin de son bras et Lily le vit trembler sous ce bras rassurant. M-m-m-m..., bégaya-t-il.

Tout en soutenant Martin, Mrs. Baker se tourna vers Lily. Que s'est-il passé ?

— Je ne sais pas. On, on bavardait, c'est tout, dit Lily. Elle se leva. Elle se frotta le visage avec énergie et secoua la tête. Bon Dieu, dit-elle, et elle s'approcha de Martin qui s'appuyait à présent contre Mrs. Baker, la tête toujours baissée. Tu veux que je m'en aille, Martin ? demanda-t-elle, et puis elle leva les yeux vers la porte. Une douzaine de personnes la dévisageaient. Elle se retourna vers Mrs. Baker.

— Ça vaudrait sans doute mieux, dit celle-ci.

Elle regarda encore Martin, qui se tenait toujours aussi courbé mais n'essayait plus de parler. Il paraissait essoufflé. Il se couvrit le visage de ses mains ; le réverbère éclairait sa main gauche, et Lily vit nettement les sparadraps et les morceaux de gaze chiffonnés dont elle était enveloppée. Ils ne dissimulaient qu'imparfaitement les nombreuses et longues coupures qui allaient des articulations des doigts au dos de la main.

Elle s'éloigna en hâte du Cercle des arts. De l'autre côté de la voie de chemin de fer, elle se retourna pour observer le groupe assemblé autour de Martin sous le réverbère et se demanda ce qu'il leur disait, à supposer qu'il leur dît quelque chose. Elle se remit en marche, les genoux tremblants. Elle regarda la lune et se demanda : Comment diable est-ce arrivé ? C'est comme si j'avais une histoire avec lui maintenant, comme si on était compromis ensemble. "C'était toi." Un mystérieux sentiment de culpabilité lui pesait sur le cœur. Qu'est-ce que j'ai fait ? se demanda-t-elle, en regardant ses tennis blancs progresser sur les dalles du trottoir. Elle entendit marcher quelqu'un et leva la tête.

Un homme de haute taille coiffé d'un chapeau de cow-boy arrivait à grands pas, l'arme à la ceinture, et pendant un instant Lily crut avoir des visions. Tel un pistolero dans un vieux western, la silhouette sombre s'avançait, les mains à quelques centimètres des crosses de ses pistolets, et Lily pensa que c'était le fantôme de Dolorès, ou peut-être Tex. L'homme se rapprocha et Lily reconnut Hank. Il l'appela par son nom.

— Hank, qu'est-ce que tu fabriques dans cette tenue ?

— Je suis Charlie Younger dans la commémoration, tu te souviens ? Rolf m'a donné le costume à la réunion. Tout n'y est pas, mais je vais au poste de police et je me suis dit que mes six-coups amuseraient les copains.

Lily contempla le trottoir. Tu ne me l'avais pas dit.

— On croyait qu'Allan Fisk allait le faire, mais il s'est défilé.

— Ah. Elle regarda ses hanches. Ce sont des vrais revolvers ?

— Bien sûr que non.

— Ils ont l'air vrais, dit-elle.

Derrière eux, un train siffla et Lily entendit tomber la barrière du passage à niveau. Les chaussures noires de Hank n'étaient qu'à quelques centimètres des siennes.

— Tu me manques, dit Hank.

Lily étudia un bout de caoutchouc décollé à la pointe d'un de ses tennis. Pourquoi ne me manque-t-il pas ? se demanda-t-elle.

— Tu n'as rien à me dire ?

— Pas vraiment. Lily frotta avec son tennis une piqûre de moustique à l'arrière de sa jambe. Elle sentait la colère de Hank, mais ne savait pas qu'y faire. La crise de Martin l'avait épuisée. Elle baissa la tête et le regard. Le fait est, songea-t-elle, que je me sens tout à fait stupide avec Hank. Je ne suis pas aussi stupide avec les autres.

Il agita les mains vers elle en un geste de frustration. Si tu crois, tonna-t-il, que ce type-là va rester ici pour tes beaux yeux, tu te goures.

— Oh, Hank ! fit Lily.

— Tu sais que j'ai raison. Il a, quoi, quinze ans de plus que toi ? Pour l'amour du ciel, Lily, tu te ridiculises. Il n'est même pas divorcé. Tout le monde en ville sait qu'il va te planter là. Il a des femmes par-dessus la tête, pour l'amour du ciel. C'est un foutu don Juan. Tu n'es pas différente de toutes les autres. Hank se frotta le front rageusement. Pas pour lui.

Lily releva les yeux. Ça m'est égal. Elle parlait d'un ton plat, obstiné.

— Ça t'est égal !

— Oui.

Hank s'approcha d'elle. Il se pencha pour la dévisager. Tu es qui ? cria-t-il. Tu es quoi ?

Lily serra les mâchoires. Elle garda le menton baissé, la bouche close. Derrière Hank, elle voyait le silo à grains dans le clair de lune.

— Réponds-moi ! Hank avait la voix brisée.

Lily se mordit la lèvre. Comment pourrais-je répondre à cette question ? demanda-t-elle. Elle sentit soudain des larmes lui monter aux yeux, et elle releva le visage pour les empêcher de ruisseler sur ses joues.

Hank lui tendit les bras. Oh, Lil', s'exclama-t-il en se penchant vers elle.

Avec hésitation, elle l'entoura de ses bras. Elle reconnut son odeur et sa chemise – celle qui avait "Minnesota Twins" dans le dos. Elle se haussa sur la pointe des pieds et chuchota : Je suis désolée, Hank. Je ne peux pas. Je ne peux pas, c'est tout.

Elle se détacha de lui et, en courant, traversa le pont et passa devant l'épicerie Red Owl. Elle courait encore quand elle atteignit Division Street. Elle ralentit en apercevant le restaurant de Rick, et jeta un coup d'œil à deux hommes arrêtés devant la porte du bar du Coin. L'un des deux était vêtu de la salopette grise du garage Olaf, et en approchant elle distingua le nom cousu sur sa poche : Steve. Elle nota qu'il avait les bras trop longs pour son petit corps, qu'il avait besoin de se raser et qu'il l'avait manifestement remarquée. Quand elle passa à leur hauteur, "Steve" se mit à haleter et du coin de l'œil elle le vit faire basculer ses hanches d'avant en arrière. Pour une fois, Lily décida de ne pas ignorer l'insulte. Pivotant sur elle-même, elle se mit à crier : Qu'est-ce qu'il y a ? Je voudrais bien le savoir. Qu'est-ce qui peut bien faire croire à un petit rat minable dans ton genre qu'il est un bel étalon, hein ?

Steve lui lança un regard furibond. Lily voyait qu'il cherchait une réplique dans le ton de sa paillardise. Et puis son ami se mit à rire, et Lily vit le doute envahir l'expression de Steve. Le rire la suivit jusqu'au coin de la rue, et elle entendit Steve qui demandait : Qu'est-ce qu'elle a, celle-là ? Elle marchait lentement, consciente de leurs regards qui la suivaient, en s'assurant qu'elle se tenait bien droite et que sa démarche était digne. Quand elle atteignit la ruelle longeant l'Idéal-Café, elle s'y engagea, s'assit par terre à côté d'une des grandes poubelles et pleura.

Elle mit longtemps à s'endormir ce soir-là. Mabel tapait à la machine dans la pièce voisine. Il n'y avait pas de lumière à la fenêtre d'Ed et, si Lily savait qu'il pouvait être en ce moment couché sur son lit, épuisé par des heures de travail, elle savait aussi qu'il pouvait être sorti, et elle aurait voulu avoir la possibilité, d'un geste de la main ou en murmurant une incantation, de le voir, où qu'il fût. Faute de mieux, elle écouta sa cassette de *Don Giovanni,* doucement, pour que Mabel n'entende pas. Elle revit Dolorès se tordre la cheville dans la chambre d'Ed, et ça lui rappela les mains tremblantes de Mabel et le bégaiement de Martin, ce mot qu'il avait commencé mais jamais réussi à prononcer devant le Cercle des arts. Elle se sentait instable, elle aussi. Tout le monde tremble, pensa-t-elle. Tout le monde, sauf Ed. Elle revoyait la main d'Ed sur la hanche de Dolorès. Elle se représenta son visage paisible, l'assurance de ses gestes, et comprit que ce calme en lui était aussi une chose dure et obstinée, qu'Ed était comme un homme qui, surpris sur la route par un terrible orage, refuse de faire demi-tour, plaque ses pieds au sol, se penche contre le vent et continue sa marche.

Les bruits de la rue, la machine à écrire de Mabel et des pensées à demi conscientes accompagnèrent les deux premières heures qu'elle passa au lit, ni vraiment éveillée ni vraiment endormie. Le clair de lune était trop vif sur ses paupières à travers ses légers rideaux, et des voix lilliputiennes échangeaient des répliques de la pièce. Son oreiller était trop chaud. Elle le tapota, le fit bouffer, le retourna plusieurs fois de suite. Juste avant de se sentir enfin sombrer dans le sommeil, elle entendit dans sa tête la voix de Howie Bickle. Howie jouait Starveling dans la pièce, et la Lune dans la pièce à l'intérieur de la pièce. Un type au parler lent, fermier à l'ouest de la ville, qui faisait traîner chaque voyelle : "Cette lanterne de corne représente la lune avec ses cornes..." Et puis, après ce qui ne semblait guère plus de quelques minutes de sommeil, elle entendit la sonnerie du réveil et s'assit dans son lit. La lune brillait encore par la fenêtre, ce qui était absurde, mais Lily se leva, marcha vers les deux rectangles lumineux qui éclairaient le plancher et vit une jeune femme couchée là, les yeux fermés. Lily se pencha pour l'examiner. Ainsi, tu es là, dit-elle. La jeune femme ne répondit pas, mais Lily n'attendait pas de réponse. Elle observa le corps et remarqua qu'une longue coupe de tissu blanc était drapée autour des hanches, des épaules et des seins. Ce tissu l'intrigua. Pourquoi l'estomac était-il nu ? Lily étudia le nombril avec intérêt et, pendant cet examen, un mot lui vint soudain à l'esprit qui résolvait le problème de la jeune femme : "belleclose". Ce mot l'enchanta. Je sais, se dit-elle, je sais. Et puis, aussi vite qu'elle était venue, cette impression disparut et Lily pensa : Elle ne peut pas être ici. Il faut que je la sorte. Elle se pencha pour soulever la jeune femme, mais ce corps qui paraissait aussi mou et blanc que de la pâte à pain refusait de se détacher du sol, et à force de tirer Lily s'aperçut que les mains de la jeune femme avaient été vissées au plancher. Elle paniqua, et dans sa panique commença à se douter qu'elle rêvait et tenta de se frayer un chemin hors du rêve, loin du clair de lune sur ces paumes exsangues vissées au sol, mais sa volonté de se réveiller resta sans effets immédiats. Elle se noyait dans le rêve et luttait pour remonter à la surface, se débattait des bras et des jambes en s'ordonnant de s'éveiller. Les mains au-dessus de la tête, elle appuya contre quelque chose de doux et humide qu'elle traversa soudain pour reprendre conscience allongée dans son lit. La lune avait disparu. Il n'y avait personne sur le plancher. Si le cauchemar avait été situé ailleurs que dans sa chambre, Lily aurait pu trouver rassurant de revenir à elle entre ces quatre murs, mais la distance entre le rêve et la réalité était insuffisante. Elle s'assit dans son lit et essaya de retrouver le mot qui, dans son rêve, l'avait rendue si heureuse. Elle fouilla dans sa mémoire, sentit qu'elle le retrouvait non dans sa tête, mais dans sa bouche. Elle l'avait prononcé dans le rêve : "belleclose". Ça n'a pas de sens, pensa-t-elle. Mabel ne tapait plus à la machine, et dans le silence de sa chambre Lily s'efforça de rester éveillée, mais en vain. Elle se rendormit, rêva de nouveau et découvrit de nouveau la jeune femme sur le plancher. Je rêve, se dit-elle. Il faut que je me réveille. Et Lily s'éveilla dans sa chambre, regarda la fenêtre et vit le clair de lune caresser le corps étendu. Et ainsi toute la nuit durant. Sans cesse, elle s'enjoignait de se réveiller, et s'éveillait en effet, mais souvent c'était pour émerger d'un rêve à l'intérieur du rêve et retrouver le corps une fois de plus. Après quelque temps des policiers intervinrent dans le cauchemar et Hank en était. Ils surgissaient du plancher, enfonçaient le plafond de leurs pieds, rampaient par la fenêtre. Ils tambourinaient sur sa porte au rythme régulier et soutenu d'une basse électronique.

Au travail, le lendemain, Lily se sentait les bras et les jambes en coton. La caféine des cinq tasses de café qu'elle avait bues dans l'espoir de s'éclaircir les idées lui courait dans le corps et elle prit soudain conscience de ses nerfs, qui paraissaient vibrer juste sous sa peau. Vince était plus silencieux que d'habitude, ce matin-là mais, chaque fois qu'elle entrait dans la cuisine, Boomer jacassait à propos de Graceland et des apparitions d'Elvis. Vers neuf heures, elle était debout en face de Vince, les yeux fixés sur deux œufs sur le plat destinés à Russell Malecha quand Boomer se mit à lui agiter sous le nez le beignet qu'il tenait à la main en répétant d'une voix de fausset : La Terre appelle Lily ! La Terre appelle Lily !

— Qu'est-ce qui te prend, Boom ?

— Paraît que t'es déjà en train de faire des cornes à ton nouveau mec.

Lily saisit l'assiette contenant les œufs et se dirigea vers la porte. Où t'as pris ces conneries ?

Boomer se fourra le beignet dans la bouche. Les lèvres saupoudrées de sucre blanc, il écarquilla les yeux derrière ses lunettes. Je le tiens d'un petit gars qui ment pas. Dit qu'il t'a vue à la carrière, nue comme un ver. Boomer mâchouilla. Avec un genre de cow-boy.

Lily s'arrêta, le dos contre la porte battante. Un cow-boy ? Mais de quoi tu parles ?

— Y a dit que tu dormais sur ses genoux, tu dormais ou tu prenais un bain de soleil ou queque chose comme ça. Boomer ouvrit la bouche et sourit, exhibant le beignet à moitié mâché, nappé de bulles de salive.

— Ferme-la, Boom. Lily s'entendit élever la voix. Celui qui t'a raconté ça est fêlé. T'entends ? Fêlé. Je suis même pas allée à la carrière cette année, et quant aux cow-boys – c'est quoi, ça, un cow-boy, bon sang ? Y a pas de cow-boys dans cette ville, pas de vrais, en tout cas. C'est complètement nul.

Vince fixait sur Lily des yeux étrécis, et Boomer se remit à mastiquer son beignet ; son visage exprimait l'étonnement.

Tout en faisant sauter des saucisses dans la poêle à frire, Vince demanda : Tu te sens bien ? C'est tes mauvais jours ?

— Non, Vince, c'est pas mes mauvais jours. Comment tu réagirais, toi, si on racontait des conneries pareilles à ton sujet ?

— Tu blagues ! J'adorerais être connu comme le gars qui traîne dans la carrière avec des nanas à poil.

— C'est pas pareil, dit Lily en poussant de l'épaule la porte derrière elle. Elle regarda de nouveau les parfaits deux ronds jaunes sur l'assiette et se sentit soudain prise d'un léger vertige. “C'était toi.” Voilà ce qu'il avait dit. Elle eut l'impression de découvrir le café quand elle se retourna et pendant un instant le box rouge où Martin avait l'habitude de s'asseoir ondula dans la lumière du soleil qui entrait par la fenêtre, et Lily pensa : j'ai le tournis, de nouveau, il faut que je m'assoie. Prenant l'assiette de la main droite, elle tendit la gauche vers le comptoir. Je suis tellement fatiguée, se dit-elle, en guise d'explication. Elle respira une ou deux fois, servit les œufs et, au moment où elle se détournait de Russel, revit un fragment de son rêve : le tissu blanc serré autour des seins de la femme, marquant sa chair d'une ligne rouge et profonde comme une coupure.

Une semaine plus tôt, l'histoire de Boomer aurait laissé Lily indifférente, elle le savait. Ce qui l'avait énervée, c'était d'entendre Boomer après avoir entendu Dick, Dolorès et Martin. Leurs histoires ne correspondaient pas, mais elles se recoupaient et les similitudes qu'elles présentaient lui donnaient la chair de poule. Ou bien Webster était prise d'assaut par un virus qui provoquait des hallucinations, ou bien tout le monde voyait la même chose et croyait en voir une différente. Debout au milieu du café, en regardant Berthe en grande conversation avec Emily Legvold, qui venait de quitter les "Moonies" et semblait redevenue elle-même, Lily décida que les visions n'étaient pas imaginaires. Alors, par la fenêtre, elle aperçut Mrs. Pointer qui passait avec un groupe d'enfants de l'école Elisabeth-Barker. Les enfants avançaient par deux en se tenant par la main. Un garçon joufflu, qui pouvait avoir seize ans, se détacha de sa partenaire. Tourné vers le café, il fit la grimace et puis exécuta une petite danse à l'intention des gens qui se trouvaient à l'intérieur. Il avait les traits caractéristiques de la trisomie 21 – les yeux bridés et le nez plat. La joyeuse sottise qui éclairait son visage tandis qu'il tortillait les hanches, la tête renversée en arrière, arracha Lily à sa méditation et elle rit. Il s'en aperçut et la salua. Lily vit les enfants applaudir en riant. Passant calmement à travers le groupe, Mrs. Pointer vint s'arrêter près du gamin. Elle le prit par les épaules et se mit à le frictionner. Il avait à présent l'air affolé, sa langue entrait et sortait de sa bouche. Mrs. Pointer continua de le frictionner avec énergie et l'expression du garçon s'apaisa. Alors Mrs. Pointer lui prit la main, la guida vers celle de sa partenaire – une fillette coiffée de deux courtes nattes dressées de part et d'autre de sa tête – et serra les deux mains ensemble avec une petite secousse qui semblait leur recommander de ne plus se lâcher. Elle reprit la tête de sa classe en faisant signe aux enfants de se remettre en marche, ce qu'ils firent, et bientôt tous furent hors de vue.

Lily vit Berthe arriver de la caisse enregistreuse avec un numéro du *Webster Chronicle* entre les mains. Tu as lu le Carnet de la police, Lil' ?

Lily fit non de la tête. Elle parcourut les tables du regard pour s'assurer que tout allait bien. Les clients avaient l'air satisfaits. Berthe lui fourra le journal sous le nez et elle le prit.

— Vise-moi la manchette ! dit Berthe.

Lily ouvrit le journal à la page des faits divers. Les cerveaux du *Chronicle* avaient intitulé le Carnet de police de la semaine : “Arrestation d'un maître chanteur dans Division Street”.

— Là, en bas. Le doigt de Berthe était pointé sur la date du 11 juin.

Lily regarda le journal. Le texte imprimé lui paraissait flou. Elle dut se concentrer sur les lettres pour pouvoir lire.

"La police a fait arrêter la circulation... Une bagarre à Viking Terrace... On a retrouvé à Bridge Square un sac noir contenant des ampoules d'insuline... Un habitant d'Albers Avenue signalait des bruits anormaux dans sa cave ; les policiers ont découvert un mulot dans le soubassement d'une fenêtre... Une habitante de Dundas Street a entendu des gens parler sous sa fenêtre. La police n'a pas réussi à localiser les bavards... Un porc en cavale dans Division Street. Malgré ses vocalises, les policiers ont réussi à cerner la créature et à la ramener à son propriétaire... Un homme portant une femme inanimée a été signalé sur la route 19, aux limites de la ville. Malgré ses recherches, la police n'a trouvé personne dans les parages."

Lily contempla fixement le dernier alinéa. Et puis elle leva les yeux vers Berthe. Celle-ci paraissait perplexe.

— D'accord, c'est pas si drôle que ça, je reconnais.

Lily contemplait de nouveau le carnet.

— Lil', ma cocotte, ça va ?

Lily regarda les yeux bruns de Berthe. Il se passe quelque chose, Berthe. Elle se tourna vers la fenêtre. Je ne sais pas quoi au juste, mais je crois qu'une personne est blessée ou même morte. Elle a des cheveux noirs. C'est tout ce que je sais. Lily s'approcha de la fenêtre en regardant les lettres de néon inversées qui, de l'extérieur, se lisaient IDÉAL-CAFÉ, et elle sentit les doigts de Berthe lui frôler l'arrière de l'épaule. Cette caresse de son amie l'attrista soudain.

— De quoi tu parles ? Tu as vu quelque chose ? demanda Berthe.

Lily tourna la tête pour la regarder. Je n'ai rien vu, dit-elle.

— C'est Shapiro, déclara Berthe. Il ne te vaut rien.

Lily fit la grimace. Qu'est-ce qu'il vient faire là-dedans ? Ce n'est pas lui.

Berthe la dévisagea, les lèvres entrouvertes. Et puis elle demanda :

— Qu'est-ce qui se passe ?

Lily froissa le journal dans sa main droite. Elle l'agita devant Berthe.

— Je ne suis pas sûre, dit-elle.

Quand Lily sortit dans la rue à la fin de son service et inspecta l'hôtel Stuart en se demandant ce que devenait Ed, elle regrettait de n'avoir pas mieux expliqué à Berthe ce qu'elle voulait dire. Il se passait tant de choses étranges en ce monde. Toute sa vie, elle avait entendu des histoires invraisemblables qui étaient vraies. Mrs. Knutsen et Mr. Walacek n'étaient-ils pas morts de mort subite à la même seconde, le même jour, dans des maisons voisines d'Elm Street ? Combien de fois cela arrivait-il ? Ernie Appelbaum n'avait-il pas disparu pendant quatre ans sans laisser de trace pour réapparaître, l'an dernier, parmi les masques de carnaval du défilé d'ouverture des journées Jesse James, tatoué de la tête aux pieds ? Et June Putkey n'avait-elle pas frappé sa mère d'un couteau, dans leur cuisine, un dimanche après-midi ? Est-ce qu'une seule personne en ville s'était doutée que June (surtout connue de Lily pour les autocollants dont elle couvrait son sac à main) était capable de faire une chose pareille ? Elle a disjoncté, pensa Lily. Mais qu'est-ce qui l'avait fait disjoncter ? Haïssait-elle vraiment sa mère, ou l'avait-elle seulement haïe à ce moment-là ? Lily imagina le couteau dans la main de la fille et du sang dans un évier plein de vaisselle sale. Et puis, pensa Lily, il y a des gens qui ne ressentent rien, des gens qui peuvent faire n'importe quoi, absolument n'importe quoi, comme ce type à Chicago. Martin avait à son mur un article qui parlait de lui. Lily se souvenait que ce Gacy avait été clown dans des fêtes enfantines. Personne n'avait soupçonné ce qu'il avait en lui. Mais Martin, pensa Lily, Martin n'est pas comme ça. Et cependant, lorsqu'elle se rappelait Martin en train de se balancer dans ce fauteuil aussi fort et vite qu'il pouvait, elle ne se sentait plus aussi sûre. À travers la porte vitrée de l'hôtel, elle aperçut Stanley qui montait l'escalier avec un seau et un balai. Juste après avoir vu disparaître ses pieds, elle se dit : Martin mijote quelque chose, pourtant. Je le sens.

Le lendemain, quand Lily entra chez Ed, Mabel était assise devant la fenêtre à quelques pieds seulement de la toile qu'il peignait. La silhouette sur le tableau avait la même taille que Mabel. Lily vit des taches de couleur et les contours flous d'un corps de femme encore inachevé. Ed n'avait pas flatté son modèle, il ne l'avait ni rajeunie ni embellie. La femme du tableau était Mabel telle que Lily la connaissait, et il y avait néanmoins, chez cette Mabel en deux dimensions, quelque chose que Lily ne comprenait pas. Debout devant le tableau, elle avait l'impression que son amie lui parlait, à elle, directement. Mabel se tenait penchée en avant, avec ses mains fines et blanches de part et d'autre de son visage. Elle plissait légèrement les yeux, comme pour préciser sa vision, et avait la bouche ouverte. Il l'a saisie, pensa Lily – cette apparence survoltée. Tout de même, quelque chose dans le tableau la troublait. Elle le sentait, et elle devait l'avoir vu, mais elle n'aurait pu dire ce que c'était. Elle s'avança très près du portrait. Elle devinait qu'Ed et Mabel attendaient tous deux sa réaction et qu'elle devait s'y préparer ; elle ne voulait pas parler avant de savoir ce qu'elle allait dire. Alors elle recula de quelques pas pour examiner à nouveau le tableau. Il la mettait mal à l'aise. C'est son visage, pensa-t-elle. Elle a l'air éperdu, presque fou, et puis Lily se rendit compte qu'elle avait sous les yeux une femme désespérément heureuse, si heureuse qu'on pouvait facilement prendre son expression pour autre chose : la folie, la douleur, la peur même. Elle est heureuse à ce point, pensa Lily, parce qu'elle lui parle. Et bien qu'elle eût toujours compris que Mabel se sentait seule, Lily n'avait jamais vu sa solitude ainsi mise à nu.

— Qu'est-ce que tu en penses ? demanda Ed.

Lily hocha la tête. C'est le meilleur, dit-elle.

Elle lança un coup d'œil à Mabel, qui paraissait très calme à côté de la toile. Mais, ajouta-t-elle, c'est un peu effrayant, aussi, parce que... Lily bégaya... C'est si personnel.

Elle essuya la sueur qui envahissait sa lèvre supérieure. Son estomac gargouilla. Je suis peut-être en train de tomber malade, se dit-elle. En regardant Ed et Mabel, elle sentit entre eux quelque chose qu'elle ne pouvait toucher. Pas le tableau. Le tableau en était issu, mais ce n'était pas cela qu'elle voulait dire. Lily s'écarta de la toile et se tourna vers Mabel.

— Il y a des tas de choses auxquelles je ne connais rien, dit-elle. Comme la peinture, mais je peux dire qu'Ed t'a peinte telle que tu es vraiment, et je sais que cela demande un grand talent. Tu dois lui avoir tout dit de toi pour que ça marche. Elle fit une pause et baissa la voix. Tu as même dû lui raconter des choses que tu n'avais encore racontées à personne. Elle regarda Ed. Mais je me demande s'il t'a parlé de lui. Je veux dire, de ce qui compte vraiment. Elle prit une profonde inspiration. Toute la journée, tu restes ici à écouter les gens te raconter leurs pensées les plus intimes – Tex, et Dolorès, et Stanley, et maintenant Mabel. Ils te parlent de leurs parents et de leurs amours, et même de leurs fantasmes secrets, et tu absorbes tout ça comme une grosse éponge – au nom de l'art. Lily entendit sa voix filer vers l'aigu sur le dernier mot. Elle essaya de se calmer. Tu m'as parlé de toi, mais ce n'est rien comparé à ce que ces gens t'ont raconté. Je ne sais même pas qui était ta mère. Lily montra du doigt la porte ouverte. Là, dehors, je t'ai vu donner de l'argent à Dolorès comme si elle était ta plus vieille copine, mais tu m'en expliques que dalle. Et toute la ville jacasse à propos des tapées de femmes que tu as eues, une sacrée assemblée de seins et de culs, mais toi, rien. Lily sentit trembler sa mâchoire. Elle ne s'était pas rendu compte qu'elle était aussi bouleversée. Ses propres paroles l'entraînaient. Et puis j'apprends que tu es allé chez Swenson déterrer des cadavres pour les dessiner. Tu m'en as parlé ? Non, m'sieu ! Et... Elle s'arrêta et les regarda. Juste pour mémoire, j'aimerais savoir où je suis, moi, là-dedans. Vous êtes si copains ces jours-ci, tous les deux, qu'y a plus de place pour personne ! Lily fit face aux deux visages atterrés. Elle attendit, mais ni l'un ni l'autre ne parla.

Elle hocha la tête en regardant Ed. Mabel était blanche.

Au bout de quelques secondes, Ed entreprit de lui répondre. Sa voix ne trahissait aucun trouble, mais son front était ridé et Lily fut contente de remarquer sur son visage un signe de désarroi.

— Je sais que je suis obstiné dans mon travail, dit-il, et je sais que pendant que je travaille il m'est souvent difficile de penser à autre chose. Je me sens responsable des gens que je peins, parce qu'il ne s'agit pas seulement, pour ces portraits, d'emprunter quelque temps le corps de quelqu'un. C'est pour ça que j'ai donné de l'argent à Dolorès. Je ne me sens pas quitte envers elle simplement parce que j'ai fini de la peindre. Tu comprends ?

Lily vit qu'Ed cherchait ses mots.

— Et je ne fouille pas, reprit-il. Ce que les gens me disent, ils me le disent de leur plein gré. Je ne fouille pas dans l'âme des gens en quête de leurs secrets honteux... Il soupira et se frotta le visage. Et quant à ces histoires d'amant forcené, je ne sais vraiment pas de quoi il retourne. C'est tellement exagéré que je ne m'y reconnais même pas. Il se tut et examina Lily comme s'il essayait de se souvenir de quelque chose. Il sourit. J'étais sans doute stupide d'imaginer que je pourrais me glisser chez Swenson sans provoquer de remous. Il y a des années que j'ai envie de peindre une série de tableaux intitulée : *Les Morts*. J'ai toujours eu en tête quelque chose de très paisible, ni sensationnel ni macabre – pas de victimes d'assassinat ni rien de ce genre. Il reprit son souffle. Quant à Mr. Hansen... On l'enterre demain, j'ai manqué l'occasion. J'ai fait un croquis de mémoire, mais ça ne suffit pas. C'est dommage, parce que son visage me plaisait.

Mabel observait Ed avec attention, et Lily remarqua des signes de tension autour de sa bouche.

Ed gardait les yeux fixés sur Lily. Quant à toi, je ne vois pas en quoi mon travail entrave le moins du monde mes sentiments pour toi. Il regarda ses mains, les retourna et fit jouer ses doigts. Ta présence m'a rendu très heureux.

Lily savait qu'Ed ne mentait pas, savait qu'il pensait tout ce qu'il avait dit, et pourtant elle se sentait flouée par ses réponses. Tout était juste, et cependant quelque chose n'allait pas. Elle ne savait pas pourquoi le fait qu'il peignait Mabel avait modifié ce qui existait entre lui et elle, mais il en était ainsi. Simplement, elle ne pouvait pas l'expliquer. Elle ne savait pas si la logique d'Ed était fausse ou s'il était impossible de répondre par la logique à ce qu'elle avait dit. C'était comme montrer du doigt un mulot écrasé sur la route et se l'entendre expliquer à l'aide d'une formule algébrique.

Après cela, pendant une heure environ, aucun des trois ne parla. Mabel se rassit dans son fauteuil, et Lily s'installa sur le plancher. Ed revint au portrait, et Lily l'observa. De temps à autre, il fermait les yeux, comme s'il regardait une image de Mabel à l'intérieur de lui. Il marchait, et Lily écoutait ses pas qui allaient et venaient, allaient et venaient. Mabel ne le quittait pas des yeux, et Lily se sentit triste pour elle. Elle est si heureuse d'être près de lui, pensa Lily. Il a peint son bonheur, mais il ne le voit pas. Avec la personne réelle, il est aveugle.

Quand Ed demanda à Mabel de recommencer à lui parler, il ne pria pas Lily de s'en aller, et Mabel ne le fit pas non plus. Leur volonté manifeste de l'inclure ne la réconforta guère, cependant. Sans doute était-elle autorisée à assister au monologue de Mabel, mais celui-ci était destiné à Ed et à personne d'autre.

— J'ai rencontré Evan quelques jours après mon vingt-sixième anniversaire, dans une librairie. Je l'ai aimé tout de suite. Trois jours après nous étions mariés, et nous sommes restés ensemble jusqu'à sa mort – quinze années. Et c'était court. Nous n'avons pas eu d'enfant. Les médecins ne m'ont rien trouvé d'anormal. Bien sûr, il y a longtemps de cela. C'était peut-être Evan. On ne l'a jamais su. Mabel fit une pause. Mais c'est curieux les choses auxquelles on pense par la suite, ce dont on se souvient... Mabel ne voyait ni Ed ni Lily, son regard se perdait dans la chambre. Je me souviens qu'il changeait avec les saisons, son corps, je veux dire, sous les différentes lumières : l'été et l'hiver. Vous savez qu'il y a un moment où on sent le passage des saisons – quand l'automne devient l'hiver, ou l'hiver le printemps –, ces seuils ambigus. Il était éclairé autrement, il avait une autre odeur et moi... Mabel se frictionna les mains en fixant le plafond... j'aimais ces changements, et j'aimais aussi me rappeler qu'il avait été comme ça auparavant : l'hiver précédent, ou le dernier printemps... J'ai souvent pensé à mon mariage en termes de lumière saisonnière. Mabel inclina la tête sur l'épaule avec un sourire timide. Telle une très jeune fille, pensa Lily.

Après un silence, Mabel reprit : Le chagrin a été terrible, mais ordinaire, si je puis dire. Ce n'était la faute de personne si Evan était mort. On meurt. On meurt subitement comme Evan ou lentement comme mon père, et je n'étais pas assez stupide pour demander : Pourquoi Evan ? Pourquoi l'être que j'aime le plus au monde ? Pourquoi pas, après tout ? C'est quand on est responsable de son propre chagrin, quand on est coupable, que c'est intolérable.

Lily observait la raideur de la pose de Mabel. Ce que celle-ci avait dit de la culpabilité aggravait sa propre crainte, non de Martin, elle s'en rendait compte, mais d'elle-même. Elle entendit Ed parler et Mabel lui répondre, mais elle n'écoutait plus le contenu de leur conversation. Ed s'approcha de sa toile. Il l'examina, les yeux mi-clos, et dit à Mabel : Ceci vous appartient autant qu'à moi. Dans une semaine environ, il faudra que je sache quelle est l'histoire.

Mabel acquiesça d'un hochement de tête. Sa tête paraissait très petite, et ses lèvres pâles.

Le reste de l'après-midi passa lentement. Lily resta allongée sur le sol avec un oreiller pendant qu'Ed peignait, et Mabel était tranquille sur son siège. Lily sortit de son sac un numéro du *Star* et se mit à le feuilleter. Elle l'avait acheté parce qu'il y avait une photo de Marilyn en couverture. Mais en lisant l'article, à l'intérieur, elle s'aperçut que ça ne concernait pas Marilyn mais une mère de famille de Normal, en Illinois, qui était peu à peu en train de se métamorphoser en Marilyn Monroe. Bien que rédigé à la troisième personne, l'article était intitulé : “L'ESPRIT DE MARILYN PREND POSSESSION DE MON CORPS”. Une série de six photographies accompagnait l'article, montrant la lente transformation d'Angela Hockenburg, une brune au long nez, en Marilyn radieuse et platinée. Lily étudia les photos. Cette histoire était sans intérêt, mais elle lui rappela les images qu'elle avait vues de

Norma Jean quelque part sur une plage avec ses cheveux bruns et ses sourcils non épilés. Elle aussi, on l'a métamorphosée en Marilyn Monroe, pensa Lily.

Elle ne se rendit compte qu'elle avait dormi qu'en se réveillant au contact de doigts lui caressant le front. À demi consciente, elle pensa que c'était sa mère et forma le mot : Maman, mais ne le finit pas. Elle entendit la voix d'Ed qui disait : Ne fais pas de bêtise. Reste où tu es.

Lily ouvrit les yeux et vit Mabel qui retirait sa main précipitamment. Elle était couchée sur le lit d'Ed et, dehors, c'était la nuit. Elle interrogea Mabel : Qu'est-ce qui se passe ?

Mabel avait l'air fatiguée et ses cheveux dépeignés lui entouraient le visage. Tu n'avais pas de répétition, alors nous t'avons laissée dormir. Ed t'a portée sur le lit. Tu n'as pas bronché.

Lily s'assit. Qui est-ce qui téléphone ?

— Dolorès Wachobski, je crois, dit Mabel en élevant les sourcils, avec une petite grimace au coin de la bouche. Elle semble avoir un problème urgent.

Lily regarda Ed. Il avait raccroché le téléphone et s'était levé. Il se frotta la bouche.

— Qu'est-ce qu'elle veut ? demanda Lily.

— Elle a eu très peur. Encore des fantômes et des mishigas.

Le dernier mot intrigua Lily, mais elle ne demanda pas d'explication. Tu vas y aller ?

— Il n'y a personne d'autre, Lily.

Il cherchait ses clefs de voiture au fond de sa poche, et elle les entendit tinter.

— Je viens avec toi, dit Lily.

Ed la regarda. Je ne sais vraiment pas à quoi il faut s'attendre. Elle est bourrée et elle délire.

— Ça m'est égal, dit Lily.
— À moi aussi, dit Mabel.

Ed conduisit jusqu'au terrain réservé aux mobile-homes, sur la berge de la rivière, en face du "Dairy Queen" avec son immense cône de crème glacée illuminé. Par la vitre baissée, Lily sentit l'odeur de l'eau, et le break tressauta sur un sol inégal. Un mobile-home turquoise resplendit pendant un instant dans la lumière des phares pour disparaître lorsque le bruit du moteur s'éteignit.

Ed frappa à la porte de Dolorès et, ne recevant pas de réponse, il entra. La longue pièce que Lily aperçut par-dessus son épaule n'était pas du tout ce qu'elle avait imaginé. En premier lieu, elle était impeccable. En second lieu, elle était décorée avec minutie. Il y avait des bibelots partout : des figurines de porcelaine – bambins, anges, chiens, chats et chevaux –, une grande madone bleu et blanc avec enfant, un bol plein de billes en œil-de-chat, et une quantité d'objets porteurs de dictons ou de slogans : un petit Cupidon en tissu rembourré présentait une pancarte avec le mot : "M'amour". Sur une miniplaque d'immatriculation accrochée au-dessus de l'évier, on lisait : "Artiste à la noix". "Femme de pouvoir" s'inscrivait au point de croix sur un coussin posé sur le lit soigneusement fait de Dolorès, et quand Ed alla voir dans la salle de bains, Lily remarqua encore un écriteau, un cœur en bois sur lequel était gravé : "Réservé aux petites filles".

Au moment où ils allaient sortir du mobile-home pour chercher à l'extérieur, Lily aperçut une photographie en évidence sur la commode. Consciente de l'anxiété d'Ed et du fait que Mabel était déjà dehors, elle n'y jeta qu'un bref coup d'œil mais la fillette de la photo, vêtue d'une vaporeuse robe blanche de communiante, était manifestement Dolorès et la femme mince à côté d'elle devait être sa mère. En se dirigeant vers la porte à la suite d'Ed, Lily comprit qu'elle n'avait pas deviné l'identité de la mère mais qu'elle l'avait reconnue pour l'avoir vue, non dans la vie, mais dessinée par Ed dans les cases narratives au-dessus de la tête peinte de Dolorès.

Ils partirent chacun dans une direction différente. Lily descendit vers la rivière en passant entre des rangées de mobile-homes ; elle entendait la voix traînante d'un disc-jockey qui annonçait une chanson. Elle sentit qu'elle arrivait au bout du chemin de terre battue, la musique s'arrêta brusquement, et Lily s'enfonça dans les hautes herbes de la rive. Ed appelait Dolorès, mais Lily n'aurait pas pu ouvrir la bouche. Un moustique lui vrombit à l'oreille et elle tenta de l'écraser à l'aveuglette. Devant elle, les arbres et l'eau s'assombrirent soudain et, en levant les yeux, elle vit qu'un nuage cachait la lune. L'herbe lui chatouillait les jambes et elle se penchait pour les gratter un bon coup quand elle trébucha et sentit un objet dur rouler sous sa semelle. Elle s'accroupit, chercha à tâtons, et sa main rencontra le verre arrondi et frais d'une bouteille. Du liquide clapotait à l'intérieur, et en l'approchant de son nez elle flaira du whisky. Tandis qu'elle était accroupie dans l'herbe, la bouteille à moitié vide à la main, la lune réapparut et éclaira le haut des arbres au bord de la rivière. Lily vit briller l'eau entre les troncs et puis, à quelques pas d'elle, sur sa droite, une main blanche aux doigts mollement repliés. Elle rampa vers elle. Dolorès était là, étalée sur le dos dans les herbes piétinées. Elle respire, pensa Lily en voyant monter et descendre l'ample poitrine. Vomi, pisse et gnôle, pensa-t-elle encore en retenant son souffle pour ne pas respirer cette puanteur. La femme avait sa jupe relevée jusqu'à la taille, et un trou dans son bas révélait sa chair pâle. Penchée sur elle, Lily chuchota : Levez-vous ! Dolorès ne bougea pas. Lily l'empoigna par les épaules et se mit à la secouer, d'abord doucement, attendant une réaction, mais la tête de Dolorès semblait aussi lourde qu'une boule de jeu de quille. Lily la secoua plus fort. Réveillez-vous, chuchota-t-elle. Il ne se passa rien, et en voyant ce visage inconscient, Lily se sentit envahie par une bouffée de colère. Elle la secoua avec violence. La tête de Dolorès rebondit contre le sol. Lily y allait de toutes ses forces, et c'est alors qu'elle se rendit compte qu'elle aimait ça, que cette action possédait une énergie, une vie à elle, qu'elle lui procurait une sensation si agréable qu'elle n'avait plus envie de s'arrêter, et elle continua. Dolorès ouvrit un œil, et Lily vit scintiller un blanc aqueux. La femme écarta les lèvres, la bouche molle. Lily lui lâcha les épaules, mais le visage conservait son expression avachie et stupide. Lily regarda le trou dans le bas noir et le frappa. Quand elle releva la main, elle avait la paume brûlante, mais elle leva le bras pour recommencer. À cet instant, elle entendit Dolorès gémir et ce bruit la surprit. Elle ne s'attendait plus du tout à la voir se réveiller. Pourtant, c'était ce qui se passait. Dolorès s'était redressée sur un coude et fixait sur Lily des yeux qui ressemblaient à des fentes illuminées dans la nuit.

Lily se mit à appeler Ed et Mabel. Elle cria leurs noms à s'en briser la voix et même après qu'ils lui eurent répondu elle continua à les appeler sans trêve, comme si c'était elle qui avait besoin de secours. Elle avait les joues inondées de larmes, qu'elle frotta en voyant Ed arriver en courant. Il était essoufflé quand il s'agenouilla près de Dolorès, qui réussit à s'asseoir, lui entoura le cou de ses bras et se mit à bafouiller des mots que Lily ne distinguait pas.

C'est seulement quand Dolorès fut allongée sur son lit que Lily comprit combien elle paraissait mal en point. Elle avait la peau blafarde, les yeux rougis, entourés de chair curieusement violacée. Son maquillage dégoulinant avait teinté ses joues de noir et de vert, et des aliments en partie digérés jonchaient sa gorge nue et le devant de sa blouse.

Ce fut Mabel qui lui essuya le visage avec des serviettes en papier humides, qui lui nettoya la gorge et les bras, lui ôta ses vêtements souillés et ses bas déchirés et réussit à la glisser sous le drap. Durant tout ce nettoyage, Dolorès gémissait le mot "non". Elle s'agitait sur le lit et ses gestes avaient si peu de sens qu'il fallut un moment à Lily pour deviner que Dolorès voulait s'asseoir. Finalement, elle parvint à se redresser sans aide et elle leur cria : Regardez-moi ! Il m'a coupée ? Sa tête s'affaissa en avant. Il m'a coupée ? Et puis elle fondit en larmes, et Lily trouva ces larmes bien pires que les gémissements ou les cris.

Mabel se glissa sur le lit et prit Dolorès par les épaules. Elle paraissait très petite et mince à côté de Dolorès, mais ses gestes décidés compensaient sa faiblesse. Elle obligea Dolorès à se recoucher, saisit les mains agitées et les tint fermement. Vous n'êtes pas coupée, dit-elle. Vous m'entendez ? Vous n'êtes pas coupée.

Dolorès cessa de lutter et resta allongée, tranquille, sur le lit. Je l'ai vu, dit-elle, d'une voix entre murmure et gémissement. Je l'ai vu, avec un couteau.

— Non, dit Mabel. Vous n'êtes pas coupée. Vous vous sentirez mieux demain.

Lily se détourna. Elle vit Ed debout devant une armoire ouverte, une bouteille à la main. Laissons-la dormir, maintenant, dit-il.

Lily le rejoignit et posa la joue contre sa poitrine. La chemise d'Ed sentait vaguement la térébenthine et cette odeur, combinée avec les bras qui vinrent l'entourer et le contact de la bouteille de whisky contre son dos lui donnèrent envie de pleurer sans plus en savoir la raison. Derrière eux, Dolorès articula confusément "Je suis finie" ou "C'est fini", et Lily entendit Mabel protester : Non, non, non. Il faut dormir.

Dans la voiture, ils restèrent tous trois silencieux. Ed conduisait lentement, cette fois, et Lily pensait à Dolorès dans son mobile-home, à son ventre parsemé de grains de beauté et à la marque imprécise laissée par l'élastique autour de sa taille, quand elle était couchée nue sur son lit. Lily pleurait sans bruit. La honte l'étouffait. Elle l'étouffait si fort qu'elle ne pouvait pas rester tranquille. Elle se tortillait sur son siège en regardant par une fenêtre, puis par l'autre. Dolorès sait, pensait Lily. Elle sait ce que j'ai fait.

Elle vit qu'Ed lui jetait un coup d'œil dans le rétroviseur. La tête de Mabel était immobile. Ed se mit à chanter. Lily ne comprenait pas. Ça paraissait si soudain, si sot, mais il chantait. D'une voix basse et rauque, il chantait *Frère Jacques*. Il chanta toute la chanson, et puis recommença. Mabel se joignit à lui, en canon, en égrenant les paroles de sa voix flûtée et chevrotante. Lily les écoutait ; elle se frotta les joues de ses mains, et puis elle entra dans la ronde. Ils chantèrent tous, et chantaient encore quand Ed gara le break devant l'hôtel Stuart.

Avant même d'avoir ouvert les yeux, ce dimanche matin, Lily savait que le soleil était levé depuis des heures. Le drap et la taie d'oreiller sentaient la chaleur et la poussière, et elle prit conscience de la moiteur sous ses bras et entre ses jambes quand elle se retourna sur le matelas et s'aperçut qu'elle était seule au lit. Elle entendit Ed, respira une odeur de peinture et de café, et devina la lumière du soleil sur ses paupières. Pendant un instant, elle les laissa s'entrouvrir et vit la frange de ses cils, telle une ombre mouvante. Elle décida de ne pas encore ouvrir les yeux, pas encore. Elle avait l'esprit vide. Il n'y avait rien que la lumière et la chaleur du jour, mais tandis qu'elle replongeait dans le sommeil, elle se rappela une longue rangée de grandes fenêtres aux montants peints en vert pâle. C'était sans doute le soleil qui avait suscité ce souvenir. À travers l'une de ces fenêtres, elle apercevait le car scolaire orange dans le parking sous des ormes immenses. À la fin du printemps, pensa-t-elle, la visite organisée de l'hôpital. C'était ma dernière année à l'école primaire. Elle se revoyait debout dans la vaste salle étroite où des lits s'alignaient des deux côtés. Le garçon était couché dans l'un d'eux, et son image restait aussi nette que la première fois qu'elle l'avait vu. Il devait avoir douze ou treize ans. Il était couché dans un lit qui avait des côtés comme un berceau, vêtu seulement d'un lange et d'une culotte en plastique. Il ne bougeait pas et ne la voyait pas ; ses longs membres avaient une blancheur et une douceur qui la fascinaient : une peau de bébé. Elle se rappelait une voix d'homme qui disait : "Enfants profondément retardés", et ce mot "profond" était demeuré en elle. Pendant des années, il avait signifié cet enfant immobile aux yeux vides.

Et puis Lily se souvint de la soirée de la veille et sa honte resurgit, un regret douloureux associé à la crainte d'être découverte. Que se passerait-il si Dolorès lui reprochait sa conduite ou, pis, en parlait à Ed et Mabel ? Pourrait-elle nier, prétendre que Dolorès avait tout inventé ? Pourrait-il en être question sans que Lily s'effondre ? Elle pouvait à peine contenir sa honte, qui lui torturait le corps entier. Elle s'assit et fixa des yeux le dos nu d'Ed devant le portrait de Mabel. Il tenait à la main une tasse de café et elle voyait à sa nuque et à ses épaules qu'il réfléchissait au tableau, elle ne lui parla donc pas. Elle se souvenait de Dolorès répétant : Non, non, et elle regarda par la fenêtre au-dessus de l'épaule d'Ed, comme si l'air du dehors pouvait soulager son agitation, ce qui n'était pas le cas. Elle baissa les yeux vers la ligne bronzée sous ses seins, son estomac doré et la peau pâle juste au-dessus de ses poils pubiens. Et puis elle posa les pieds par terre, se leva, marcha vers Ed et s'arrêta près de lui. Sans déposer son pinceau, il l'attira à lui et elle posa la tête contre sa poitrine. Elle sentit tomber sur son front des gouttes de sa sueur et ne put résister à l'envie de frotter sa joue contre la toison d'Ed.

— Bonjour, dit-il, pauvre petite fille fatiguée.

La gentillesse de sa voix accentua les remords de Lily. Tu crois que Dolorès va mieux ? demanda-t-elle.

— Je l'ai appelée il y a une heure environ. Elle est vivante.

— C'est tout ?

— Je crois qu'elle a encore besoin de quelques heures pour reprendre conscience. Il sourit.

Lily leva les yeux vers lui. Tu te rappelles quand elle disait qu'on l'avait coupée ?

Ed lui toucha la joue. Dolorès m'a dit ce matin qu'elle croyait s'être vue, elle-même, assassinée.

Lily s'écarta de lui. Que veux-tu dire ? Comment pourrait-on voir ça ?

— Elle devait délirer, dit Ed.

— Jesse James ?

Il hocha la tête.

Lily le dévisagea ; il la regardait de ses grands yeux calmes. Il la regardait, et il paraissait faire attention à elle, mais elle avait l'impression qu'il n'était pas vraiment là. Quelque chose manquait dans ce regard. Elle avait senti déjà auparavant ce qu'elle sentait alors : qu'Ed était à la fois là, avec elle, et ailleurs. Il paraissait se soucier de Dolorès, mais Lily se demandait soudain s'il s'en souciait vraiment. Derrière lui, elle voyait le portrait de Tex et la case où il étranglait une femme. Jesse James, pensa-t-elle, et elle agrippa le coude d'Ed. Et si c'était vrai ? demanda-t-elle. Si elle avait réellement assisté à un meurtre ? Tu y as réfléchi ? Plusieurs personnes ont vu des choses, Ed, pas seulement Dolorès. Lily était lancée. Elle s'entendait, mais ne parvenait plus à s'arrêter. D'une voix de plus en plus aiguë et haletante, elle parla à Ed du Carnet de la police, du cow-boy de Boomer, de la main blessée de Martin, et de

Becky Runevold. Elle voulait qu'il l'écoute, qu'il soit étonné. Son père l'a tuée, dit-elle dans un souffle. Les gens sont capables de tout, Ed. Elle reprit haleine. Tu m'entends ?

— Calme-toi, dit-il. Il regarda son coude, et Lily s'aperçut qu'elle lui enfonçait ses doigts dans la chair. Elle le lâcha.

Ed se frictionna les mains. Je ne sais pas ce que d'autres personnes ont pu voir ou non. Ce que je pense, c'est que Dolorès est instable et, bon, pas tout à fait fiable.

— Tu veux dire que c'est une menteuse.

Ed frottait ses paumes l'une contre l'autre, de haut en bas, comme si ce geste l'aidait à réfléchir. Peut-être pas foncièrement menteuse, mais manipulatrice et portée à l'exagération. Elle est mélodramatique – la star de son propre spectacle. Quand elle a téléphoné, hier soir, ce qui m'a effrayé ce n'est pas ce qu'elle croyait avoir vu, mais l'idée qu'elle pourrait se tuer pour… pour se venger de moi.

— Se venger ?

Les yeux d'Ed devinrent brumeux. Il les fixait au-delà de Lily.

— Parce que j'ai terminé le tableau, je suppose.

— Ça, c'est dingue, dit Lily, en le regardant bien en face. Et je ne suis pas sûre d'y croire. Je vais te dire autre chose. Je ne crois pas que Dolorès allait se tuer. Sa maison était bien trop propre.

Ed lui rendit son regard en souriant. La propreté et l'envie de mourir ne vont pas ensemble, c'est ça ?

— C'est ça, dit Lily. Elle avait fait le ménage parce qu'elle attendait de la visite, et je parie que cette visite, c'était toi. Mais ça ne veut pas dire qu'elle n'a rien vu. Tex, peut-être ? Est-ce que

Dolorès n'aurait pas pu voir Tex ? Quelle impression ça te ferait si quelqu'un avait été tué ? Tu ne te sentirais pas coupable de l'avoir peint en train de le faire ?

Elle désignait la toile. Ed leva les mains vers elle. Lily savait qu'elle se montrait déraisonnable, mais elle criait néanmoins. Elle aimait ça. C'était aussi bon que de crier ou de pleurer sur scène. Elle était à la fois dans son émotion et en dehors. Elle ressentait de la colère, et en même temps elle se regardait la ressentir. Dis, tu ne te sentiras pas responsable s'il a maltraité une femme quelque part ?

Ed disait : Assez. Il lui saisit les poignets et les immobilisa. Lily agita les coudes, mais ne résista pas avec beaucoup d'énergie. Elle aimait qu'il lui tînt ainsi les poignets. Sa fermeté rassurante la troublait, elle s'abandonna contre lui et se mit à embrasser son épaule nue.

— Qu'est-ce que je vais faire de toi ? demanda-t-il.

Lily lui embrassa l'oreille. Elle ne savait pas pourquoi, mais il avait dit ce qu'il fallait. Son excitation croissait. Je ne sais pas, répondit-elle. Elle se sentait le visage humide contre le cou d'Ed. Elle laissa retomber sa tête en arrière. Tout ce que tu voudras, dit-elle.

Il lui embrassa le haut du bras et le mordit, pas fort, mais elle sentit ses dents et se demanda si elles laisseraient une petite marque rouge.

Le lundi fut calme. La journée n'apporta plus de rumeurs concernant Lily ou qui que ce fût. Le *Chronicle* sortit, mais il n'y avait rien d'intéressant dans le Carnet. Lily servit Stanley Bloom vers six heures, ce matin-là, et quand elle lui dit qu'elle aimait bien son portrait, le vieil homme sourit. C'est rien de bien beau à voir, dit-il, mais ça, un type comme moi ne peut pas l'espérer. En évitant de regarder la bosse de Stanley, Lily avait alors balbutié que le tableau avait "du caractère". Et ça, c'est juste un mot gentil pour dire "laid", avait-il répliqué. Et comme Lily rougissait, il rit si fort qu'il se mit à tousser. L'après-midi, Ed peignit Mabel et Lily regarda. Il faisait chaud mais pas trop, et quand Lily se rappelait que la tempête avait fait rage le mardi précédent, cela lui semblait impossible. J'ai l'impression que cela fait des mois, se disait-elle. C'est le jour où j'ai enterré les souliers. Quand elle pensait à sa violence envers Dolorès, elle se sentait profondément mal à l'aise, mais ce n'était plus aussi intolérable et elle commençait à croire qu'elle était seule à savoir ce qu'elle avait fait. Dolorès était ivre morte. Le soir, à la répétition, Lily resta à distance de Martin, qui ne lui parla pas. Il avait refait son bandage, et on ne voyait plus ses coupures. Jim avait entendu raconter que Martin s'était blessé en réparant une clôture à la ferme Gravstedt, et Lily le crut. En réalité, pendant ces heures de répétition, ses soupçons s'affaiblirent. De quoi étaient-ils faits, de toute façon ? De on-dit, de rumeurs, de récits d'ivrognes et de cinglés, et des énormités que proférait Martin Petersen.

À neuf heures et demie, le mardi matin, tout changea de nouveau. Lily entendit la voix du professeur Vegan qui s'élevait au-dessus du bourdonnement des conversations dans le café, et elle tourna la tête pour l'écouter. Il venait une fois par mois avec trois autres professeurs en retraite. Les quatre hommes s'étaient baptisés "le gang d'outre-monts". Ils prenaient un petit déjeuner copieux et puis, l'estomac plein, se lançaient dans Kierkegaard. Lily avait entendu dire que, depuis trois ans, ils disséquaient le philosophe mot à mot, phrase après phrase, paragraphe par paragraphe, aussi patients et obstinés que le jour est long. Cette année, il n'avait été question que de deux livres, et leurs titres étaient les plus sévères que Lily eût jamais vus : *Crainte et tremblement* et *La Maladie mortelle*. Mais les professeurs plaisantaient et se taquinaient, et régulièrement Mr. Schwandt riait aux larmes. Il est vrai que le temps, le sport et la politique se mêlaient parfois à Kierkegaard, mais la persévérance des quatre compères impressionnait Lily – et ils donnaient de généreux pourboires.

— La créature avait des ailes, disait Mr. Vegan et Lily, la cafetière à la main, s'approcha de la table des professeurs. S'il n'y avait eu que Gladys, je n'aurais sans doute pas fait très attention. Gladys, à ce que je sais, est presque une "Holy Roller" – évangélique à l'extrême. Je ne me souviens pas du nom de la secte à laquelle elle appartient, mais on s'y adonne volontiers aux tremblements et aux gémissements. Marit, par contre, a les pieds sur terre comme personne, et je ne mettrais jamais en doute ses capacités d'observation. Elle aussi a vu ce foutu truc, en plein jour, à quelques mètres de la maison.

Lily versa du café dans la tasse du professeur Hong bien qu'elle fût presque pleine, et regarda le professeur Vegan. Avec un sourire ironique, il baissa la voix, pour l'effet : Ça arrivait du nord en longeant le ruisseau, sans le moindre bruit – un être translucide, tout en blanc, avec des ailes gigantesques.

Il avala une gorgée de café et observa le visage de ses trois collègues.

— Et puis – il marqua une pause – il y a la question de la valise. Après tout, qui inventerait ce détail ? Un être surnaturel qui se balade avec ses affaires dans une valise ?

Lily s'absorba dans la contemplation du café et serra les dents.

— Envoie un mémo au Département des Religions, suggéra le professeur Nichols.

— Un séraphin, dit le professeur Hong, en cavale à Webster.

Ils rirent.

Le professeur Schwandt hocha la tête. C'est la valise qui me turlupine. Un ange chargé d'un bagage. Ça vous a comme un parfum d'hérésie, non ?

Le professeur Nichols sourit. Oui. J'ai toujours imaginé que les messagers divins voyagent léger.

— Je me demande ce que c'était, en réalité, intervint Lily. Qui c'était.

Le professeur Vegan hocha la tête en regardant Lily. Aucune idée, mais quand je suis rentré chez moi, Marit et Gladys avaient toutes les deux l'air plutôt secoué. Quoi qu'elles aient vu, ça devait sembler non seulement improbable, mais même impossible.

Lily les resservit tous de café et s'éloigna de la table. Elle vit France Herda qui tapotait l'épaule de Lynn Strom en disant d'une voix sonore : Keith Ellingboe n'en vaut pas la peine. Si tu veux mon avis, ça fait trois semaines qu'il se conduit comme un âne. Lynn prit son verre de jus d'orange et le renifla. Des ailes, pensait Lily. Et une valise. France tourna la tête, et le petit anneau d'or qu'elle avait à l'oreille droite scintilla un instant dans la lumière venue de la fenêtre. Elle bougea de nouveau, et le scintillement disparut. Lily se dirigea vers la porte avec la cafetière. Elle aurait aimé revenir sur ses pas et demander au professeur Vegan si sa femme avait parlé de la taille ou du poids de la valise, ou si à son avis la "chose" était un homme ou une femme. Lily connaissait Marit Vegan. La fille aînée des Vegan, Iris, avait gardé Lily quand elle était bébé, et cette famille lui avait toujours paru d'un bon sens à toute épreuve. La maison des Vegan se trouvait sur un terrain au-dessus du ruisseau, à quatre cents mètres à peine de chez les Bodler de l'autre côté de la grand-route, et non loin des grottes. Lily se demanda soudain ce qu'elle avait fait de la carte de Martin. Elle passa à côté de Berthe et se planta devant la porte. La lumière extérieure était éblouissante. Elle plissa les yeux pour regarder dans la rue. Ils ont bel et bien vu quelque chose, se dit-elle. La valise qu'elle avait trouvée dans le garage s'était volatilisée. Un homme portant une femme inanimée, près des limites de la ville. Un liquide chaud lui coulait sur le pied ; elle ouvrit les yeux et s'aperçut que son poignet détendu avait laissé la cafetière s'incliner, et que du café chaud coulait sur son tennis blanc.

Derrière elle, elle entendit Vince crier : Attention ! Elle se retourna pour le regarder et déposer la cafetière près de la caisse enregistreuse. Ça va ? lui demanda-t-il. Lily ne lui répondit pas. Elle réfléchissait. Je ne peux pas laisser tomber. Il faut que quelqu'un fasse quelque chose. Je ne peux pas rester ici et me comporter comme s'il ne se passait rien. Lily essuya sa chaussure avec une serviette et se tourna de nouveau vers Division Street. La lumière du soleil était presque insoutenable. Lily tendit le bras et poussa la porte moustiquaire. J'y vais maintenant, se dit-elle. Ça ne peut pas attendre. Elle sortit dans la rue, tourna à droite, et puis encore à droite dans la ruelle où se trouvait sa bicyclette.

En repassant devant l'Idéal-Café, elle vit Vince debout sur le seuil, en tablier blanc. Il rugit, en brandissant une spatule : Où tu crois que tu vas ? Reviens ! Si tu ramènes pas tes miches tout de suite, t'es virée !

Elle ne fit pas attention. Vince se trouvait dans une autre dimension, tel un personnage de film qu'elle pouvait voir sans en être affectée. Il l'avait déjà virée deux fois ; les deux fois, il l'avait réembauchée dans les vingt minutes et, les deux fois, ç'avait été sa faute à lui, avec son côté soupe au lait. À présent c'était elle qui le laissait en plan, et il n'était que juste qu'il la congédie. Il y avait quelque chose de curieusement plaisant dans le remue-ménage qu'elle avait provoqué : le gros homme hurlant devant sa porte, les visages stupéfaits dans le café. Ç'avait été si facile, il n'avait fallu que quelques secondes pour mettre l'Idéal-Café sens dessus dessous. Lily savait où elle allait. Elle cherchait quelqu'un – une fille anonyme cachée chez Martin ou chez les Bodler, dans les bois ou au fond d'une grotte. Qui que fût cette fille, Lily savait qu'elle devait la trouver. Aux confins de la ville, elle imaginait la valise gisant à l'abandon dans la forêt, elle s'imaginait, les doigts sur le couvercle, l'entrouvrant de quelques centimètres, et puis dans son fantasme elle le rabattait avec violence pour emprisonner son horrible contenu.

Devant la maison de Martin, Lily se sentit remplie d'excitation. Une excitation plus forte que sa peur, sans doute parce que le camion de Martin n'était pas là et que la maison paraissait inoccupée. Elle monta sur le perron, ouvrit la porte et, à travers la moustiquaire, examina l'intérieur de la pièce. Le rocking-chair avait été remis en place, dans son coin, et elle voyait le drap noir et le collage aux crimes et aux annonces publicitaires, avec son centre vide. Elle entra. Ça aussi, c'était facile. On met un pied devant l'autre, se dit-elle, et on y est. Elle toucha un instant l'étoffe noire mais la lâcha aussitôt. L'odeur pharmaceutique régnait encore dans la maison, et de nouveau elle se demanda ce que c'était. Quand elle chercha des yeux les couteaux, elle vit qu'ils avaient disparu. Lily se rappelait Dolorès hurlant qu'on l'avait coupée, elle se rappelait la main de Martin, et en pénétrant, par la porte ouverte, dans la chambre de Martin, elle se disait que des coupures comme celles qu'elle avait vues sur sa main, Martin ne pouvait pas se les être faites en réparant une clôture. Il y avait des piles de livres sur le plancher et, sur une table, *L'Anatomie de Gray* qui se trouvait auparavant dans l'autre pièce, un livre de photographies intitulé : *Le Nu* et, en dessous, un épais volume blanc dénommé : *Prothèses*. Une mouche lui frôla la joue en bourdonnant, et Lily guetta le bruit d'une voiture sur le chemin ; il n'y en avait pas, on n'entendait que le ronron lointain de la grand-route. Lily s'approcha du bureau de Martin, déplaça la chaise et ouvrit le tiroir : des relevés bancaires, des fiches, des trombones et un numéro de *Playboy*. Et puis, sur le sol, elle aperçut un paquet sombre ; elle se pencha pour l'atteindre. Des vêtements, pensa-t-elle, rien que des vêtements, mais lorsqu'elle en retira un T-shirt bleu et l'examina, elle remarqua qu'il y avait un petit nœud à l'encolure et à l'intérieur une étiquette marquée : "Lady Susan, taille 7". Lily regarda fixement l'étiquette, respira un grand coup et rejeta le T-shirt sous le bureau. Dehors, quelque part, elle entendit aboyer un chien, et elle se précipita hors de la maison. Alors qu'elle pédalait en remontant la pente vers la route, elle se rappela soudain qu'elle avait oublié de refermer le tiroir.

Il y avait deux voitures garées dans le chemin des Bodler : le camion des jumeaux et une Pontiac que Lily avait l'impression de connaître. Elle sauta de sa bicyclette, courut vers la porte et racla la moustiquaire en criant : Hou, hou ! C'est moi, Lily. Faut que je vous parle ! En écoutant sa voix résonner dans la maison, elle songea qu'elle s'était donné la permission momentanée de se conduire comme une folle, mais qu'elle pouvait à tout moment retirer cette permission s'il le fallait.

Elle cria de nouveau : Ouvrez-moi, c'est important ! Des pas lourds résonnèrent dans l'autre pièce. Frank apparut à la porte de la cuisine.

— Pas de panique, marmonnait-il. En marchant, il remontait son pantalon. Il s'arrêta devant la moustiquaire, leva vers Lily des yeux injectés de sang et poussa un grognement.

— Faut que je vous parle de nouveau, à vous et à Dick, à propos de ce qu'il a vu. Lily hésita. Elle le fixa d'un regard intense, afin de lui montrer l'urgence de ce qu'elle avait à dire, et ajouta : C'est peut-être une question de vie ou de mort.

Ça n'avait rien de certain, mais Lily crut apercevoir une lueur d'amusement dans les yeux de Frank. Du calme, dit-il en la dévisageant sans cligner des yeux. Il n'ouvrait pas la porte.

— Mr. Bodler, implora Lily, laissez-moi entrer.

Frank se gratta le cou. Dick se repose, dit-il.

— Ce ne sera pas long.

Frank se frotta le nez du dos de la main. Ensuite il leva lentement un doigt vers le plafond comme quelqu'un qui se demande d'où vient le vent.

— Minute, dit-il.

Il disparut. Lily entendit des voix à l'intérieur de la maison pendant qu'elle attendait. En tendant l'oreille, elle pensa distinguer une voix de femme, mais la voix de Dick avait le timbre de celle d'une femme et ce pouvait être lui.

Frank revint et fit signe à Lily de le suivre, mais sans un mot. Il la précéda à travers la deuxième pièce et puis ouvrit d'un coup de pied la porte de la chambre. Celle-ci était incroyablement sombre. Lily ne voyait rien, sauf un vague rayon lumineux juste devant elle. Après deux ou trois secondes, elle se rendit compte que cette lumière provenait d'une fenêtre dont l'ouverture était obscurcie par une haute pile de caisses et la partie visible des vitres couverte d'un épais film jaunâtre. Il y avait près du mur de gauche une commode ventrue surmontée d'un miroir noirci, et quand Lily se tourna pour le regarder elle y vit le reflet brouillé de deux personnes sur le lit. La distorsion de l'image la troubla un peu, et puis elle se tourna vers la droite et reconnut Dick Bodler et Dolorès Wachobski installés ensemble sur un petit lit affaissé sous leur poids. Dolorès était assise, calée près de Dick qui était allongé, la tête sur un oreiller sans taie. Au pied du lit se dressaient ses bottines. Leurs longues languettes fendillées pendaient entre les lacets noués, leur donnant une vague allure de chiens. Dolorès était vêtue d'une légère robe rose boutonnée devant, et parce que cette robe était la seule couleur claire dans cette chambre tout en bruns et gris boueux, son corps paraissait séparé de ce qui l'entourait. La créature vomissante, bouffie et imbibée de whisky de trois jours plus tôt était remplacée par une femme sobre et posée. La transformation était si complète qu'elle parut à Lily presque surnaturelle. Ceci n'était pas la Dolorès qu'elle avait secouée et giflée l'autre soir. En tenant à deux mains des cartes à jouer bien rangées en éventail, Dolorès tourna la tête vers Lily et lui dit : T'as l'air un peu chiffonnée, mon chou. Y a quelque chose qui ne va pas ? Dick ne faisait pas mine de saluer Lily ni de la reconnaître. Il leva une main qu'il avait cachée derrière sa cuisse et approcha de son nez plusieurs cartes très abîmées. Il plissa les yeux. Lily remua les pieds, sentit qu'elle heurtait quelque chose, entendit un clapotement et regarda par terre. Le bout de sa chaussure avait tapé dans une boîte à café qui servait de crachoir. Ça puait le jus de tabac rance, et elle se réjouit de ne pas l'avoir renversée.

Lily essaya d'ajuster sa vision. La pénombre floue, la poussière qui flottait dans la pièce obscurcissaient la vue, et il lui sembla que l'élan de l'après-midi était soudain retombé. Le monde avait ralenti et puis s'était écroulé dans cette chambre étrange et sale. Elle dit néanmoins : Je voudrais vous parler de Martin Petersen. Elle fit un pas vers le lit. Personne ne bougea. Debout devant la pile de caisses, Frank posait sur les trois autres un regard vide. Dolorès et Dick contemplaient leurs cartes. Martin Petersen, répéta Lily.

Au bout d'un moment, Dolorès tapota le lit. Tu fais un petit gin avec nous ? proposa-t-elle d'une voix gaie et claire.

Je suis fatiguée, pensa Lily, vraiment fatiguée. Non, dit-elle, j'ai juste envie de parler.

— Assieds-toi, alors, roucoula Dolorès. En souriant, elle désignait d'un geste de la tête une place sur le lit, près des bottines.

— Je reste debout, dit Lily.

Dolorès inclina la tête en arrière et éclata de rire.

Dick regardait toujours ses cartes. Il haussa les sourcils, comme étonné de ce qu'il voyait.

Dolorès rit de nouveau.

Même apaisé, son rire parut s'attarder aux oreilles de Lily. Elle fixa Dolorès droit dans les yeux. À la réflexion, dit-elle, poussez-vous. Elle rampa au-dessus des jambes de Dick et poussa Dolorès du coude avec énergie. Faites-moi place, mon chou, dit-elle, en insistant sur "mon chou". Le lit s'affaissa encore un peu sous son poids et, pendant un instant, Lily pensa qu'il allait s'écraser par terre. Elle s'assit jambes croisées et toisa Dolorès d'un air épanoui. On est bien, ici, dit-elle.

— Eh bien, quelles nouvelles ! s'exclama Dolorès (ce n'était pas une question). Pendant une minute, j'ai cru que t'avais juste un tout petit peu peur de moi, ou peut-être de Dick, là ? Dolorès tapota le pantalon de l'intéressé, et un nuage de poussière noire s'éleva du tissu.

— Pas du tout, répliqua Lily, qui tortilla les épaules en un geste exagéré de confort. Le ton sarcastique de Dolorès la soulageait de ses remords. C'est vraiment une garce, pensa-t-elle. Je voudrais savoir exactement ce que vous avez vu ce jour-là dans le pré – quand vous disiez avoir vu Martin Petersen, cria-t-elle à Dick. Il ne la regardait pas. Un oiseau siffla au-dehors, trois notes distinctes, chacune plus aiguë que la précédente.

— Pourquoi ? demanda Dolorès.

Lily frôla de la jambe la hanche de Dolorès. Ce contact la mit mal à l'aise, et elle sentit son visage s'empourprer. Dick, commença-t-elle, et elle se reprit : Mr. Bodler dit qu'il a vu Martin Petersen dans le pré jeudi soir avec – Lily se frotta le visage – moi... Elle fit une pause. Mais je n'étais pas là.

— Toi ? Dolorès fixait Lily d'un œil méfiant.

— Ça vous rappelle quelque chose ? demanda Lily. Jesse James, peut-être ?

— Non, fit Dolorès, mais ses lèvres entrouvertes trahissaient un doute.

Dick s'assit.

— Eh bien, il faut voir les choses en face, dit Lily, ce n'était pas Jesse James.

Frank s'était tourné vers Lily. Il fit un pas en avant.

Dolorès regardait Lily ; elle protesta entre ses dents : C'était Jesse, et je me suis vue, moi. Je sais ce que j'ai vu, et ça m'a fichu une trouille de tous les diables. Ce n'était pas Martin Petersen, et, sacré bon Dieu, ce n'était pas toi.

Lily s'adressa à Dick en criant : Comment saviez-vous que c'était Martin ? Il ne commençait pas à faire noir ? Je ne prétends pas que vous n'avez rien vu, mais comment pouviez-vous être aussi sûr ? Dans le Carnet de la police, la semaine dernière, on signalait un homme portant une femme inanimée juste en dehors de la ville. C'est la même chose, vous ne voyez pas ? Je l'ai ici. Lily pêcha la coupure de journal dans sa poche arrière et l'agita devant Dolorès. Vous n'avez pas appelé la police, si ?

— J'appelle jamais ces clowns, dit Dolorès. Elle prit à Lily le bout de papier et le lut en se mangeant les joues.

Frank s'approcha d'elle et tendit la main. Dolorès lui donna le morceau de journal et il lut pendant au moins une minute. Niveau jardin d'enfants, pensa Lily. Me demande à qui était ce cochon, dit-il enfin.

— Tu prétends que Marty Petersen se balade avec une morte et que c'est ça que j'ai vu ? demanda Dolorès. Fringué en cow-boy ? Que c'est pas des visions ? C'est ça que tu prétends ?

— Peut-être, dit Lily. Je ne suis pas sûre.

— Et la musique ? insista Dolorès. J'ai entendu de la musique.

Lily l'ignora.

Tenant encore le bout de journal chiffonné, Frank s'assit sur une caisse surmontée d'une pile de magazines et cracha dans la boîte à café. Ce gamin est né avec le sang trop clair, dit-il lentement. C'est de famille, chez nous.

— De qui parle-t-il ? demanda Lily à Dolorès.

— Marty, sans doute.

— Vous et Martin, vous êtes parents ? s'exclama Lily.

Frank hocha la tête. Comme je disais, il a hérité de ça, le sang trop clair, un peu femelle, si vous voyez ce que je veux dire, pareil que notre Dick. Il baissa la voix en faisant allusion à son frère. Seulement Dick est pas malin, et Martin est malin en diable, et pas seulement avec ses mains. Il lit des tas de bouquins, il vient ici et il feuillette tous ceux qu'on trouve pour voir s'il les veut, et il emporte ce qui lui plaît. Il a de grandes idées à propos de tout, et quand il est pas bloqué par son bégaiement, il parle et parle tellement que j'en peux plus, un vrai moulin à paroles, qu'il est, une fois qu'il est lancé.

Lily l'interrompit. Comment êtes-vous parents ?

Frank la regarda. Notre mère et la grand-mère de Martin étaient sœurs.

— Je n'avais aucune idée.

Frank hocha la tête. Norvégiens, dit-il. Ces filles sont nées ici, mais leurs parents venaient d'un petit patelin dans la vallée de Sogn, Underdahl, que ça s'appelait. Z'ont pris le nom du patelin : Underdahl.

Lily observait l'arrière du crâne de Frank dans le miroir et vit trembler le reflet de sa calvitie.

Dolorès regarda Lily. Comme vous, dit-elle.

— Il y a des quantités de noms en Dahl, dit Lily, comme si une explication s'imposait. Ça veut dire vallée en norvégien – Overdahl, Grondahl, Folkedahl –, il y en a des quantités. Elle entendit retomber sa voix. Elle savait que c'était sot, mais la coïncidence de ce chevauchement entre son patronyme et le nom de jeune fille d'Helen Bodler la troublait.

— Sûr, dit Dolorès. J'étais à l'école avec une fille qui s'appelait Hallingdahl.

Tous restèrent silencieux. Helen Underdahl, pensa Lily, et elle eut un renvoi. C'était un renvoi silencieux, mais elle avait un goût de bile dans la bouche et déglutit pour s'en débarrasser. D'une voix ferme et posée, elle demanda à Frank : Croyez-vous que Martin serait capable de… Elle s'arrêta. Est-ce que Martin pourrait faire du mal à quelqu'un ?

Frank se pencha en avant sur sa caisse. La vérité, miss Dahl, c'est qu'on ne peut rien savoir de personne, pas vrai ? Il me semble que même vous, vous pourriez faire du mal à quelqu'un si c'était le moment et l'endroit. C'est comme ça, non ? Même les gens qui sont les plus proches de nous, on peut pas vraiment les connaître. Un jour on se réveille et on constate. Les gens disent : c'est pas possible, ça se peut pas. Vivez encore quelque temps, et ça se pourra. Frank hocha la tête. Les gens sont pleins de surprises. J'ai vu des tas de choses qu'auraient pas dû se passer, miss Dahl, et c'est pas facile de dire à qui c'est la faute. C'est la nature des choses. Un beau jour on se réveille le matin et on regarde par la fenêtre et y a rien à voir que des sauterelles si serrées qu'elles cachent le ciel. Et puis sans vous laisser le temps de dire "ouf", la sécheresse s'installe, et vos champs brûlent aussi sûr que si vous aviez mis le feu à vos propres récoltes. C'est comme ça, la nature, mais alors le prix des œufs est si bas que ça vaut pas la peine de les vendre. Coûte plus cher d'élever des poules. Et à qui la faute, miss Dahl ? À ces politiciens de Washington, qui savent pas la différence entre une génisse et un bouvillon ? Frank secoua la tête et se fourra une pincée de tabac dans la bouche. Il plissa les yeux. Et un beau jour, un bon Dieu d'inspecteur arrive de ces bon Dieu de Cités Jumelles dans sa grosse bagnole et il vous annonce que vous devez abattre vos bêtes, jusqu'à la dernière. Les sabots et la bouche, qu'il dit. Mais il se trouve, miss Dahl, qu'elles étaient pas malades, ces vaches étaient pas malades ! Il dressa un poing vers Lily. Et un beau jour, vous ne connaissez plus les vôtres, vous ne savez plus ce qu'ils sont ni ce qu'ils pensent, et alors ça c'est pire que tout. Ils vous tournent le dos, ils vous laissent en plan. Tant pis si vous avez rien fait. Z'avez été mêlé à quelque chose, c'est tout ce qui compte. La pitié ne vaut pas lourd, miss Dahl, et ceux qui ont pitié de vous n'aiment pas venir trop près. Ils restent à distance, font que claquer leurs langues et hocher la tête, mais ils vont pas se salir les mains, et ça vous fait une belle jambe quand tout ce qui vous reste c'est un bout de terrain avec la marque du diable. Frank fit une pause. On est surpris de ce que sont les gens. C'est tout. Vous me demandez si ce gamin pourrait faire quelque chose de mal. Je vous réponds, sûr qu'il pourrait, mais ça fait pas beaucoup de différence avec n'importe qui d'autre.

Lily regardait Frank. La longueur de sa tirade l'avait étonnée. Baissant la voix, elle dit : Martin a des photos et des articles sur ses murs, des gens qui sont morts – qui ont été assassinés –, vous le saviez ?

— Vous croyez que c'est mieux d'avoir les images là-dedans ? Frank se frappa la tempe d'un doigt.

Lily avait la bouche sèche. Je… je ne sais pas, dit-elle.

Dick remuait sur le lit, et quand Lily se retourna vers lui, elle vit qu'il se redressait. Il lâcha ses cartes et les regarda s'éparpiller sur ses genoux et puis sur le lit. Jusqu'à ce moment, elle avait eu l'impression qu'il était absent, uniquement absorbé par les chiffres et les figures des cartes qu'il tenait à la main. Lily ne savait pas ce qu'il avait ou non entendu, mais une expression de joie envahit soudain son visage. La tête rejetée en arrière, bouche bée, il riait sans faire le moindre bruit, le menton tressautant. Il s'étreignit le torse de ses bras et se mit à se balancer d'avant en arrière sur le lit en heurtant les deux femmes des épaules. En s'écartant pour lui faire place, Lily frappa du genou le tibia de Dolorès.

— Ça veut rien dire, quand il fait ça, expliqua Dolorès à Lily. C'est une de ses bizarretés – elle sourit – bizarreries. Une fois de temps en temps, ça lui prend, juste comme ça. Elle fit claquer ses doigts. Je pense qu'on devrait le laisser seul. Y a que Frank qui peut l'aider, si ça s'arrête pas tout seul.

Lily s'adressa à Dick en criant : Il faut que je parte, Mr. Bodler.

L'homme arrêta aussitôt son balancement, la regarda en face et dit : Vous partez ? Il se tourna vers son frère. Miss Underdahl s'en va ?

— Dahl, dit Frank. Juste Dahl. Il ne parlait pas assez fort pour que Dick l'entende. Lily comprit qu'il n'avait pas fait cette correction pour son frère, mais pour elle.

En passant au-dessus des jambes de Dick, elle descendit du lit. À l'instant où elle posait les pieds à terre, il se remit à se balancer et à rire en silence. Lily s'aperçut dans le miroir sombre en face d'elle ; son image ondulait, et elle détourna la tête. En regardant autour d'elle, elle vit Dolorès donner une claque amicale à la jambe de Dick tout en se glissant vers le bord du lit. Sa robe s'accrocha au matelas et glissa le long de sa cuisse, révélant le haut de son bas et sa jarretelle. Lily se souvint alors que Dolorès ne portait pas de jarretelles l'autre soir.

Lily serra la main de Frank et résista à la tentation momentanée de s'essuyer la paume contre son jean. Alors elle remarqua que Dick lui faisait signe et comprit que lui aussi voulait lui serrer la main. Elle la lui tendit. Il la prit, et Lily sentit contre la sienne sa paume tiède et visqueuse, et quand elle le regarda elle vit dans ses yeux une lueur de reconnaissance. Il me prend sans doute pour une autre, pensa-t-elle.

Vidée de toute curiosité et en quelque sorte blessée, Lily contempla l'étiquette à la marque "Folgers" sur la boîte à café, à ses pieds. La vue des deux frères et les paroles de Frank avaient réveillé en elle une vieille irritation, et bien qu'elle en ressentît assez nettement la douleur, elle ne savait pas ce qui l'avait provoquée. Elle sortit à la suite de Dolorès et, en traversant la deuxième pièce, elle aperçut les pivoines par la fenêtre. Une grosse fleur fanée reposait contre la vitre sale.

Sur le seuil de pierre devant la porte, Lily cligna des yeux au soleil et vit une libellule voleter près de son genou puis filer à droite vers un tas de ferraille. Quand elle se tourna vers Dolorès, elle remarqua que celle-ci paraissait différente à l'extérieur. Le vent plaquait la robe rose contre ses cuisses, et les fines rides de son visage étaient bien visibles.

— T'as une voiture ? demanda Dolorès.

— Non, mon vélo, dit Lily en le montrant du doigt.

— Va le chercher. Je t'emmène. On mettra le vélo dans la malle.

Lily ne répondit pas. Elle restait comme paralysée, les yeux fixés sur une roue dans un amas de bric-à-brac. Et puis elle les leva vers les fils du téléphone qui longeaient la grand-route et observa des moineaux alignés sur le câble : une rangé de petits corps sombres. L'un d'eux tourna soudain la tête à gauche, alerté par quelque bruit ou mouvement imperceptible, et aussitôt tous les oiseaux ouvrirent leurs ailes et s'envolèrent vers le ciel.

— Allez, dit Dolorès, va le chercher, ce vélo.

Dolorès conduisait vite, et Lily entendait rebondir sa bicyclette dans la malle, derrière elles. Elle regardait par la fenêtre en pensant à ce T-shirt de femme sous le bureau de Martin. Une odeur de putois monta de la route ; Lily se tourna vers Dolorès. Chaque fois que je pose les yeux sur elle, elle est différente. C'est peut-être l'alcool, mais on ne se trouve pas une personnalité au fond d'une bouteille de whishy, tout de même ? Lily examina les genoux de Dolorès, considéra les cuisses sous la robe. Elle cherchait à savoir ce qu'elle éprouvait, mais elle n'éprouvait rien, rien du tout.

— T'as eu les jetons, dit Dolorès tout à coup. Je vois ça.

— Que voulez-vous dire ?

— Ce que j'ai dit. T'as eu les jetons.

— Je ne crois pas, fit Lily, menteuse, en s'adressant à la route.

— Moi bien, dit Dolorès. Seulement, Dickie, il a pas toute sa tête. Tu t'en es aperçue, je suppose ?

— C'est quelqu'un d'étrange, dit Lily. Mais à ce compte-là, vous aussi.

Dolorès resta un instant bouche bée, puis elle rit. Moi ?

— Ed dit que vous êtes singulière ou extraordinaire ou quelque chose comme ça. Il ne vous situe pas très bien.

Dolorès sourit en regardant la route. C'est pas pareil qu'étrange, ça, mon chou. Lui aussi, c'est un drôle d'oiseau, tu ne crois pas ?

— Ed ?

— Oui, Ed. Dolorès prononça le prénom en imitant l'intonation de Lily, et cette petite cruauté mit celle-ci sur ses gardes. La plupart du temps, ce type n'est pas là, si tu vois ce que je veux dire.

— Non, je ne vois pas, dit Lily. Mais elle mentait.

— Il vit dans ces tableaux qu'il peint. Tu dois t'en être rendu compte, depuis le temps. Et puis, à l'occasion, sa queue l'entraîne ailleurs.

Lily se raidit. Alors c'est ça que vous pensez ?

— Eh oui. Y a pas de mal à ça.

— Il était très inquiet pour vous l'autre soir et je ne crois pas que c'était une affaire de sexe. Sans lui, vous vous seriez réveillée dans votre vomi au bord de la rivière. Lily avait la voix tremblante.

— Je me suis mise au régime sec, des fois que tu l'aurais pas remarqué.

— J'ai remarqué. J'étais là aussi.

— Je sais, dit Dolorès. Elle sourit à Lily. Tout ce que j'essaie de dire, c'est que si j'étais pas peinte, je crois qu'il se soucierait pas plus de moi que de sa première culotte.

— Je ne suis pas "peinte", et il se soucie de moi.

Dolorès sourit. T'as quel âge, mon chou ? Dix-huit ?

— Dix-neuf ans, dit Lily.

Dolorès hocha la tête. Et notre ami le peintre, il doit avoir dans les trente-cinq, non ?

— Trente-quatre.

— Ce gars-là te réserve des surprises dont t'as jamais rêvé.

Lily s'assit sur ses mains et regarda par la fenêtre. Elle parla lentement : Ce jour-là, dans la chambre d'Ed, quand vous m'avez dit qu'il a son "vilain côté", que vouliez-vous dire ?

— Si tu le sais pas, c'est pas moi qui vais t'affranchir. Pas mon boulot, bon Dieu !

Elles roulèrent en silence pendant une ou deux minutes. Lily observait par la fenêtre les champs sous le vaste ciel. Pourquoi vous cachiez-vous de votre mère quand vous étiez petite ? demanda-t-elle.

— Ah, il t'a raconté ça.

Lily fit oui de la tête. C'était une sorte de jeu ?

Le pied de Dolorès enfonça la pédale des gaz et la voiture accéléra. T'a raconté ça aussi, alors ? J'étais rien niaise d'imaginer qu'il garderait ça pour lui. Un jeu ? Sûr qu'on y a joué, à ce jeu. Je me cachais, et il me trouvait. Je l'entendais chercher partout et s'échauffer…

Lily la coupa. Ce n'est pas ça qu'il m'a raconté. Il n'aurait pas raconté ça. Au ton de sa voix, son chagrin était évident, et elle le regretta.

Elles ne parlèrent ni l'une ni l'autre, pendant trente secondes.

— Prends pas ça trop à cœur, dit enfin Dolorès. Y a bien des choses plus moches en ce monde que ce genre de jeux. Y a plein d'hommes dans cette ville qui ont un jeu auquel personne veut jouer avec eux. Je suis bien placée pour le savoir. Ça fait de mal à personne, et ça les console. J'en ai pas honte. Elle fit une pause. Ce qu'y a de drôle, là-dedans, c'est que même les marjos vont par catégories. Y a rien de nouveau sous le soleil. Ça donne à réfléchir. Dolorès lâcha le volant d'une main, qu'elle agita.

— Mais ce jeu de cache-cache, Dolorès, c'est le vôtre, pas celui d'Ed.

Dolorès leva le pied de l'accélérateur. Faut être deux pour jouer, mon petit.

Lily vit ses traits s'affaisser d'émotion. Elle est plus belle quand elle est vache, pensa Lily. Dolorès ralentit pour franchir les rails du chemin de fer et Lily pressa le nez contre sa vitre. Quand elle se retourna vers Dolorès, celle-ci avait le visage rosi et humide, peut-être de larmes, bien que Lily ne lui en vît pas dans les yeux.

Quand elles s'engagèrent dans Division Street, Dolorès dit : Je me suis pas fait payer, tu sais. Seulement pour poser.

— Ah, dit Lily. La voiture ralentit devant l'Idéal-Café, et Lily se souvint qu'elle n'avait plus de boulot. Je ferais bien d'essayer de me réconcilier avec Vince, pensa-t-elle, en ouvrant la portière et en la refermant. Merci, dit-elle à Dolorès, qui s'était affalée sur son volant dans une pose aussi dramatique qu'irritante. Qu'est-ce qui vous arrive ? demanda Lily d'une voix acerbe.

Dolorès releva la tête et fixa sur Lily de grands yeux sincères. Remercie la vieille dame pour les provisions et tout ça.

— Quoi ? demanda Lily.

— Les trucs qu'elle m'a apportés dimanche matin. Vraiment sympa de sa part. J'étais plutôt à côté de mes pompes, alors j'ai pas beaucoup réagi, mais c'est une chic bonne femme, et j'aimerais que tu le lui dises. Dis-lui aussi que je suis contente qu'elle m'ait parlé comme elle l'a fait. Dolorès sourit d'un air suave. Ensuite, rejetant ses longs cheveux par-dessus une épaule, elle lança : À un de ces jours, d'une voix chantante de féminité affectée. Elle tira sa robe sur ses genoux, se cala les fesses dans le siège et tourna la clef. Lily s'écarta de la portière et aurait laissé Dolorès partir avec sa bicyclette si elle n'avait aperçu celle-ci dans la malle entrouverte.

— Attendez !

Le cri de Lily et, ensuite, les efforts qu'elle dut déployer pour détacher la corde et sortir la bicyclette de la malle ne passèrent pas inaperçus. Il n'était pas évident que Dolorès était consciente des regards que fixaient sur elles les deux clients de l'Idéal-Café, ni qu'elle voyait Buehlah Bjornson figée sur place devant chez Tiny, le marchand de tabac, en train de les dévisager. Si c'était le cas, elle n'en montrait rien et Lily ne pouvait s'empêcher d'admirer son indifférence, même si ce n'était qu'une pose. Elle saisit sa bicyclette par le guidon et dit : Merci, Dolorès. Je le pense vraiment, ajouta-t-elle parce que, même si elle ne savait pas pourquoi, c'était vrai.

En poussant sa bicyclette vers la fenêtre du café, Lily regarda à l'intérieur. Elle croisa le regard de deux femmes d'âge mur assises dans le box de Martin, et avant d'avoir eu le temps de réfréner cette impulsion, elle leur fit la grimace. Les yeux écarquillés, elle se mit les pouces dans les oreilles et agita les doigts. C'était idiot et puéril de faire ça, mais en voyant à travers la vitre ces deux visages stupéfaits, Lily ne put s'empêcher de penser que ça valait le coup.

3

En montant l'escalier, Lily entendit des raclements dans l'appartement de Mabel. Elle devrait être chez Ed en ce moment, pensa Lily. Il y a quelque chose qui ne va pas. Mabel était en nage quand elle ouvrit la porte, et Lily se rendit compte qu'elle ne l'avait jamais vue transpirer, même par les plus fortes chaleurs ; à présent, elle avait des gouttes de sueur sur la lèvre supérieure et le front luisant d'humidité. Elle était vêtue d'une grande chemise blanche aux manches roulées jusqu'aux coudes, et ses bras blancs et minces tremblaient.

— Mabel, s'exclama Lily, qu'est-ce qui se passe ?

— J'ai tout remis en place. Elle désigna son intérieur d'une main flasque et soupira. Toute la pièce... Je ne savais plus où j'étais. J'avais cru le moment venu de faire la révolution, tu sais, un ordre nouveau, mais j'ai trouvé ça affreux, parfaitement affreux... J'étais si malheureuse avec le canapé là (elle désigna l'endroit) ! Autant essayer d'apprendre le russe à cinquante-sept ans. Ça aussi, je l'ai essayé. Mon cerveau s'était calcifié, à cet âge-là, et je n'arrivais pas à maîtriser les déclinaisons, et encore moins les sons. Ça aurait dû me servir de leçon mais, oh, non, j'ai cru intelligent de tout bouleverser. Mes nerfs ne l'ont pas supporté, et d'avoir déplacé tous ces gros meubles...

— Tu as déménagé tes meubles ? Quand as-tu déménagé tes meubles ? Tu es folle ? Tu aurais dû me demander de t'aider ! Lily regarda les mains de Mabel. Les articulations de ses doigts étaient rouges et tuméfiées. Elle examina son visage.

— Dolorès te remercie pour les provisions, et elle m'a chargée de te dire qu'elle est contente que tu lui aies parlé comme tu l'as fait, que tu saurais de quoi il s'agit.

— Tu es allée la voir, toi aussi, c'est ça ? Mabel observait Lily avec attention.

— Non. Je l'ai rencontrée par hasard chez Frank et Dick Bodler.

Mabel parut intriguée. Tu parles de ces deux chiffonniers qui ont toujours l'air de sortir d'une mine ?

— Ouais, dit Lily, en croisant les bras. Puis elle demanda doucement : Pourquoi es-tu allée chez Dolorès ?

— Je voulais lui poser quelques questions au sujet d'Ed et... et du portrait.

— Pourquoi tu ne lui as pas demandé à lui ?

— Je voulais l'autre point de vue. Et j'étais curieuse aussi de ces fantômes. Mabel s'essuya la lèvre. Besoin de m'asseoir, murmura-t-elle. Elle se laissa tomber dans le canapé, les jambes étendues devant elle sur le sol.

Lily s'assit à côté d'elle. Qu'est-ce qu'elle a dit ?

— Rien. C'est moi qui ai parlé. Je pense qu'elle m'entendait. Je n'en étais pas sûre.

— Elle est fraîche comme une rose, maintenant.

— Ce portrait me tracasse, Lily. Mabel se frotta la joue avec douceur, comme si c'était la peau de quelqu'un d'autre. Je ne sais pas quoi faire. Tu devrais le voir. Nous avons travaillé aujourd'hui. C'est… c'est… oh, je ne sais pas, quand je le regarde je me sens mal à l'aise. Il est évident que personne ne va se soucier le moins du monde de l'identité de la vieille dame peinte par Edouard Shapiro, et pourtant j'ai l'impression de m'être laissé attirer dans une crise qu'une moitié de moi a voulue et que l'autre refuse. Je ne suis pas certaine qu'Ed comprenne ça. Je ne suis même pas sûre qu'il sait ce qu'il fait, mais il y a en lui quelque chose d'agressif, pas dans sa manière d'être, tu comprends, mais dans son travail – il frappe au cœur. Mabel déglutit. Il a peint sa femme. Tu le savais ?

Lily fit un geste de dénégation.

— Ça a détruit leur couple.

Lily ne répondit rien.

— Je pense qu'au début ça allait, et puis quelque chose a mal tourné. Il ne m'a pas raconté les détails, mais tu sais ce qu'il m'a dit ?

— Non.

— Il m'a dit qu'il l'avait *vue*, vraiment vue. Mabel regarda Lily dans les yeux.

Évitant son regard, Lily tourna les yeux vers la fenêtre. Elle se demandait ce qu'Ed avait vu et pourquoi ça la troublait tant, mais elle dit : Ce n'est qu'un tableau, Mabel. Tu te mets dans tous tes états pour rien.

Mabel lui lâcha les mains.

Les yeux fixés sur le visage blanc de Mabel, Lily lui demanda doucement : C'est l'histoire dans les cases ?

Mabel se détourna. Elle ne répondit ni d'un geste ni d'un mot.

— En partie, dit-elle enfin, d'une voix étouffée.

Un soupçon s'empara soudain de Lily.

— Je me méfierais de ce que tu racontes à Dolorès. Il ne faut pas lui faire confiance, Mabel. Elle pourrait très bien rapporter tout ce que tu lui as dit à la fille qui lui fait les ongles chez Myriam, ou à Willy du cordonnier, à n'importe qui !

— Je suis pas sûre qu'elle soit comme ça, Lily. Mabel sourit, bouche close. Les yeux brillants, elle chassa de son front une mèche de cheveux.

Les deux femmes restèrent un bon moment silencieuses, assises l'une à côté de l'autre sur le canapé. Lily pensait à son emploi perdu, à la répétition, à Martin qui se trouverait au Cercle des arts, et alors elle se mit à parler à Mabel de Martin. Ce ne fut qu'une confession partielle, parce qu'elle omit des détails qui étaient devenus des éléments de l'histoire même s'ils n'en faisaient pas vraiment partie – Helen Underdahl Bodler et les souliers volés, brûlés et enterrés, Dolorès dans l'herbe, et Dick et Frank dans cette maison. Mais Lily parla du message de Martin et de sa carte, de Becky Runevold et du rocking-chair. Elle raconta comment elle avait quitté son travail pour aller fouiner chez Martin, elle parla du T-shirt qu'elle avait trouvé. Mabel écoutait avec attention. Elle écoutait si intensément que son corps menu était tout tendu, et quand Lily se tut, Mabel leva le menton et dit, en contemplant un œuf bleu, en bois, qui se trouvait dans un bol sur la table basse : Il y a bien des explications pour ce T-shirt. Tu en es consciente, je suppose ?

L'écho de ses paroles résonna dans la tête de Lily après qu'elle les eut prononcées. Elle se souvenait du tissu bleu sous ses doigts, de l'impression qu'elle avait eue qu'il était souillé, qu'il était le signe d'une chose indicible. Pourquoi s'était-elle sentie si sûre qu'il avait appartenu à la fille que les gens voyaient ? Pourquoi ne lui était-il pas venu à l'esprit qu'il pouvait appartenir à quelqu'un d'autre : la sœur de Martin ou une amie ? Elle regarda Mabel en face. Oui, dit-elle, mais je sens qu'il y a quelque chose...

Mabel croisa les mains sur ses genoux. Oui, dit-elle, il y a quelque chose. Un cerveau brûlant qui perfore l'univers.

À cela Lily ne répondit rien, et pourtant elle ne pouvait nier que cette phrase énigmatique lui paraissait avoir un sens.

— Crois-tu que je pourrais assister à la répétition, ce soir ? demanda Mabel. J'aimerais regarder, de toute façon, mais il se peut que si je le vois...

— Ça me paraît une bonne idée. Lily avait besoin d'une alliée, et elle préférait ne pas se retrouver seule face à Martin. Il se conduit comme s'il avait prise sur moi, poursuivit-elle. Un peu comme un maître chanteur. Lily se tut. C'était toi, se dit-elle, les yeux fixés sur le plancher. Si insensée que ça parût, la possibilité qu'elle ait perdu conscience et la notion du temps, qu'elle se soit souvenue de travers ou qu'elle ait oublié un événement capital lui trottait en tête, telle une petite mélodie. Elle ne pensait pas que ce que Martin avait dit était vrai mais, pour la première fois, elle s'apercevait de son incertitude et avait l'impression de l'entendre à l'arrière-plan de ses pensées, l'énervante musique du doute, tel le refrain stupide d'une publicité à la télévision ou d'une chanson pop qu'on fredonne sans le faire exprès et dont on n'arrive pas à se débarrasser.

Les coupures de Martin devaient aller mieux, car il se servait normalement de sa main, sur scène et hors de scène. Mabel assista à toute la répétition, assise au deuxième rang sur une chaise pliante, et Lily se tracassait à l'idée qu'elle n'aurait rien à observer – du moins en ce qui concernait Martin. Elle-même ne voyait, quand elle le regardait, qu'un jeune homme discret et plein de bonne volonté qui faisait un bon Toile d'Araignée. Il avait le regard un peu fixe, il ne clignait guère des yeux, et alors ? Tout le monde y était accoutumé. Lily se prit à souhaiter qu'il fasse ou dise quelque chose de révélateur. Elle espéra qu'il lui adresserait un nouveau message qu'elle pourrait montrer à Mabel, ou qu'il lui ferait une scène devant les autres acteurs. Pendant qu'elle faisait semblant de dormir au fond du plateau, un œil juste assez entrouvert pour apercevoir Martin caressant la tête d'âne de Bottom, Lily entendit Mabel rire de bon cœur, et elle imagina que Martin abandonnait soudain son personnage de Toile d'Araignée, se tournait vers le public et se confessait. Elle n'inventa pas le contenu exact de la confession mais dans son fantasme le public était choqué. Elle se représentait Martin, rouge et bégayant et agitant les bras. Au moment où les elfes quittaient la scène, l'histoire avait atteint le point où toute la troupe se jetait sur lui pour l'entraîner au poste de police. Après cela, Lily décida de tenter sa chance.

Elle saisit l'occasion quand, à la fin de la répétition, Martin passa près d'elle avec trois costumes sur le bras. Il se dirigeait vers l'escalier, et en dépit du fait qu'ils n'étaient pas seuls – Jim, Denise et Oren bavardaient derrière la porte –, Lily s'approcha de Martin et lui dit d'une voix tendue mais calme : Je sais ce que tu as fait.

Martin s'arrêta et lui fit face. Il la regardait fixement, mais son visage restait immobile.

— Je te dis que je sais, répéta-t-elle.

Martin hocha la tête sans rien dire.

Derrière lui, Lily vit Mabel. Leurs regards se croisèrent et, dans l'instant, Lily comprit ce qu'elle venait de faire. Ce n'était pas un simple mensonge. Elle prétendait savoir ce qu'elle ignorait, et elle s'avisa que cette ruse pouvait la mettre en danger. Martin paraissait regarder à travers elle ; il s'apprêtait à parler. Sa bouche remua, sa main bandée se serra sur les costumes. Il lui fit signe de la tête de venir à l'écart avec lui et dit, en bégayant fort sur les premières syllabes mais les mots étaient bien compréhensibles et en les entendant Lily eut l'impression d'être frappée à l'estomac : Alors tu es allée à la grotte et tu l'as vue. Il fit une pause, pencha la tête de côté. T-t-tu pensais que j'allais nier ? Et puis, les yeux baissés vers ses souliers : Tu ne l'as pas bougée, dis ?

Lily secoua la tête, mais pas en réponse à la question de Martin. Elle ne pouvait pas accepter ce qu'elle venait d'entendre. A-t-il bien dit ce que je crois qu'il a dit ? Les paroles de Martin étaient venues et reparties si vite, et personne d'autre ne semblait les avoir entendues. Denise gloussait au visage de Jim, et Lily vit Martin se retourner vers l'escalier et descendre avec les costumes tandis que Mrs. Wright annonçait la répétition générale pour le surlendemain. On y est, mes enfants, on y est presque. Vous avez deux jours de repos, alors reposez-vous bien et préparez-vous à finir la semaine en beauté. Jeudi, on ne s'arrêtera pas. Si vous vous trompez, ce sera comme une vraie représentation, il faudra vous débrouiller.

La voix de Mrs. Wright paraissait lointaine. Lily ne bougeait pas. Elle entendait des bavardages, des bruits de pas, et puis quelqu'un fit tinter le triangle qu'on utilisait quand les fées entraient en scène.

Ce fut Mabel qui décida de suivre Martin. Lily lui avait raconté la conversation d'une voix qu'elle-même reconnaissait à peine. Elle ne savait pas comment elle avait pu ne fût-ce que répéter ces mots, mais elle l'avait fait, et elle se demandait si elle y croyait vraiment. Les deux femmes s'installèrent ensemble dans la Saab de Mabel pour attendre que Martin sorte, ce qu'il fit après quelques minutes. Elles le virent dire au revoir à Mrs. Baker, qui lui tapota l'épaule avec affection. Il marcha vers son camion à pas lents, la tête basse, sa main bandée très pâle dans l'obscurité. Il grimpa dans la cabine de son camion et s'éloigna. Mabel le laissa prendre un peu d'avance et puis engagea la Saab sur la chaussée et se mit à suivre Martin vers la sortie de la ville.

— Pas une fois il n'a touché Bottom sur scène, ni personne d'autre, dit Mabel.

Lily ne comprenait pas comment Mabel pouvait parler de la pièce en ce moment, mais elle la laissa faire.

— Est-ce que tu l'as remarqué ? Mabel avait la voix un peu rauque. Il a manifestement pris la décision consciente de le jouer de cette façon, et c'est très intelligent, parce que ses gestes ont un air de magie. Il vient très près, mais il n'y a jamais de vrai contact. C'est comme s'il traçait les contours des choses dans son propre monde invisible, comme s'il avait oublié les frontières des gens et des objets réels. Je suppose que l'acteur qui joue Bottom ne le sait même pas, à cause de cette tête dont il est affublé.

Lily croisa les mains et les serra contre elle. Elle pensait au baiser qu'elle avait donné à Martin quand il était sorti de scène, la première fois qu'il avait répété, et à l'expression qu'il avait eue. La lune était presque pleine et semblait naviguer de conserve avec elles, deux voitures derrière le camion de Martin. Lily se souvenait du loquet sur la caisse que Martin avait dessinée sur sa carte. Il s'agissait bien d'une poignée ? Trop grand pour un coffre. Ce n'était pas un coffre. Le clignotant gauche de Martin s'alluma devant elles, et le camion tourna dans Old Dutch Road. Mabel ralentit en attendant qu'il disparaisse de l'autre côté de la pente, à une centaine de mètres de distance. Ensuite elle tourna aussi. Quand la Saab arriva en haut de la pente, Lily regarda devant elle et ne vit ni lumière ni camion.

— Où est-il passé ?

Par la vitre baissée montaient l'odeur du ruisseau et celle de fumier et de foin venant de la ferme, de l'autre côté de la route.

— Le voilà ! Le camion était garé sur un bas-côté, deux roues dans l'herbe et deux sur le rebord étroit. On va s'arrêter un peu plus loin, dit Lily. L'ancienne route de Dundas est droit devant. Elle est envahie par la végétation maintenant, ou presque, mais on pourra s'y garer. Ma maison, mon ancienne maison est là au bout, tu vois, passé ce virage, juste après le panneau des pompiers. Lily soupira. Je connais chaque rocher, chaque buisson, chaque tronc d'arbre dans ce coin.

Mabel suivit les instructions de Lily et rangea la voiture sur l'ancienne route de Dundas. Lorsque le moteur se tut et que Mabel eut éteint les phares, Lily demanda : Qu'est-ce qu'on fait ?

Les mains au repos sur le volant, Mabel répondit : Je ne sais pas. Nous sommes près des grottes ?

Lily hocha la tête. C'est sûrement là qu'il est allé. Mais il fait noir, Mabel. Nous n'avons pas de lampe de poche, et même si nous en avions une, ce n'est pas facile d'entrer dans les grottes.

— Tu as raison. Rentrons. Que la police s'en occupe. S'il y a quelque chose à trouver dans ces grottes, elle le trouvera.

— Je voudrais jeter un coup d'œil dans le camion, tout de même.

Mabel marmonnait pour elle-même ou pour Lily : Ce n'est pas exceptionnel que des gens qui bégaient parlent sans contrainte quand, euh, quand ils ne sont pas eux-mêmes. Elle ouvrit la portière et descendit dans l'herbe. Lily la suivit et, debout dans l'air nocturne, parcourut du regard le pré au clair de lune.

Dans le camion de Martin, elles trouvèrent un rouleau de corde de Nylon, une clef à molette, un marteau et une grande bâche. Lily savait que ces découvertes ne signifiaient rien. Il était normal qu'un homme à tout faire transporte ses outils avec lui, et pourtant, quand elle toucha la bâche, ses doigts sentirent quelque chose de froid et humide, et elle retira la main comme si on l'avait mordue.

Le dos tourné à Lily, Mabel contemplait le talus qui descendait vers le ruisseau. Celui-ci passait sous la route dans un conduit métallique, et Lily écouta l'eau qui résonnait entre les parois. Un train siffla au loin, on devinait sur la grand-route le ronron des voitures, mais il n'y avait aucun bruit dans les fourrés. Si Martin s'était trouvé à proximité, Lily était certaine qu'elles l'auraient entendu. La moindre toux, la moindre brindille cassant sous le pied auraient retenti dans l'atmosphère silencieuse. Lily vint s'arrêter à côté de Mabel et observa le ruisseau où le clair de lune se reflétait en mille éclats à la surface mouvante de l'eau. Il faisait assez clair pour distinguer l'arbre tombé qui le franchissait comme un pont. À cet endroit, le cours d'eau tournait et la rive était assez abrupte pour qu'il soit difficile de l'escalader. L'entrée des grottes se trouvait à une trentaine de mètres au-delà de l'arbre mort, et si on longeait la rive pendant environ quatre cents mètres encore, on arrivait près de chez les Bodler, là où Lily avait enterré les souliers. Tout ça paraît si loin, maintenant, comme si j'avais rêvé, se disait Lily en regardant Mabel dont le visage sérieux était levé vers le ciel.

— Orion, dit Mabel en tendant un doigt.

Lily hocha la tête et puis la tourna en direction de son ancienne maison. Elle n'était plus allée la voir depuis que les nouveaux propriétaires s'y étaient installés. Le mari travaillait aux 3M[1] et la femme était secrétaire chez Grundhoffer & Lundqvist. Ils avaient trois enfants.

— Lily ! La voix de Mabel avait une inflexion angoissée. Qu'est-ce que c'est que ça ? Elle désignait la berge opposée et quand Lily regarda, elle vit qu'à une centaine de mètres, non loin de l'arbre tombé, une forme blanche flottait lentement vers

1. Minnesota Mining & Manufacturing, *la* grosse entreprise de la région. *(N.d.T.)*

elles. On distinguait mal où elle commençait et où elle finissait, car elle traînait avec elle des appendices gazeux qui n'avaient rien d'humain. Qu'est-ce que c'est ? chuchota Mabel.

Lily écarquillait les yeux ; elle secoua la tête. C'est trop loin, dit-elle. Mais l'impossible chose continuait à descendre vers elles, et pendant les secondes qui suivirent, Lily oscilla entre conviction et incrédulité. Elle vit un ange, elle vit un fantôme, elle vit quelque interprétation démente de l'Esprit-Saint planant dans la forêt, et elle avait à peine nommé chaque vision qu'elle l'écartait en se disant que ce ne pouvait être ça. Elle aurait voulu y aller voir de plus près, et elle aurait voulu s'enfuir, mais quand la chose émergea de l'ombre noire des arbres et s'arrêta près de la rive à un endroit où la lune l'éclairait, et que Lily vit des ailes, d'immenses ailes transparentes comme celles d'un insecte, elle prit Mabel par la main et l'entraîna à travers la route et en bas du talus, à l'autre extrémité du conduit souterrain. Il lui semblait qu'à l'intérieur du gros tube métallique elle se sentirait en sécurité pour observer la créature. Elle lâcha la main de Mabel, saisit les bords du conduit et chercha du pied un appui sur les grosses vis juste au-dessus du niveau de l'eau.

— J'y vais. Reste ici, dit-elle à Mabel. Dans le tuyau, le bruit de l'eau courante résonnait de façon terrifiante. Deux fois, les bottes de cow-boy de Lily glissèrent et elle sentit l'eau filtrer à travers ses semelles de cuir.

Mabel parla derrière elle et sa voix rebondit sur les parois. C'est Martin, Lily, il porte quelque chose. L'écho se propagea comme une série de trois répétitions, chacune plus faible que la précédente – mais Lily savait même sans bien le voir de ses yeux que Mabel devait avoir raison. En se penchant pour regarder par l'ouverture ronde du conduit, Lily reconnut les cheveux clairs et le visage ovale de Martin dans un nuage de tulle blanc. Parce qu'il était à présent beaucoup plus proche, elle se rendit compte que les quatre ailes devaient faire partie du costume de Toile d'Araignée. Elles étaient si fines que le vent les agitait légèrement. Ensuite Lily comprit que ce qu'elle avait pris pour une interruption du corps de Martin était un long paquet sombre qu'il tenait dans ses bras. Elle entendit Mabel respirer derrière elle et tourna la tête. Mabel s'était glissée à son tour dans le conduit et se tenait mi-debout, mi-assise contre la paroi incurvée. Elle s'y cramponnait, jambes et bras tremblants et, n'osant pas se lâcher, elle remuait la tête avec énergie en direction de l'extrémité par laquelle elles étaient entrées. Mais Lily ignora le signal et se retourna vers Martin. Celui-ci entra dans l'eau et, tandis qu'il traversait le ruisseau avec son fardeau, ses traits prirent au clair de lune une netteté surnaturelle – les yeux trop apparents et les lèvres anormalement rouges. Et puis, sous la bâche ou la couverture, Lily reconnut la forme inanimée d'une personne, les genoux pliés sur un bras de Martin, le bassin qui pendait et la tête qui retombait au-dessus de l'autre bras. Elle retint un cri mais s'entendit gémir, et ce bruit étouffé résonna. Martin s'arrêta. Il regarda droit dans le conduit. Il nous voit, pensa Lily. Il doit nous voir. Ses mains glissèrent alors, mais elle se rattrapa et vit Martin agiter les épaules pour équilibrer le corps entre ses bras, et la couverture glissa. Pendant cette seconde, pas plus d'une seconde, Lily aperçut la tête de la jeune fille, son beau petit visage et ses longs cheveux noirs étalés sur le bras de Martin. L'immobilité de ce corps était absolue, et Lily hurla. L'écho fut terrible, et pendant qu'il rebondissait encore sur les parois, Mabel tomba. En entendant ça, Lily perdit pied et glissa contre le flanc nervuré du conduit dans l'eau froide du ruisseau. Elle se releva, retomba sur le fond métallique et hurla de nouveau. Le son qui ricochait dans le conduit était comme une troisième personne là-dedans avec elles, et puis Mabel aussi se mit à hurler. Lily s'élança vers elle. Elle voyait la tête de Mabel au-dessus de la surface de l'eau. Lily planta ses pieds au fond du tuyau et rassembla toutes ses forces. L'eau ne lui venait qu'à mi-cuisses, mais le courant la poussait en avant et elle devait lutter pour conserver son équilibre. Il n'était pas question de nager. Mabel avait été entraînée au-dehors à présent, et Lily était forcée de marcher vers elle à une allure désespérément lente mais, dès qu'elle fut sortie du tunnel, elle se précipita. Elle heurta du genou une pierre du ruisseau et cria en saisissant ce qui devait être le coude de Mabel, puis elle l'empoigna sous les bras et la tira hors de l'eau. Lily, dit Mabel. Lily la traîna sur la berge et, avec la petite tête lourde de Mabel contre sa poitrine, elle écouta le bruit du camion de Martin qui s'en allait.

Lily reprit son souffle. Le vent paraissait froid sur ses vêtements mouillés et les hautes herbes lui grattaient les bras. Elle entendait autour d'elle le vrombissement aigu des moustiques.

— Ma cheville, dit Mabel. Elle se pencha pour retrousser la jambe de son pantalon. Lily observa qu'elle portait de petites ballerines plates, sans chaussettes. Le ciel était plus sombre, et même en regardant de tout près la jambe de Mabel, elle n'y voyait pas assez pour se rendre compte de ce qui lui était arrivé.

Tout ce que fit Lily après cela parut se passer dans une durée d'une autre nature. Les secondes, les minutes, les heures tournaient fou. Lily aurait été incapable d'évaluer le temps qu'il lui fallut pour aller d'un endroit à un autre. Elle aida Mabel à marcher jusqu'à la voiture, l'installa sur le siège du passager et examina sa cheville en laissant la portière ouverte. Une entaille sanglante courait de la malléole au tibia, et l'articulation avait déjà commencé à gonfler et à se décolorer. Mabel avait le visage blafard et les lèvres teintées de bleu. Lily ne l'avait jamais vue avec les cheveux mouillés, collés contre son crâne, et l'absence des mèches légères qui adoucissaient d'habitude le vieux visage lui donnait l'apparence d'une autre personne. Saisie de grelottements incontrôlables, elle dit : Il y a une couverture dans le coffre. Lily l'entendait claquer des dents. Ceci est ridicule, ajouta Mabel, et puis elle rit. Absolument ridicule ! Ses yeux verts étaient vitreux, et Lily se demanda si Mabel allait tomber en état de choc.

Elle l'aida à enlever ses vêtements mouillés. Ils lui collaient à la peau, et après l'avoir débarrassée de sa chemise et de son soutien-gorge, Lily enleva quelques feuilles mortes collées au ventre de son amie, que traversait une longue cicatrice irrégulière. C'était étrange de voir Mabel nue – de regarder les poils raréfiés de son pubis et ses seins flétris de part et d'autre d'une cage thoracique osseuse – mais le vieux corps menu l'émouvait, et quand elle l'emmitoufla dans la couverture, Mabel ne dit rien. Alors Lily lui caressa la joue de la paume de sa main, et en faisant ce geste elle le reconnut comme un geste de sa mère.

Les yeux fixés sur la route, Lily conduisait lentement.

— Il y a quelque chose qui ne va pas, dit Mabel. Elle avait la tête appuyée contre sa vitre, et Lily remarqua que ses dents ne claquaient plus.

— Qu'est-ce que tu dis ? Lily laissa une voiture les dépasser.

— Tu as remarqué comment il la portait ?

Lily revoyait la silhouette dans les bras de Martin, le visage et les cheveux.

— Elle était si légère, Lily. Pas même une enfant... Mabel avait la voix si rauque qu'elle coassait. Et pourquoi a-t-il traversé le ruisseau ? Il était sur l'autre rive. Il aurait pu passer par là pour rejoindre son camion. Pourquoi se mouiller ? Pourquoi marcher dans l'eau, sinon...

— Sinon quoi ?

— Il savait que nous étions là, et depuis le début il voulait que nous le voyions.

Lily avait de la peine à parler, à évoquer ce qu'elle avait vu sans fondre en larmes. J'ai vu son visage, dit-elle.

— Oui, admit Mabel. Elle s'éclaircit la voix comme pour reprendre la parole, mais resta silencieuse. Et puis elle dit : Lily, il y avait une ressemblance. Elle se tut un instant, et ajouta : Une forte ressemblance, ça ne t'a pas frappée ?

Lily surveillait la ligne blanche, sur la route, qui apparaissait et disparaissait sous la roue droite de la voiture. Une ressemblance ?

— Avec toi.

Lily ne répondit pas. Non, pensait-elle, non.

— Tu ne l'as pas remarquée ? demanda Mabel.

Lily secoua la tête en signe de dénégation, mais elle avait l'impression que son estomac se soulevait en elle, et le froid qu'elle sentait sous ses manches humides avait gagné ses os.

Le combiné du téléphone coincé sur l'épaule, Lily noua autour de sa taille la ceinture du peignoir éponge de Mabel. Elle fit le numéro du poste de police en observant Mabel, qui était assise, la jambe relevée, en pyjama bleu marine, tenant d'une main un petit miroir de poche et de l'autre une serviette. Elle faisait bouffer ses cheveux, et Lily s'émerveilla de sa coquetterie. Il est une heure du matin, elle vient de voir une morte, et maintenant elle s'arrange. Si ça continue comme ça, elle va se mettre du rouge à lèvres. Le rouge à lèvres n'apparut pas, mais quand Hank répondit au téléphone au poste de police, Mabel se pinçait les joues pour redonner un peu de couleur à son visage blême. Il la reconnut et s'exclama : Lily ! Le bonheur qu'exprimait sa voix la déchira.

— Il ne s'agit pas de nous, Hank. Je ne t'appellerais pas à ton travail pour parler de nous. J'ai quelque chose à signaler.

Hank ne répondit pas. Il écouta Lily raconter son histoire à propos de Martin au ruisseau. Elle parla de Dick et de Dolorès et de la photographie de la petite fille morte. Il restait tellement silencieux qu'elle lui demanda s'il était toujours en ligne. Il répondit : Oui, mais rien de plus.

Quand elle eut terminé, Hank demanda : C'est tout ?

— Ça ne suffit pas ?

Hank soupira. Martin Petersen se balade aux environs de la ville dans son costume de fée ou en habit de cow-boy, ça dépend de qui regarde, avec une jeune morte, depuis... eh bien, depuis au moins une semaine, maintenant, peut-être plus. Doit pas sentir bon, ce cadavre. Et personne n'a disparu, Lily, ni homme, ni femme, ni fille, ni garçon. Quelques chiens et une tapée de chats, mais pas une seule *personne* dans tout le comté.

— Le comté de Dakota n'est pas le monde entier, Hank.

— Bien vrai, c'est pas le monde entier, d'accord ? Peut-être que Martin a démoli une des putes de ton bon ami, une qui vient de New York, on ne recherche pas la trace des disparus, là-bas.

— Mabel aussi l'a vue, Hank.

— Eh bien, elle aussi, elle est fêlée.

— Ce n'est pas juste, Hank, tu le sais très bien. Tu es furieux contre moi, alors quoi que je dise, c'est des conneries.

Hank ne répliqua pas.

— Dis-moi une chose, insista Lily. Qui a signalé un homme portant une femme près des limites de la ville ? J'ai lu ça dans le Carnet.

— Te fous pas de moi, Lily. Hank paraissait très en colère.

— Je me fous pas de toi !

— C'est toi. C'est toi qui as donné ce coup de téléphone.

— Quoi ?

Lily regarda par la fenêtre. D'une toute petite voix, elle dit : Non, Hank, ce n'est pas moi. Je te jure que ce n'est pas moi. C'est toi qui as pris l'appel ?

— Non, c'est Pete.

— Mais où étais-tu ? Tu étais de garde, non ?

— J'étais allé pisser. J'ai le droit ?

— Hank, dit Lily, je n'ai pas appelé. Pourquoi est-ce que quelqu'un téléphonerait en se faisant passer pour moi ? Et avec toi à la permanence ?

— T'as sans doute oublié.

— Oh Hank, dit Lily, je t'en prie…

— Au revoir, Lily.

Hank raccrocha avant qu'elle ait pu dire au revoir. Lily resta les yeux fixés devant elle. La pièce était éclairée par une seule lampe, posée sur une table basse à côté du fauteuil de Mabel, et la lueur jaune de l'ampoule filtrait à travers le vieil abat-jour. Mabel tenait le miroir d'une main molle, elle avait les paupières à demi closes.

— Tu dors, Mabel ? demanda Lily à voix basse en se penchant sur elle.

— Non, Lily, je suis fatiguée, c'est tout.

— C'était Hank. Il ne me croit pas.

Mabel hocha la tête. Moi non plus, je n'arrive pas à comprendre ce qu'il y a là-dessous, mais ils vont s'en assurer, crois-moi, ils le feront.

Lily lava la cheville de Mabel, la banda et prépara une poche de glace. Elle aida Mabel à sautiller jusqu'à son lit et remonta le drap sur elle. Le visage de Mabel avait la pâleur d'une coquille d'œuf, et ses cheveux en séchant avaient retrouvé leur blancheur habituelle. Lily attira une chaise et s'assit à côté du lit. Les traits de la jeune fille ressemblaient-ils aux siens ? Ne l'aurait-elle pas remarqué ? Dolorès s'était vue elle-même en plusieurs endroits… Martin avait-il tué cette fille ? Sans doute l'avait-il trouvée morte, tuée par quelqu'un d'autre – le cow-boy, Tex, peut-être. Se pouvait-il que Dolorès, ivre morte, ait assisté au meurtre ? Non, ça ne va pas du tout, pensa Lily. Chronologiquement, ça ne marche pas. L'histoire de Dick. L'histoire du professeur Vegan. Pour une raison indéfinie, la théorie de l'innocence de Martin donnait de l'espoir à Lily. Elle espérait que le coupable était Tex, ou un inconnu anonyme.

Martin devait avoir essayé de la sauver. Il n'avait pas réussi, et à présent, désemparé et affolé, il s'était mis à se balader partout, vêtu du costume de Toile d'Araignée, en portant le corps emballé dans une bâche.

Elle s'assit sur le lit et regarda Mabel. Son visage paisible et épuisé lui faisait soudain l'effet d'un fardeau, la contrariait. Mabel ne paraissait pas bouleversée. Elle paraissait détendue. Elle ne prenait pas tout ça au sérieux. Lily grinça des dents.

— Quoi qu'il soit arrivé, Lily, murmura Mabel en entrouvrant à peine les yeux, tu n'es pas impliquée, ni responsable, sauf peut-être dans l'imagination de ce garçon.

— Imagination ? répéta Lily. Qu'est-ce que l'imagination vient faire là-dedans ? Pourquoi es-tu si tranquille ? Lily s'écarta du lit. Qu'est-ce qui ne va pas ? Tu étais là. Tu as vu exactement ce que j'ai vu, et pourtant ça n'a pas l'air de t'affecter !

Mabel dévisageait Lily intensément, mais avec dans le regard un calme que Lily interpréta comme de la condescendance.

— Eh bien, moi, ça m'affecte ! cria-t-elle.

— Lily, ne vois-tu pas ? Il voulait que nous le regardions. C'était une... une sorte de représentation, c'était une mise en scène. Nous avons prévenu la police. Que pouvons-nous faire de plus ?

Lily ferma à demi les yeux. Des larmes ruisselaient sur ses joues.

— Je ne sais même pas qui tu es...

Elle n'acheva pas. Le visage de Mabel était devenu livide. Lily sortit en courant de l'appartement et claqua la porte. Elle entendit Mabel crier son nom, mais elle ignora son appel et se réfugia dans sa chambre.

À travers le mur, elle crut entendre Mabel pleurer. Elle n'en était pas certaine, mais des bruits étouffés lui parvenaient de la pièce voisine. Néanmoins, elle ne retourna pas chez Mabel ce soir-là. Elle écouta jusqu'au dernier des reniflements et se dirigea vers son miroir. Là, elle ôta le peignoir emprunté à Mabel et contempla sa nudité. Elle examina son image avec acuité et froideur et puis, levant la main droite, elle se gifla violemment. Après la gifle, elle s'approcha du miroir afin d'étudier la marque sur sa joue. Et alors, avant de se mettre au lit, elle se gifla de nouveau – pour faire bonne mesure.

Lily dormit d'un sommeil plus profond qu'elle ne l'aurait cru possible, et s'éveilla à l'heure habituelle pour son travail. Elle avait mal à la tête et les membres lourds, mais son cerveau était vide. Elle commença par aller à la fenêtre, sans allumer, et s'agenouilla près du rideau, comme elle le faisait avant de connaître Ed. Ensuite elle tira le rideau pour voir si Ed était réveillé et en train de peindre. À travers la fenêtre d'en face, elle le vit, en caleçon, une brosse à la main près de la toile invisible. C'est alors seulement qu'elle se souvint de Martin en costume avec la fille dans les bras. En regardant Ed, elle se dit : il a déjà disparu, cet instant, ce "maintenant". Ça n'existe pas, "maintenant", en réalité. Même prononcer le mot "maintenant", ça prend trop de temps. Maintenant glisse tellement vite dans le passé que ce n'est rien du tout. Si banale que fût cette constatation, Lily avait l'impression de la vivre, et sa vérité la frappait. Le temps était inexprimable. Elle se détourna d'Ed, se dirigea vers la douche et se rappela qu'elle avait été virée. Il n'y avait plus d'Idéal-Café pour elle, plus de boulot, mais elle décida d'aller supplier Vince de la reprendre. Elle n'avait jamais rien quémandé de sa vie, et parce que Vince la connaissait bien, elle pensait qu'il ne pourrait résister à une manifestation d'humilité. Sauf s'il avait déjà embauché quelqu'un d'autre ?

Quand elle ouvrit la porte de derrière et lança un coup d'œil prudent dans le café, elle ne vit pas de nouvelle employée. Elle vit Berthe, qui hocha la tête en la regardant. Si tu savais le tintouin que tu as provoqué dans cette boîte, tu aurais des remords, dit-elle. Depuis que tu es partie, Vince est sur le sentier de la guerre, et tu sais quel effet ça a sur Boom – il fait plus que geindre et trembler. Où avais-tu la tête, ma fille ? Berthe se pencha vers Lily et tourna la tête de côté. T'as pas bonne mine, tu sais. Pour une fois dans ta vie, t'as l'air d'une ruine.

Lily regardait Berthe, et en la regardant elle se rendit compte qu'elle avait les yeux très secs, comme s'il n'y avait pas assez de liquide dedans. Elle saisit le bras de Berthe et lui dit : Je l'ai vue, hier soir.

— T'as vu qui ?

— La morte. Je t'en ai parlé, tu te souviens ? Martin était habillé avec son costume de théâtre, et il... il portait son corps – près du ruisseau. Mabel aussi l'a vue, sauf que je pense qu'elle n'en a pas cru ses yeux.

Des deux mains, Berthe saisit Lily par les épaules. Ça, je l'ai vu venir. Tu n'es plus toi-même. Tu ne m'as plus téléphoné depuis des jours. C'est pas normal, et je t'ai appelée, moi, mais t'es jamais chez toi. Je me suis dit : Elle est amoureuse, amoureuse à en perdre la boule, mais y a pas que ça. Y a quelque chose dans ton regard, aussi. Berthe retira ses mains. Comme si tu n'étais pas bien. Comme si tu étais possédée par ce… cette idée.

— Quoi ? fit Lily. Tu ne me crois pas ? Tu penses que j'inventerais une chose pareille ? Il y a une morte, une fille assassinée, et tu penses que je blague ? Que je suis possédée ? Qu'est-ce que tu racontes ? Tu crois que je mens ?

— J'ai pas dit ça.

— Si, tu l'as dit.

Vince apparut sur le seuil. Toi ! rugit-il en pointant vers Lily un index dodu. Sors d'ici ! Je t'ai virée !

Lily frissonna en entendant cette voix furieuse, mais elle ne bougea pas. Je suis venue m'excuser, dit-elle. Je suis désolée. Je ne pensais pas… Sa voix se brisa, et elle tenta désespérément de retrouver un ton égal. Ces derniers temps… commença-t-elle.

Vince marcha sur elle. Lily voyait à son expression qu'il était vraiment en colère. Parfois, Vince jouait la colère, il grondait pour s'amuser, pour réveiller les choses dans le café, mais à présent c'était du sérieux, et résister à l'intensité de son émotion était dur, terriblement dur. Ces derniers temps, ma vie, reprit-elle, a été… Elle chercha le mot. Quel était le mot ? Elle dit enfin : bousillée, parce que, parce que… Elle se mit à agiter les mains de côté, puis près de son visage. Sentant venir les larmes, elle s'appliqua les paumes contre les joues et se mit à sangloter. Oh, Vince ! dit-elle. Oh, Vince !

L'expression de l'homme changea. Il se tourna, bouche bée, vers Berthe et lui demanda : Qu'est-ce que c'est que ce bordel ?

Berthe lui lança un regard aigre et serra Lily dans ses bras. À son tour, Lily étreignit son amie. Au bout de plusieurs secondes, la grosse main de Vince lui effleura le dos avec hésitation.

— Holà, holà, dit-il. Où est cette petite dure combative que j'ai appris à connaître et à aimer ? Je veux dire, sacré bon Dieu, Lily, t'as plus d'estomac que ça !

— Fous-lui la paix, Vince, dit Berthe. Tout le monde a ses limites. Tu sais, t'aurais terrorisé un lutteur sumo avec le regard que tu lui as lancé.

Vince ôta sa main.

Lily sentit que ses sanglots s'apaisaient, et elle s'écarta de Berthe afin de regarder Vince. Je suis désolée, dit-elle. Je te laisserai plus jamais en plan. Je ne suis pas dans mon état normal, c'est vrai, mais je vais me reprendre, je te promets. Elle renifla. Elle leva les yeux vers Vince.

— Eh bien ! dit-il. Ton rimmel a coulé. Et maintenant, au boulot. J'ai demandé à Berthe de te remplacer, dit-il à Lily. J'ai donc deux serveuses de cinq à huit quand il ne m'en faut qu'une, et je vais vous payer toutes les deux. Alors je veux plus jamais entendre un mot de l'une de vous deux sur ma prétendue pingrerie. Vu ?

Berthe et Lily acquiescèrent.

Berthe entendit presque toute l'histoire de Lily ce matin-là pendant leur service – racontée par bribes et morceaux entre les tables et la cuisine. Lily voyait bien que Berthe était troublée par son récit, mais ce qu'elle en pensait n'était pas évident. Elle hochait la tête et demanda à Lily une bonne quarantaine de fois si elle était absolument certaine d'avoir vu un visage sous la bâche. Ça n'aurait pas pu être autre chose ? Un chien, peut-être, ou un animal que Martin aurait repêché dans le ruisseau ?

L'autre partie de l'histoire que Berthe n'arrivait pas à accepter était la visite de Lily chez les Bodler. Qu'est-ce que tu fichais là ? Ça te suffit pas de les voir ici ? Pour toute réponse, Lily haussait les épaules. Les souliers étaient inexplicables. En parler n'aurait pu que confirmer Berthe dans l'idée que Lily souffrait d'une sorte de déprime. Ils connaissent bien Martin, dit-elle. Ils sont ses grands-oncles, ou quelque chose comme ça.

Avant que Lily s'en aille, Berthe lui dit : Tu devrais peut-être parler à quelqu'un, Lily.

— Je viens de te parler, Berthe.

— Non, je veux dire un pasteur ou un conseiller, quelqu'un de ce genre.

— Tu penses que je déraille.

— Tu veux arrêter de me dire ce que je pense ? Ce n'est pas ce que je dis.

— Tu crois que le pasteur Carlsen va arranger ça ? Tu ne le vois pas d'ici ? Lily baissa le ton de sa voix et prit un air pénétré. Elle hocha la tête avec gravité. Tournons-nous vers le Seigneur dans son infinie sagesse.

— Il serait plus pratique que ça, dit Berthe.

— Il n'aurait pas la moindre idée, répliqua Lily.

— Je t'appelle dans la journée, dit Berthe.

Lily fit oui de la tête, sortit par la porte de derrière et monta chez elle. Elle avait deux destinations, cet après-midi. La première était l'hôtel Stuart. Pour la deuxième, elle avait besoin d'une lampe de poche.

Quand Ed ouvrit la porte, il ne se ressemblait plus. Ce n'était pas seulement qu'il avait l'air épuisé et des cernes bleu-noir sous les yeux, ni qu'il ne s'était plus rasé depuis des jours. Lily l'avait déjà vu fatigué et négligé. Elle avait l'impression que quelque chose de familier dans son apparence avait disparu du jour au lendemain, et que l'homme qui s'adressait à elle était un inconnu. Avant qu'elle ait pu lui dire bonjour, il l'informait que Mabel l'avait appelé et lui avait raconté la soirée de la veille.

Lily regarda, derrière lui, le portrait de Mabel avec les cases vacantes au-dessus de sa tête. Elle ne se sentait plus l'envie de pleurer. Elle se sentait vide.

— Lily. Ed se pencha vers elle et lui caressa doucement la joue avec le dos de ses doigts. J'ai quelque chose à te dire. Après le coup de fil de Mabel, je me suis mis à réfléchir, et je suis à peu près sûr que ce garçon est venu ici, Martin Petersen. Mais il m'a donné un autre nom, il m'a dit qu'il s'appelait Hal Dilly.

— Hal Dilly, répéta-t-elle. Il y a une famille Dilly à Webster, mais pas de Hal. Ils gèrent la maison de retraite. Est-ce qu'il bégayait ?

— Non. Un matin vers dix heures, mercredi, je crois, ce garçon a frappé à ma porte et m'a demandé si je voulais bien lui montrer les tableaux. Il prétendait s'appeler Hal Dilly et vouloir faire les Beaux-Arts.

— Qu'est-ce qu'il a dit ?

— Pas grand-chose. Il a longuement examiné tous les tableaux, et ensuite il regardait sans arrêt autour de lui, comme s'il s'était attendu à voir autre chose. Ed se frictionna le front. Il m'a demandé s'il n'y en avait pas plus. J'ai répondu non, et il est parti. Ed fit une pause. Mabel ne se sent pas sûre de ce qu'elle a vu. Elle dit que c'était si rapide, à peine quelques secondes, qu'elle ne pouvait être certaine...

— Moi, je l'ai vue, murmura Lily.

— Je sais. Ed fronça les sourcils. Pendant qu'il était ici, je n'y ai guère pensé, mais après son départ j'ai eu l'impression bizarre que quelque chose clochait, qu'il s'était foutu de moi, qu'il riait dans sa barbe, mais alors je me suis dit que je devenais parano. Ed s'assit et contempla son tableau. Ses grands yeux étaient larges ouverts et immobiles. Ne va pas près de lui, dit Ed sans regarder Lily. Et puis il leva les yeux vers elle, tendit la main, lui saisit un bras et l'embrassa.

Quelques minutes plus tard, Lily passait la porte et faisait exactement ce qu'Ed lui avait conseillé de ne pas faire. Elle s'en allait à bicyclette vers la sortie de la ville.

Le ruisseau de Heath paraissait différent, en plein jour. Tandis qu'elle marchait le long de la berge à travers les broussailles où Martin était passé quelques heures plus tôt, Lily s'étonnait de pouvoir distinguer ce qui l'entourait. Elle avait mal aux yeux, et le ciel qui s'assombrissait régulièrement nimbait les arbres et l'eau d'une tristesse glauque et faisait virer les couleurs aux gris et aux bruns. Quelque part au-dessus d'elle, sur la rive opposée, elle entendait jouer des enfants, et Lily se demanda pourquoi les enfants font toujours les mêmes bruits en jouant, sans lien apparent avec qui ils sont ni où ils habitent. Elle poursuivit sa marche en longeant rapidement, dans le sous-bois, la courbe du ruisseau. Comme elle approchait de la grotte, elle trébucha sur une vieille pancarte du bureau du shérif, un avis d'interdiction que la rouille avait rendu illisible et, pendant qu'elle l'examinait, elle entendit les enfants scander un refrain. Elle ne distinguait pas ce qu'ils disaient, mais leur couplet rimé ridiculisait quelqu'un et Lily écouta leur chant cruel avec un mystérieux sentiment de culpabilité. Elle s'accroupit devant l'entrée de la grotte, condamnée par des planches clouées.

Elle vit tout de suite la petite porte. Quelqu'un l'avait découpée dans les planches. Elle avait de vraies charnières et se trouvait entrouverte, comme si le nain qui habitait là s'attendait à de la visite. Lily l'ouvrit davantage et l'atmosphère humide et froide de la grotte lui sauta au visage. Avant de se glisser à l'intérieur, elle éclaira avec sa lampe de poche la première salle basse et large près de l'entrée. Elle s'en souvenait. Il n'y avait aucun signe d'une présence quelconque depuis longtemps. De cette première salle, on pouvait en atteindre une autre en rampant dans un passage étroit. Personne, à sa connaissance, ne s'était jamais aventuré au-delà de la deuxième salle, qui était plus grande : un adulte pouvait s'y tenir debout. Elle dirigea le faisceau de sa lampe dans cette direction, puis l'éteignit. Une autre lumière brillait dans la deuxième salle. Après avoir fourré la lampe dans la poche arrière de son short, Lily se mit à ramper dans le passage. Elle entendait tomber de l'eau, non loin d'elle, en un goutte à goutte obstiné. Le sol humide de la grotte lui écorchait les genoux, et ses épaules raclaient les parois du tunnel. Quand elle fut presque arrivée au tournant où le couloir débouchait sur la deuxième salle, quelqu'un se mit à siffler le seul air du seul opéra que Lily ait jamais été capable de nommer, et cette mélodie était si bien identifiée à Ed, elle signifiait tellement Ed et personne d'autre, que pendant quelques secondes Lily ne put admettre qu'elle l'entendait. Les murs de la grotte déformaient le son. Son origine aurait pu se trouver n'importe où. Elle se figea en retenant son souffle. Ce bruit était comme la porte : une information tangible qu'elle refusait. Mais Lily savait qu'elle allait plonger la tête la première dans ce qui l'attendait, quoi que ce fût, et un instant plus tard elle franchit l'angle du passage et aperçut Martin assis à côté d'une petite lampe à pétrole dont la flamme vacillait dans quelque inexplicable courant d'air. La salle était encombrée d'objets, étoffes entassées, caisses en carton, bobines de fil, pots de peinture, que Lily n'examina pas avec attention. Martin avait cessé de siffler, mais il ne semblait pas la voir. Il ne bougeait pas, mais son ombre immense tremblait et tressautait sur le mur de la grotte. Il garda les yeux rivés au sol pendant quelques secondes, puis les leva vers elle et dit : Je savais que tu viendrais, Lily.

— Qu'as-tu fait d'elle ? chuchota Lily.

Martin cligna des yeux et tourna la tête. Lily se glissa plus avant dans la salle pour voir ce qu'il regardait. Contre le mur le plus éloigné, effondrée dans un fauteuil roulant, se trouvait la fille que Lily avait vue la veille au soir.

Lily poussa un cri et se colla les mains sur la bouche. Elle voulut retourner dans le passage, mais sentit sur ses épaules les mains de Martin. Il la tira vers lui, d'une poigne beaucoup plus vigoureuse qu'elle n'aurait cru. Malgré sa résistance, il la traîna sur le sol de la grotte, vers le corps. Lily ferma les yeux. Elle se débattait en pleurant, et soudain elle sentit Martin s'immobiliser. Debout derrière elle, il lui tenait les bras serrés. Elle rua. R-r-regarde, lui dit-il. R-regarde.

— Non !

— Regarde !

Martin lâcha Lily. Elle ouvrit les yeux et regarda la jeune femme dans le fauteuil roulant. Elle reconnut le fauteuil, c'était celui que Martin avait acheté à Frank et Dick. Martin tenait entre ses mains le visage de la fille, et Lily vit que c'était le visage d'une poupée, une poupée grandeur nature admirablement faite et dont les proportions, à la différence de la plupart des poupées, étaient exactement humaines. Et que c'était une fillette, pas une femme, avec un petit corps encore imparfaitement développé.

— C'est une poupée, dit Lily.

Martin inclina la tête. M-mais tu le savais.

— C'est une poupée. Lily ne pouvait détacher le regard du visage modelé, avec ses yeux peints et ses lèvres entrouvertes, ses longs cheveux noirs tombant sur les épaules. Mon costume, pensa-t-elle. Elle porte le costume d'Hermia. Et en la regardant elle vit, tout à coup, que cette chose lui ressemblait, ou plutôt à ce qu'elle était quelques années plus tôt. Personne n'est mort, pensa-t-elle. Personne n'est mort, et elle sentit une vibration dans sa mâchoire et dans ses tempes. Elle ne parlait pas. Martin non plus. Elle regardait la poupée. Quelque chose n'était pas juste, mais elle n'aurait pu dire ce que c'était. Il fait froid ici, se dit-elle. J'ai la bouche sèche. Elle remua la langue dans sa bouche et puis demanda : D'où tu as eu ça ?

— J-j-je, dit-il, t-t-t'ai f-faite. Ç-ç-ça m'a p-pris long-t-temps – un an.

— Quoi ? fit Lily. Elle se tourna vers Martin. Pourquoi est-ce qu'il bégaie, maintenant ? J'ai la tête qui tourne. Et puis elle le regarda mieux. Je croyais que tu avais tué quelqu'un, Martin. Tu m'avais montré cette photo. Tu disais qu'elle n'était pas vivante. Hier soir... Lily se sentait perdue. La lumière mouvante n'arrangeait rien. J'ai quelque chose aux yeux, se dit-elle. Qu'est-ce que tu as fait ? Lily observa de nouveau la poupée. Qu'est-ce que c'est ?

— Sa tête, ses bras et ses jambes sont en "sculpto", c-c-c'est un nouveau p-p-produit...

Ce que voulait Lily, ce n'était pas qu'il lui explique comment il l'avait faite. Non, dit-elle, mais il poursuivit son exposé.

— C-c'est c-comme de la terre glaise, mais on p-peut la c-c-cuire chez soi, dans le four.

Lily imagina Martin en train de retirer de son four la tête de la poupée, puis un bras. Elle porta une main à son front. Tu ne m'as rien demandé. Tu... tu as fait ça derrière mon dos. Tu sifflais... C'est l'air d'Ed que tu sifflais. Lily secoua la tête et montra ses paumes à Martin, comme si elles pouvaient le maintenir à distance. Tu m'espionnes, et depuis longtemps. Je t'ai... je t'ai entendu rôder. Lily leva les yeux vers Martin. Il paraissait plus grand dans cette grotte. Pourquoi ? demanda-t-elle. Elle recula et entendit sous ses pieds un froissement de plastique. L'atmosphère de la grotte lui irritait les poumons.

Martin ne répondit pas à ses questions. Il fit un pas vers elle. Toi aussi, tu espionnes, dit-il. Tu l'espionnais, lui.

Lily regarda son visage. Il était le plus blanc des hommes blancs, et il était partout à la fois, il voyait, il savait. Qui es-tu ? demanda-t-elle à nouveau. Qu'est-ce que ça veut dire, tout ça ?

À quoi ça rime ? Elle se rapprocha de la poupée. L'idée que cette chose pouvait avoir une finalité lui semblait terrible.

La poupée reposait contre le dossier du fauteuil, le visage levé vers le plafond humide où suintaient des gouttes d'eau, et Lily observa la longue chevelure étalée sur le dossier de rotin. La perruque, se dit-elle. La possibilité grotesque lui apparut que Frank et Dick aient su depuis le début.

— Les jumeaux sont au courant ?

Martin fit non de la tête. S-seulement toi. L-L-Lily, tu dois m'écouter.

— Dis-moi, alors, murmura-t-elle en levant les yeux vers les siens. Dis-moi.

Martin sembla trouver cette injonction comique. Il rit – un bref et amer accès d'humour, aussitôt disparu. Il enleva la poupée du fauteuil et la tint dans ses bras. Mabel avait vu juste : le corps était plus léger que celui d'un enfant. Assieds-toi, dit-il avec gentillesse.

Lily refusa d'un geste. Elle n'avait pas envie de s'asseoir sur le siège roulant, elle ne voulait aucune part dans tout cela. Je reste debout.

Le visage de Martin exprima sa déception, mais pendant une seconde seulement. Il réinstalla doucement la poupée dans le fauteuil, lui croisa les mains sur ses genoux et laissa la tête retomber sur la poitrine comme si elle était endormie. Il s'adressa à Lily, avec cette intonation rythmée à laquelle elle s'était habituée, en se frottant les mains et les yeux fixés sur elle. Il fit un pas vers elle mais elle recula.

— Elle est l'intermédiaire, Lily.

— L'intermédiaire ? Lily enfonça les pieds dans le sol de la grotte.

— Entre toi et moi, entre Becky et toi, entre Dahl et *doll*[1], entre le mot et la chair, entre toi et toi.

Lily contempla ses doigts, qui étaient bizarrement jaunes à la lueur de la lampe à pétrole. Qu'est-ce que tu racontes ?

Martin se frotta la bouche. Il semblait déçu et entreprit de s'expliquer, lentement, en marchant vers elle.

— Reste où tu es. Ne viens pas près de moi.

Martin parut blessé, mais il n'approcha plus. Je... je, bégaya-t-il, et son visage se crispa. Je t'ai faite, pour qu'elle – toi – soit entre nous. Et entre toi et Becky – plus âgée que Becky, plus jeune que toi, telle que tu étais, telle que Becky serait devenue. Il balançait les épaules au rythme de sa propre voix, transformant ses paroles en incantation. Elle est l'in-car-na-tion, ajouta-t-il en donnant à chaque syllabe le même poids, de ton nom en son objet...

Lily secoua la tête. C'est la plus vieille blague du monde, ça, Martin – un stupide jeu de mots. Je n'entendais que ça dans la cour de récréation. C'est idiot...

Il l'interrompit : N-n-n-non ! C'est très important. Martin lutta pour se maîtriser. Le verbe devenu chair, Lily – l'instant intermédiaire, avant...

— Non. Ce n'est pas de la chair ! Ce n'est pas réel ! C'est une poupée !

Elle entendit résonner sa voix, stridente, folle. Une larme coula lourdement le long de sa joue.

---

1. Dahl et *doll* (poupée en anglais) se prononcent presque de la même façon. *(N.d.T.)*

Sa colère parut avoir sur Martin un effet calmant. C'est de la chair de poupée, dit-il. Lily pensa qu'il avait l'air suffisant.

— Et, Lily, c'est toi avant…

— Avant quoi ? Elle cracha sur lui. Elle ne l'avait pas fait exprès, mais elle vit voler sa salive.

— Avant que tu aies changé.

— Changé ? Lily recula encore d'un pas. Elle chuchota : Que veux-tu dire, changé ? Il n'y a pas de place ici, pensa-t-elle. C'est trop petit. Je ne vois rien.

Le front plissé, Martin la dévisageait.

— C'est toi sous une autre forme.

Lily ne répondit pas.

— Tu es une femme maintenant, poursuivit-il d'une voix douce. Mais tu ne l'as pas toujours été, ajouta-t-il du ton étouffé d'un conspirateur. Il bégaya : D-D-D-D. D-A-H-L, épela-t-il. Moi aussi, je suis Dahl. Underdahl. Tu ne vois pas que tout se tient ?

— De quoi tu parles ?

— I-L, épela Martin. C'est dans Lily. C'est dans Toile d'Araignée. Martin agita les mains. Il se tourna vers la poupée.

— Les lettres ? demanda Lily. Tu crois que i et l signifient quelque chose ?

— Il y a des tas de I-L – on les retrouve partout, de l'un à l'autre, ça dépend. Le père d'Hermia. Le mari de Helen… le père de Becky… Hal Dilly. Martin sourit.

Lily souffla plusieurs fois. Ce nom, demanda-t-elle, à qui est-il ?

— C'était entre toi et moi. Tu étais mon déguisement.

— Quoi ?

Mais Martin continuait à parler : Ils l'auraient tué, tu sais.

— Qui ?

— Il est juif, Lily. Les nazis l'auraient tué.

— Ed n'était même pas né.

Martin n'avait pas bougé, elle lui dit cependant : Ne m'approche pas.

— S-s'il avait été là, ils l'auraient tué. Martin chuchotait à présent, le visage doré par la lumière de la lampe.

— Ne dis pas ça, Martin. Lily avait envie de pleurer.

Martin s'enlaça de ses bras et se balança deux ou trois fois d'avant en arrière. Reprenant sa voix chantante, afin de maîtriser son bégaiement, il dit : Elle est la *under-doll*, Lily, ton double souterrain, toi. L'intonation incantatoire de sa voix devenait intolérable, et Lily le fixait en secouant la tête.

Il fit un pas vers elle. Tu ne m'as jamais pardonné, pour le frigo.

— Le frigo ? répéta Lily. Elle porta une main à son front.

— La ferme Overland. Le frigo dans le garage.

— Quoi ?

— Blanche-Neige, dit Martin. Il avança vers Lily.

— Recule, dit-elle.

Martin recula.

Lily restait immobile. Le dessin, dit-elle lentement. C'est un frigo ? Se souvenait-elle d'un frigo ? S'était-il passé quelque chose à la ferme Overland ? Blanche-Neige, songea-t-elle. J'étais Blanche-Neige dans la pièce, en troisième primaire. Elle se rappela qu'Andrew Wilkens faisait seulement semblant de l'embrasser parce qu'il craignait d'attraper des poux de fille.

— Dans le garage, dit-il. Je t'ai ligotée et je t'ai enfermée dans le vieux frigo. Il était couché sur le dos.

Lily le regarda fixement. C'était un jeu ? demanda-t-elle. Elle essayait de se rappeler. Elle ne parlait plus, ne bougeait pas. Est-ce que je me rappelle avoir joué avec Martin ? Blanche-Neige ? N'était-ce pas avec mon cousin, Georges, que je jouais à ce jeu ? N'était-ce pas Georges qui m'avait inondé le visage de baisers derrière la vigne ? Lily se souvenait d'une impression de pincement entre ses jambes, comme si elle avait eu besoin de faire pipi. S'était-elle trouvée dans l'obscurité d'un frigo fermé, prisonnière, incapable de respirer ? C'était ça ? Ou bien était-ce de Georges qu'elle se souvenait ? Elle avait joué la fille pour ce garçon, et ce qu'il y avait de drôle c'était que ce jeu impliquait pour elle autant de simulation que si elle n'avait pas vraiment été une fille. Il y avait quelque chose, pourtant, une vague sensation d'enfermement. Ou était-ce le cabinet extérieur, chez ses grands-parents ? Georges l'y avait laissée, porte close, et elle l'avait entendu rire à propos de la puanteur. Ce n'était pas toi, dit-elle.

Martin ne cilla pas. T-tu ne m'as jamais pardonné. Au début, tu voulais y aller. Je t'avais dit : Chiche. Je t'ai dit : Chiche, et je t'ai mise dedans et j'ai fermé la porte. Elle était très lourde.

Lily secoua la tête. Je ne me souviens pas, chuchota-t-elle. Pourquoi étais-tu à la ferme Overland ?

— Pour y être avec toi, Lily.

Elle se pencha vers lui. Tu as inventé tout ça, Martin ? Est-ce que tu me mens ?

Martin se mit à agiter violemment la tête d'avant en arrière. T-tu, tu es morte, Lily.

— Quoi ? Lily tourna la tête pour regarder l'ouverture dans la paroi de la grotte, par où elle pourrait sortir.

— J-j-je t'ai étouffée. T-tu n'avais pas d'air à respirer dans ce frigo. Je me suis assis dessus.

— Mais je suis ici, maintenant, Martin. Ne sois pas stupide. Même si c'est arrivé, on était des gosses, d'accord, on jouait ? Lily observa le visage de Martin. Butée, fermée, son expression bloquait ses paroles et leur sens.

— Je t'avais ligotée.

— Non, dit Lily. Elle se sentait mal à l'aise. L'avait-il ligotée ? Avait-elle jamais été ligotée dans sa vie ? Pourquoi avait-elle l'impression que oui ? Pourquoi connaissait-elle la friction des cordes sur ses poignets et ses chevilles ? Cela s'était-il passé ?

Lily regarda Martin dans les yeux. Ils étaient grands ouverts. A-a-alors, après un b-bon moment, j'ai regardé à l'intérieur et... et c'était fini.

— Non, Martin, dit Lily. Non.

— T-tu ét-tais m-m-morte. Je t'avais t-t-tuée. E-et puis je t'ai embrassée et tu t'es dressée dans ta robe blanche...

— Non, dit Lily.

Martin hocha la tête. Il chuchota : Comme Hermia.

— Je n'avais même pas de robe blanche quand j'étais petite, Martin. Ma mère détestait le blanc. C'était trop salissant, et là-bas... Elle fit un geste de dénégation.

— T-t-tu en avais une, insista Martin. Et Becky aussi. Elle la portait dans son cercueil.

— Arrête, Martin, dit Lily. Arrête !

Elle sentait des larmes lui couler sur les joues. Ce n'est pas vrai. Tu dis ça pour... Elle se tut un instant. Pour... Elle ne savait pas comment terminer. Pourquoi dirait-il cela ?

Martin se pencha sur le fauteuil roulant et reprit la poupée dans ses bras. Lily remarqua que le corps était bourré d'une sorte de garnissage en coton. En voyant le visage, elle remarqua que la couleur des yeux n'était pas juste. La lampe à pétrole vacilla dans un courant d'air, et Lily inspira profondément.

— Les yeux sont bleus, chuchota-t-elle. Ils sont bleus.

— Je leur ai donné ma couleur, dit-il.

Il tendit la poupée à Lily. Elle recula, se figea. Il la lui offrait, et pendant un instant Lily pensa qu'on aurait dit une pauvre petite princesse sacrifiée à des géants. Le menton de Martin tremblait et ses cils blancs frémissaient. Je... je voudrais que tu la prennes.

Avant qu'elle ait pu l'en empêcher, Martin s'était précipité vers elle et l'avait obligée à prendre la poupée. Elle la saisit et sentit ses cheveux lui caresser le bras. Ce n'est qu'une poupée, se dit-elle en la regardant. C'est un objet. Lily luttait contre la terreur qui montait en elle.

— Je ne peux pas, Martin. Reprends-la. Elle voulut rendre la poupée à Martin, mais il leva les mains en l'air et s'écarta d'elle, en agitant devant elle la gaze blanche de sa main bandée.

— J-je veux que tu la prennes, dit-il d'une voix sonore qui se répercuta dans toute la grotte. Sinon ça ne marchera pas.

Lily resta bouche bée. Quoi ? Qu'est-ce qui ne marchera pas ? La poupée ne pouvait guère peser plus de sept kilos, mais les bras et les jambes étaient encombrants et la tête reposait lourdement sur son bras droit. Elle observa le visage paisible et remarqua que les lèvres rouges légèrement entrouvertes paraissaient étirées, et cette expression, quelle qu'elle fût, la révolta.

Lily laissa tomber la poupée.

Martin hurla. Il hurla comme une femme, et ce bruit brisa quelque chose en Lily. Elle se retourna pour s'enfuir, et entendit Martin hurler encore. Il lui attrapa la cheville et la fit tomber. Lily agrippa le sol de la grotte, mais Martin s'était jeté sur elle et la retournait en la tenant par les épaules. Il avait ramassé la poupée et la tenait contre Lily, qu'il maintenait à terre, avec entre eux la petite tête dure appuyée sur la gorge de Lily à lui couper le souffle, et Martin ne la lâchait pas. Je… ne peux pas… respirer, balbutia-t-elle. L'étreinte de Martin était vigoureuse et Lily voyait saillir les muscles de ses bras. Elle se débattit, en agitant la tête fort et vite pour se dégager la gorge, et dès que sa tête fut libérée de la poigne de Martin, elle lui frappa les mains et heurta plusieurs fois la poupée. Dans la lumière mouvante de la lampe, elle le vit secoué de sanglots.

Lily s'élança vers le passage. Elle s'érafla le genou, mais ne s'arrêta pas. Elle rampa dans le tunnel jusqu'à la première salle et se glissa par la petite porte. Elle ne la referma pas. La lumière la surprit. Aucun bruit ne venait de la grotte, et elle marcha vers sa bicyclette avec l'impression que ses jambes ne la portaient pas, qu'elles ne valaient plus rien, et en se demandant comment elle pourrait rentrer chez elle. Avec des pleurs entrecoupés, elle gravit péniblement la berge jusqu'à la route, et c'est alors que le chien apparut. Un berger écossais, qui trottinait vers elle sur le bas-côté. Elle ne le connaissait pas, mais elle se pencha pour lui caresser le cou et, en regardant sa figure, elle s'étonna soudain qu'il ne puisse pas parler. Le chien inclina la tête sur le côté en un geste de confusion ou de sympathie, et Lily attira l'animal contre elle. Elle enfonça son visage dans son cou et fondit en larmes. Le chien resta parfaitement immobile, et geignit un peu quand elle le lâcha.

Lily monta droit chez Mabel. Sans frapper, elle ouvrit la porte à la volée et cria : C'est une poupée ! Elle vit d'abord Ed, et puis Mabel, dont l'expression sérieuse et tendue lui fit se demander si elle n'avait pas interrompu une conversation intime. Mabel avait eu la main posée sur son manuscrit et, en voyant Lily, elle avait retiré les doigts en hâte. Mais Lily ne se posa pas de questions sur ce qui avait pu se passer entre eux. Elle avait une histoire à raconter, et elle la raconta. Elle ignorait en commençant qu'elle allait omettre l'épisode du frigo, et pourtant c'est ce qu'elle fit. Si elle avait été certaine que Martin mentait quand il prétendait l'avoir enfermée, elle en aurait parlé, mais elle avait des doutes. Martin pensait qu'elle était morte et ressuscitée. Pouvait-elle avoir perdu connaissance et être revenue à elle sous ses yeux ? Si ce n'était jamais arrivé, pourquoi cette histoire éveillait-elle en elle cette impression d'avoir été ligotée et enfermée ? Pourquoi se rappelait-elle la panique de manquer d'air, en ne se souvenant toutefois d'aucun détail ? Des gosses enferment d'autres gosses dans des caves, des coffres ou des armoires, ou même dans de vieux frigos, ça arrive tout le temps. N'avait-elle pas entendu raconter qu'une gamine était morte dans un frigo ? Quand elle se tut, Mabel demanda : Devrions-nous prévenir la police ?

— C'est illégal de fabriquer des poupées ? interrogea Lily. Mabel ne répondit pas.

— Tu pourrais déposer une plainte pour agression, suggéra Ed. Lily ne lui avait jamais entendu une voix aussi chargée d'émotion. Les poings serrés, il se pencha vers elle.

Lily regarda sa montre. Hank se trouvait à la permanence. Elle secoua la tête.

— Ce n'était pas vraiment ça. Personne n'est mort. C'est ça le plus important.

— De quoi avait-elle l'air ? demanda Ed. La poupée ?

Lily s'efforça de décrire la poupée, mais ce n'était pas facile à traduire en mots et elle ne se rappelait pas le nom du produit que Martin avait utilisé et cuit dans son four. Elle sentit qu'elle décevait un peu Ed.

— Elle était bien faite ? demanda-t-il.

— Oui, dit Lily. Elle dévisagea Ed, serra les lèvres et ajouta : Elle était très bien faite. Il m'a dit que ça lui avait pris un an.

Avant de quitter Mabel, Ed et Lily regardèrent sa cheville. Lily s'accroupit devant son pied nu. Il allait mieux, mais était encore gonflé et bleu. C'était un vieux pied avec des veines saillantes et des cors sur les orteils recourbés. Lily prépara une poche de glace et, quand elle la plaça sous la cheville, elle leva les yeux vers le visage de Mabel et, pour la première fois, se demanda combien de temps la vieille femme vivrait encore.

Lily dit à Ed qu'elle avait envie de dormir dans son propre lit, cette nuit-là. Elle prétexta qu'elle voulait être près de Mabel, au cas où celle-ci aurait besoin de quelque chose, mais ce n'était pas vrai. Son cou lui faisait encore mal après sa lutte avec Martin dans la grotte, et Lily se sentait vulnérable. Elle avait envie de coucher dans son propre lit avec Ed, et elle voulait entendre Mabel à travers le mur, savoir qu'elle était là.

Ed eut un petit sourire en apercevant le poster de Marilyn, quand il entra dans sa chambre. Il l'avait déjà vu, mais il semblait le remarquer pour la première fois et s'il y avait, peut-être, de l'ironie dans ce sourire, Lily n'en était pas certaine. Alors, sans un mot, il la souleva, la porta sur le lit et lui fit l'amour. Ses caresses étaient différentes, ce soir-là. Il se montra plus attentif au visage de Lily qu'il ne l'avait jamais été, lui effleurant du bout des doigts les joues, les sourcils et la bouche et puis traçant la ligne de son cou. Il faisait penser Lily à un aveugle scellant dans sa mémoire un visage grâce à ses contours. Et elle était heureuse qu'il ne la tienne pas trop serrée. Elle se sentait la peau irritée et chaque muscle de son corps lui paraissait avoir été forcé. Jusqu'à ses os qui étaient douloureux, même si elle ignorait que c'était possible.

Et puis, plus tard, debout nu devant la fenêtre tenant un cigare entre deux doigts, tandis que Lily étendue sur le lit regardait la fumée monter au plafond, il lui dit qu'il repartait à New York le lendemain matin pour voir Elisabeth.

Lily ne voulut pas le regarder, elle contempla le plafond en demandant : Pour de bon ?

— Il faudra que je revienne. Mes affaires, mes tableaux...

— Tu vas te remettre avec elle ?

— Elle veut essayer de nouveau.

Lily l'entendit aspirer la fumée, puis la rejeter.

— Tu ne vas pas me regarder ? demanda-t-il.

— Non.

Il vint s'asseoir sur le lit. Le seul éclairage de la chambre provenait des réverbères, dans la rue, et Lily détourna la tête de lui pour étudier les ombres sur les draps froissés près de sa cuisse.

— Ce que tu m'as raconté sur elle… dit Lily.

— Tout est vrai.

— Je ne comprends pas.

— Je le lui dois, dit-il d'une voix très douce.

— Parce que tu te sens coupable ?

— Quelque chose comme ça.

Lily n'aurait pu dire ce qui la prit à ce moment-là, ni pourquoi elle se conduisit comme elle le fit : elle refusa de pleurer ou de faire un foin, et ce refus la libéra d'elle-même. Ça avait quelque chose à voir avec Martin, la poupée et la grotte, mais elle ne savait pas quoi. Sans doute était-elle fatiguée des drames. Ce n'était pas seulement l'orgueil qui l'empêchait de se jeter aux pieds d'Ed en le suppliant de ne pas la quitter, c'était aussi qu'elle pouvait se représenter la scène d'avance : chacun de ses instants stupides et sordides, exactement comme dans un feuilleton télévisé à l'eau de rose, et Lily savait que si elle se montrait désespérée, elle ne le reverrait jamais plus, et que son seul espoir résidait dans sa solidité. Que cette solidité fût réelle ou non, cela ne faisait pas grande différence. Elle dit : Ah, bon.

— Ah, bon ? répéta Ed.

— Oui, ah, bon.

— Tu n'as rien d'autre à me dire ?

Lily secoua la tête.

Ed ouvrit la bouche pour parler, mais Lily s'assit et lui posa un doigt sur les lèvres. Non, dit-elle. Ça, c'est ce que tu me dois. Le dernier mot.

Lily dormit profondément. La pluie arriva pendant la nuit, et elle se réveilla en se sentant le visage légèrement aspergé à travers la fenêtre ouverte. Ed était parti. Il avait laissé un billet sur la table de nuit, et Lily alluma la lampe pour le lire : "Peux pas dormir. Rentre faire mes bagages. Je t'aime, Ed."

Avant que Martin Petersen arrive à l'Idéal-Café, le lendemain matin à sept heures et quart, le service de Lily se passa sans événement. Vince était de particulièrement bonne humeur, ainsi que Boomer, dont le moral montait et descendait avec celui de son patron. Boom communiqua à Lily les potins du jour : les Hell's Angels étaient en ville, et le bruit courait qu'ils avaient l'intention de s'amener au bal, chez Rick, le soir même. Linda Waller avait, de notoriété publique, une liaison avec Mr. Biddle, l'entraîneur de basket du lycée, et l'ex-petit ami de Lily, Hank Farmer, "sautait" Denise Stickle. Lily ne réagit pas à ce dernier commérage mais fixa d'un regard absent, sur le torse du garçon, l'image d'Elvis souillée de graisse de saucisse, en se disant que Denise était le choix idéal pour la vengeance de Hank, s'il s'agissait d'une vengeance et non du "grand amour", et il lui vint à l'esprit que l'idée d'une relation entre Hank et Denise donnerait plus de sel à la dispute d'Hermia et Helena sur les planches.

Quand, à travers la porte moustiquaire, Lily aperçut Martin, un sac de supermarché à la main, elle se glaça. Elle se précipita dans la cuisine et, debout derrière la porte, pressa une main contre sa poitrine afin de calmer les battements de son cœur. Vince l'observait d'un œil critique mais ne dit rien. Elle respira profondément. Du coin de l'œil, elle vit que Boomer imitait ses gestes. Elle l'ignora et sortit de la cuisine. Martin était assis dans son box. Il avait déposé le sac près de lui sur la banquette. Lily imagina la tête de la poupée dans ce sac, et puis elle se rappela les bras de Martin autour de son cou, et elle toucha sa gorge pour retrouver l'endroit douloureux, mais elle n'avait plus mal. Il ne peut rien faire ici, se dit-elle. Elle s'approcha de son box.

Elle attendit qu'il tapote la table, ou qu'il dise ou fasse quelque chose, mais il ne faisait rien. Enfin, il la regarda et Lily resta un instant le souffle court. Le visage que Martin levait vers elle paraissait cireux. Ses lèvres étaient rouges, trop rouges, et il fallut un moment à Lily pour comprendre qu'il était maquillé, pas avec des produits achetés en parfumerie, mais avec du maquillage de théâtre – un épais fond de teint très pâle et du rouge à lèvres. Elle le dévisagea et puis, prenant son carnet dans sa poche, elle lui demanda ce qu'il voulait.

Martin ne tapota pas la table. Il ne bégayait pas, et il n'y avait pas de musique dans sa voix.

— Je veux ce que je veux toujours, Lily, dit-il.

L'aisance avec laquelle il parlait effraya Lily, elle pensa : il y a quelque chose qui ne va pas du tout.

Dans la cuisine, elle dit à Vince : Martin Petersen est maquillé.

Vince jeta un coup d'œil au-dessus de la porte de la cuisine et répondit : Eh bien, le voilà sorti du placard. Je me doutais que ce type-là avait quelque chose de la jaquette.

— Ce n'est pas ça, dit Lily. Il ne bégaie plus, non plus.

Vince haussa les épaules. Eh bien, y a pas de loi contre les marjos, Lil. C'est l'Amérique, ici. On les cultive en abondance, dans ce pays.

Lily hocha la tête. Ed est parti, se dit-elle. Et alors elle le sentit, le chagrin qu'elle n'avait pas éprouvé pendant la nuit. Elle eut soudain l'envie violente de courir aux toilettes et de s'y réfugier pour chialer, mais elle se contint et ressortit de la cuisine.

En vérité, Martin avait attiré très peu d'attention dans le café. Si Mike Fox, Harold Lundgren ou les autres avaient remarqué son curieux visage, ils ne manifestaient aucun intérêt et Lily pensa que c'était bon signe. Elle apporta à Martin ses œufs pochés et le resservit de café, et puis elle s'occupa de Mr. Berman qui était arrivé tôt avec son *Minneapolis Tribune* et ce qui ressemblait à une liasse de bulletins de commande. Mr. Berman fut le seul qui se donnât la peine de regarder Martin à deux fois. Il haussa les sourcils, exprimant au bénéfice de Lily une légère surprise, et puis il se plongea dans ses lectures et ne releva plus les yeux.

Lily débarrassa Martin de son assiette. Il l'avait vidée. Il y restait des traces de jaune d'œuf, rien de plus. Elle s'adressa à lui en chuchotant, l'assiette tremblant dans sa main.

— Ce n'est pas vrai, dis, Martin, que tu m'as enfermée ? C'est juste une histoire, n'est-ce pas ? Je t'en prie, dis-le-moi.

Il la regarda mais ne répondit pas.

— Je voudrais que tu comprennes, poursuivit-elle, toujours en chuchotant. Je voudrais que tu me lâches, à partir de maintenant.

— Je sais ce que je sais, déclara Martin. Il ne bégayait pas et sa voix était dépourvue d'inflexion. Quand elle emporta vers la cuisine l'assiette de

Martin, Lily remarqua que Harold Lundgren la regardait pendant quelques secondes avant de porter sa tasse de café à ses lèvres. Elle revint de la cuisine et, en passant près du comptoir, elle respira la huitième cigarette de Mike Fox et vit que Martin tenait le sac en papier sur ses genoux et qu'il en déroulait le bord. Au moment où elle arrivait au bout du comptoir, il avait plongé le bras dans le sac et en retirait quelque chose qui ressemblait à une mauvaise serviette rose. Lily s'immobilisa et dit : Martin, et elle le dit plus à elle-même qu'à lui.

Mais Martin avait soigneusement reposé le sac et déroulait à présent la serviette d'un air absorbé. Lily le regardait se servir de ses deux mains. Sa main gauche bandée ne semblait pas le gêner. Lily se mit à marcher vers lui. Quand elle arriva près de son box, elle eut un haut-le-cœur, et un silence de mort envahit le café.

Martin avait déballé une arme, un énorme revolver qui devait être un quarante-cinq, plus gros que ceux que Lily avait vus au poste de police, et plus lourd. Il ne resta que quelques secondes sur la serviette avant que Martin le saisisse à deux mains. Lily se parlait à elle-même, silencieusement, énonçant des faits comme si ce qu'elle voyait devait être confirmé : C'est un revolver, mais il ne peut pas être chargé. Pourquoi a-t-il un revolver ?

— Il n'est pas chargé ? demanda-t-elle à Martin, à haute voix. Derrière elle, elle entendit des hurlements. Vince criait : Lily ! Bouge ! Couche-toi ! Mais Lily pensait : Je suis trop près. Je ne peux pas. Je ne peux pas bouger.

Martin dirigeait à présent l'arme vers le plafond. Son visage blanc était dénué de toute expression, et derrière Lily Mr. Berman disait : Pose ça, Martin, tu ne voudrais pas blesser quelqu'un. Et puis Lily crut entendre Boomer pleurer, mais ce pouvait être un autre. Martin abaissa le revolver et le pointa sur Lily. Il cligna des yeux, et elle vit sa tête vaciller un instant. Je vais mourir maintenant, pensa-t-elle. Il va me tuer ici, dans l'Idéal-Café. Maintenant, voici mes dernières secondes. Lily sentit son visage se convulser. La lumière du soleil brumeux derrière la fenêtre lui faisait mal aux yeux. Voici ma mort, se dit-elle et, les yeux fixés sur le visage paisible de Martin, elle se mit à sangloter : Non, non ! mais il la visait toujours, et elle s'étouffait et pleurait et entendait des cris derrière elle et quelqu'un qui composait un numéro de téléphone. De l'urine coula le long de ses jambes, sous son jean. Elle n'avait pas senti que sa vessie lâchait. Elle sentit seulement le flot tiède qui semblait ne plus finir. Non ! hurla-t-elle à travers le brouillard de ses larmes. S'il te plaît !

Martin ne dit pas un mot, mais elle le vit parcourir le café des yeux pendant plusieurs secondes, et puis il tourna le revolver contre lui-même et s'enfonça le canon dans la bouche. Lily le regardait. Elle vit ses lèvres rouges se tendre sur l'acier, elle vit ses yeux bleu pâle fixés sur elle. Elle remarqua la position incommode de ses coudes et de ses mains qui tenaient l'arme. Elle vit la saleté dans les plis de ses phalanges, et elle entendit l'explosion. Lily vit Martin perdre son visage, elle vit voler la peau, les os et le sang. Elle vit la tête fracassée retomber contre la vitre éclairée par le soleil. Elle vit que le corps cessait de bouger, et que le sang continuait à couler. Il y a tellement de sang, se dit-elle. Et puis la nausée arriva, et Lily s'empoigna l'estomac. J'ai le vertige, se dit-elle, mon Dieu que j'ai le vertige.

Ce fut Vince qui porta Lily à l'étage, chez Mabel, mais lorsqu'elle reprit connaissance il était déjà redescendu. Elle aperçut Mabel et, pendant un instant, resta sans souvenir de ce qui s'était passé dans le café. Et puis elle se regarda, vit qu'elle était couverte de sang et entreprit d'enlever son T-shirt. Elle examina son soutien-gorge et remarqua qu'une tache de sang avait traversé le T-shirt, et elle se débarrassa donc aussi de son soutien-gorge. Lily se déshabilla entièrement. Sans un mot, Mabel fourra tous les vêtements dans un sac en plastique qu'elle noua et mit dans sa poubelle. Alors Lily prit une longue douche et se récura avec un gant de toilette. Debout sous l'eau, elle frotta méthodiquement toutes les parties de son corps, en examinant sa peau avec attention tandis qu'elle y passait le gant. Deux fois, elle crut voir du sang sur ses pieds, mais ce qu'elle prenait pour des taches était des ombres. Ensuite elle s'habilla de vêtements propres qui appartenaient à Mabel et remarqua combien la blouse était jolie, mais quand elle émergea de la salle de bains, Lily découvrit qu'elle ne voulait pas du sac-poubelle dans la même pièce qu'elle et insista pour le porter dans un des conteneurs qui se trouvaient dans la ruelle. Laisse quelqu'un d'autre faire ça, Lily, dit Mabel. J'irais bien, sans ma cheville.

Lily y alla elle-même. Quand elle passa près de la porte de derrière du café, elle vit qu'elle était ouverte et entendit des voix, dont l'une était celle de Lewis Van Son, mais elle ne regarda pas. Chaque détail sensible du trajet extérieur dans la ruelle – la lumière, l'air tiède, l'éclat métallique des conteneurs à ordures, l'effort des muscles de ses bras quand elle poussa fermement le sac dans le conteneur – lui parut étrangement distinct et mesuré. Et puis elle se retourna et remonta chez Mabel. La vision de ses jambes bougeant dans l'espace sur l'escalier, la douleur dans ses coudes et ses genoux, la raideur de sa nuque quand elle tournait la tête lui étaient présentes, mais aussi absentes. Elle sentait son corps, elle le voyait, mais elle n'y croyait pas.

Elle téléphona de chez Mabel à ses parents, en Floride. Elle s'entendit leur raconter ce qui était arrivé, entendit sa mère pousser un cri étouffé, entendit à l'arrière-plan l'exclamation horrifiée de son père. Elle ne leur dit pas que Martin l'avait menacée de son arme. Elle expliqua qu'elle voulait qu'ils entendent l'histoire de sa bouche avant toute autre. Je n'ai rien, dit-elle, il ne m'est rien arrivé. Sa mère proposa qu'ils prennent l'avion pour revenir près d'elle, mais Lily refusa.

Lily et Mabel ne parlèrent pas beaucoup après ce coup de téléphone, sauf pour décider ce qu'elles allaient manger. Elles écoutèrent le tohubohu qui régnait au rez-de-chaussée, les allées et venues des voitures de police et le bruit d'autres voitures, les voix officielles qui aboyaient des ordres et les exclamations de passants qui, arrivés en plein dénouement d'un suicide spectaculaire, se faisaient renseigner.

Lily savait ce qu'elle avait vu. Elle savait que Martin Petersen s'était tiré une balle dans la tête pendant qu'elle le regardait. C'était un fait. Elle se souvenait de la serviette rose, de l'arme pointée sur elle et puis sur lui. Elle se souvenait de ses lèvres autour du canon mais, une fois le coup parti, elle ne retrouvait plus d'image de lui dans sa mémoire. Elle ne revoyait pas Martin mort. Elle savait qu'il y avait eu beaucoup de sang, parce qu'elle se rappelait s'être parlé à elle-même de ce sang, et parce qu'elle l'avait vu sur ses vêtements. À présent qu'elle s'était débarrassée des vêtements, il ne restait que les mots. L'image avait disparu. À part cela, il n'y avait rien en elle. Elle n'éprouvait ni regrets ni tristesse, pas même une sensation de choc. Ce qu'elle savait, c'était qu'elle n'avait envie de parler à personne, et Mabel ne demandait pas de conversation ; Lily garda donc le silence. Assise sur le canapé de Mabel, elle observait ses jambes et agitait les orteils. Elle se regardait bouger. Il y avait là une urgence qui captait toute son attention. Vers cinq heures elle demanda soudain à Mabel quel jour on était.

— Jeudi 20 juin. Mabel lisait avec ses lunettes, et elle les abaissa pour regarder Lily.

— C'est la répétition générale ! Il faut que je me prépare.

— Non, Lily. Tu n'es pas en état d'y aller.

Ce fut le ton de Mabel qui décida pour Lily. Il était incontournable. Lily ne discuta pas. Mabel téléphona à Mrs. Wright, en parlant à voix très basse pendant toute la conversation.

Après le dîner, elles entendirent l'orchestre chez Rick, moins la musique que les basses, un martèlement lourd et régulier, ininterrompu. Des motocyclettes rugirent dans Division Street, et Lily se souvint des Hell's Angels. Il y eut quelques coups de tonnerre, et puis la pluie arriva.

Vers neuf heures, Hank frappa à la porte de Mabel.

Lily était assise sur le canapé, en contemplation devant ses genoux sous un pyjama de Mabel.

Hank s'assit près d'elle. Elle leva les yeux vers lui sans dire un mot. Elle vit qu'une mèche de cheveux tombée sur son front humide lui collait à la peau. Le tonnerre gronda de nouveau. Lily n'avait rien à dire à Hank. La veille, elle avait eu envie de lui expliquer, de lui parler de la poupée, mais l'envie était passée.

— Je suis désolé de ce qui est arrivé, dit-il.

— Il est chez Swensen ? demanda Lily. Martin, il est chez Swensen ?

Lily vit Hank lancer un coup d'œil à Mabel.

— Oui. Les funérailles auront lieu samedi.

— Les funérailles, répéta Lily. Elle avait oublié les funérailles. Bien sûr, il y aurait des funérailles.

Hank la serra dans ses bras ; Lily ne lui rendit pas son étreinte. Elle se raidit à son contact et détourna la tête. Il essayait d'être gentil, mais ça lui était égal.

Cette nuit-là, la nuit suivante et de nombreuses nuits encore, Lily dormit avec Mabel dans le grand lit de la vieille femme entouré de toutes parts de rayonnages chargés de livres.

Mickey Herner joua Toile d'Araignée. Il portait le costume nettoyé et repassé que Mrs. Baker avait trouvé le mercredi soir, pendu dans la garde-robe. Mickey fut mauvais, mais personne ne s'attendait à ce qu'il soit bon. Martin Petersen avait été le meilleur parmi toutes les fées de la pièce, et tout le monde le savait. Lily fut surprise quand Mabel lui demanda si elle avait envie de continuer après ce qui s'était passé. Bien sûr, qu'elle voulait. Elle se rendit sur sa bicyclette au Cercle des arts et fit comme si personne ne la regardait quand elle passa la porte. Elle avait prévu que la troupe serait bouleversée, stupéfiée par la mort de Martin, et c'était le cas. Mais il y avait plus : le suicide paraissait avoir vivifié les acteurs, à la façon d'un stimulant. Oren dédia à Martin son interprétation. Gordon déclara haut et fort que la pièce "maintiendrait en vie la mémoire de Martin". Denise pleurait dans la loge. Lily ne pleura pas. Elle avait été trop proche, et sa proximité à la mort de Martin rendait les autres circonspects et distants. Mrs. Wright lui exprima ses regrets, mais l'expression embarrassée de son visage ressemblait beaucoup à de la honte aux yeux de Lily. Seule Mrs. Baker l'étreignit, et en sentant ses bras l'entourer, Lily perçut un tremblement au fond d'elle et la menace de vrais sanglots, mais elle ne céda pas et put rendre l'embrassade. Je vais bien, dit-elle. Merci.

Quand Lily revêtit son costume, ce vendredi soir, pour la première représentation, et qu'elle se regarda dans la glace, elle perdit Hermia et oublia son texte. Elle avait souvent rêvé d'un tel instant, où elle entrait en scène sans un mot dans la tête. Mais ça ne dura pas. Quand arriva son tour de parler, ses répliques lui revinrent, ainsi qu'Hermia, qui paraissait avoir encore changé, être devenue un peu plus violente et passionnée, et pendant sa dispute avec Helena le public fut très, très silencieux. Mabel était assise au premier rang, et à un moment où Lily la regardait en parlant, elle vit les lèvres de la vieille femme remuer sans bruit. Et après la fin de cette première représentation, après les applaudissements et les félicitations, elle conserva Hermia en elle encore un peu, et Jim et elle se tinrent par la main hors de scène.

Le samedi, il faisait un temps parfait. Les vents du Dakota avaient balayé les nuages et l'humidité, le ciel était clair, et en gravissant les marches de l'église Lily se disait que son père l'aurait prévu. L'église n'était pas pleine, mais presque. Lily s'assit à côté de Mabel sur un banc près du fond et remarqua que plusieurs personnes tournaient la tête pour apercevoir la fille qui avait servi à Martin Petersen son dernier repas. Ida s'amena avec un nœud argenté perché sur son chignon. Mrs. Baker et Mrs. Wright vinrent accompagnées de leurs maris. Jim, Denise, Oren et Gordon arrivèrent ensemble. Berthe amena Boomer, mais Vince était resté chez lui. Lily reconnut la sœur de Martin, Eileen, et son frère aîné dont elle ne retrouvait pas le nom. Bien que Lily les attendît, Frank et Dick ne se traînèrent pas jusqu'à l'église. Dolorès vint. Elle portait un tailleur bleu qui moulait sa silhouette et s'était relevé les cheveux. Elle en paraissait assagie, pensa Lily.

Le pasteur Carlsen évita le mot "suicide". Lily supposait qu'elle l'aurait entendu s'il l'avait prononcé, mais en vérité elle n'écoutait pas avec beaucoup d'attention. Le cercueil de Martin se trouvait à l'avant de l'assemblée, et elle le regardait intensément afin de fixer ses pensées. Elle imaginait Martin dans le cercueil, et puis elle essaya de se souvenir de la poupée. Cette poupée la préoccupait. Elle ne voulait pas que quelqu'un la trouve et reconnaisse ses traits dans le visage et le corps de la poupée. Martin pouvait l'avoir laissée n'importe où, et à cette idée, Lily tiraillait le tissu de la blouse noire qu'elle portait, celle que Mabel lui avait donnée. C'était un geste machinal et elle n'arrêta qu'en sentant la main de Mabel se refermer sur la sienne. Elle abaissa la main et regarda la canne de Mabel. Elle avait une poignée de caoutchouc couleur taupe. Si quelqu'un la trouve, on saura que c'est moi, se dit-elle.

La sœur de Martin parlait, et Lily essaya en vain de retrouver dans son visage les traits de Martin. Eileen venait de dire : Mon frère était quelqu'un de gentil, quand elle releva les yeux, ouvrit grande la bouche et émit un curieux petit bruit. Il n'était pas fort, mais exprimait la stupéfaction, et les fidèles se tournèrent comme un seul homme vers le fond de l'église où ils virent Tex qui fonçait dans l'allée centrale, habillé comme un hors-la-loi de l'Ouest d'autrefois, y compris le chapeau noir, les six-coups sur les hanches et les éperons qui tintaient tandis que, dépassant le banc de Lily et Mabel, il se ruait vers le cercueil. S'ils ne s'étaient pas trouvés dans une église, Lily savait que plusieurs personnes auraient aussitôt bondi, mais c'était une église et pendant quelques secondes un silence horrifié tomba sur le sanctuaire. Et puis, tout au fond, un enfant se mit à pleurer et Lily vit le frère de Martin sauter sur ses pieds ; le pasteur Carlsen avait les mains levées et la bouche ouverte. Il parlait, mais Lily n'entendait rien à cause du charivari qui régnait à présent dans l'assistance.

Lily ne bougeait pas. Tex était grimpé sur le cercueil et le chevauchait maladroitement. Il avait beau être grand, le cercueil était trop large pour jouer au cheval, et l'instant d'après Tex frappait à coups de poing sur le couvercle en criant : Marty ! Marty ! Quatre ou cinq hommes proches de la chaire, parmi lesquels le pasteur Carlsen, se jetèrent sur Tex et le firent descendre du cercueil, mais le géant se retourna et tenta d'y remonter, et pendant une ou deux secondes, pas plus, Lily crut voir se soulever le couvercle du cercueil. Son visage vibra comme sous un choc électrique, et elle imagina Martin se dressant dans son cercueil et en sortant. Il portait son costume de scène, dans son esprit, et puis elle se demanda comment on l'avait habillé. À Webster, tous les morts masculins qu'elle avait vus portaient un costume bleu marine – son grand-père, son oncle, Mr. Deerhoeven. Quand elle rouvrit les yeux, elle vit le pasteur Carlsen qui dégageait des éperons de Tex ses ornements sacerdotaux. Le cercueil était fermé.

Après que Lewis Van Son et Dick Shockley eurent emmené Howard Gubber en prison, tout le monde resta pour la fin du service. Lily sentait la détermination collective à terminer ce qui avait été commencé. Eileen, tremblante, reprit son discours. Elle dit que Martin aimait la menuiserie, les livres et les animaux. Lily ne savait pas, pour les animaux, mais crut sa sœur sur parole. Tout ça, c'est vrai, se disait-elle, et tout est mensonge. Elle veut évoquer son souvenir, dire ce qui convient – mais Lily avait l'impression qu'on aurait pu creuser et creuser, parler et parler jusqu'au jour du jugement, on ne trouverait pas le vrai Martin, quoi qu'il ait pu y avoir là, on ne pouvait pas l'exprimer. Quand les porteurs emmenèrent hors de l'église le corps caché, Lily chercha à tâtons la main de Mabel, sans la regarder, et la tint serrée pendant la bénédiction : "Que le Seigneur vous bénisse et vous garde. Qu'Il fasse briller sur vous Sa face et vous donne la paix."

L'Idéal-Café rouvrit le lundi suivant, et Lily reprit le travail à ses heures habituelles. Pendant une semaine environ, les gens qui s'installaient dans le box près de la fenêtre étaient des étrangers à la ville. Ensuite, plus personne ne parut se soucier de l'endroit où on s'asseyait, mais la mort de Martin demeurait un sujet brûlant. Les gens semblaient moins curieux que Lily ne l'aurait cru des raisons de ce suicide. On disait que Martin était fou ou désespéré, c'était tout. Pour ce qu'elle en savait, les gens prenaient la chose, comme aurait dit sa tante Irma, "avec philosophie". Elle trouvait intéressant, aussi, que le fait que Martin avait pointé son arme sur elle ne figurât pas dans les récits. Les clients du café, ce matin-là, devaient l'avoir vu, pensait Lily, mais personne n'en parlait. Néanmoins, Lily sentait qu'on bavardait au sujet d'elle et Martin, et que même si personne ne la jugeait responsable de la mort de Martin, on savait qu'elle y avait été impliquée d'une manière ou d'une autre. Quand des gens la regardaient en chuchotant, elle avait l'impression d'être devenue un objet à montrer du doigt en disant : "Elle se trouvait juste là quand il l'a fait – à quelques centimètres. Elle était couverte de sang."

Pendant plusieurs jours, Boomer Wee fit visiter le "box du suicide", principalement à des gamins de moins de douze ans. Et puis Vince s'en aperçut et lui ordonna d'arrêter. Mais tant que cela dura, Boomer se fit payer vingt-cinq cents la "reconstitution" : "Il avait le flingue dans son sac. Un gros truc ! L'a fourré entre ses dents." Là, Boomer s'enfonçait un doigt dans la bouche et se jetait en arrière contre la fenêtre tout en continuant sa description, qui sortait tout droit des pages d'une bande dessinée : "Pan ! Bang ! S'est fait sauter le crâne !" Quand Martin s'était tué, Boomer se trouvait dans la cuisine. Il l'avait vu mourir par la porte ouverte. Apparemment, dans la seconde suivant le coup de feu, Mike Fox était entré comme un fou dans la cuisine, et Boomer avait vomi sur eux deux. Il y avait, dans la comédie de Boomer, quelque chose qui fascinait Lily. Ça ne la dérangeait pas d'y assister, pas plus que ça ne la dérangeait d'entendre la version abrégée de l'histoire qu'on ne se lassait pas de raconter : "Martin Petersen est entré à l'Idéal-Café et a commandé son déjeuner comme d'habitude. Il l'a mangé, jusqu'à la dernière miette, et puis il a sorti son revolver et s'est brûlé la cervelle." Ni la théâtralisation de Boomer, ni le récit raccourci ne trahissaient la réalité, et pourtant quand Lily regardait Boomer tournoyer sur lui-même dans le box, ou qu'elle écoutait quelqu'un raconter le suicide, elle ressentait les gestes et les mots comme des évasions. Elle avait oublié le cadavre de Martin mais, d'une certaine façon, le vide dans son cerveau à l'endroit où aurait dû se trouver son corps était plus proche de la vérité que tout ce que quiconque aurait pu dire ou faire.

Un bruit commençait à circuler, né, disait-on, au salon funéraire. On racontait que lorsqu'on avait préparé le corps de Martin pour la mise en bière, on avait enlevé le bandage de sa main gauche, et que le nom de Lily s'y trouvait, gravé dans la peau de la main, en dessous des articulations. Berthe conseilla un matin à Lily, dans le café, d'empêcher Boomer de colporter n'importe quelles rumeurs.

Lily ne répondit pas. Elle regarda Berthe un moment et puis se détourna et contempla Division Street par la fenêtre. Berthe lui toucha le bras par-derrière. Il est mort, maintenant, Lily. Ça n'a plus d'importance.

Depuis la mort de Martin, Berthe faisait des courses pour Mabel et Lily, elle cuisait des gâteaux et mitonnait des petits plats qu'elle leur apportait sans attendre de remerciements. Elle téléphonait tous les jours à Lily pour "papoter", en faisant semblant que Lily prenait part à la conversation.

— Ça va se tasser, Lil, dit-elle.

Lily baissa le nez vers son tablier. Je ne vais pas bien, Berthe, murmura-t-elle. Je peux tout faire – travailler, manger, dormir, bavarder – mais il n'y a rien que j'aie envie de faire. Sans regarder le visage de Berthe, Lily saisit la main de son amie et la serra. C'est comme si on pouvait sentir sur moi l'odeur du cadavre, Berthe. Parfois, j'ai l'impression de la sentir moi-même.

Berthe baissa les yeux vers sa propre main. Lily sentit qu'un frisson lui parcourait les doigts et la lâcha.

Plus tard, le même jour, celui où elle avait entendu parler de la main de Martin, Lily couvrit le miroir de sa chambre. Sans s'expliquer ce geste, elle drapa sa robe de chambre sur la glace et laissa ouverte la porte de l'armoire à pharmacie, dans la salle de bains, afin de n'avoir pas besoin de s'y voir. Elle ne passait guère de temps chez elle, de toute façon, sauf pour changer de vêtements. Elle vivait chez Mabel désormais, bien que ni l'une ni l'autre ne l'eût décidé explicitement, et elle évitait sans trop de difficulté les deux miroirs de Mabel. Ils étaient petits, tous les deux.

Un soir, Mabel prit son manuscrit sur son bureau et déclara à Lily qu'il était temps qu'elle le lise à quelqu'un, et c'est ainsi que commencèrent leurs séances quotidiennes de lecture. Le livre de Mabel était beaucoup plus simple que ce que Lily avait imaginé. Cela commençait ainsi : "Mon premier souvenir est un souvenir de ma mère. Elle est accroupie sur le plancher, les bras écartés, et je marche vers elle." Ces premiers souvenirs de Mabel étaient des fragments isolés qu'elle décrivait en détail – des verres verts sur une nappe, son frère nu dans le cabinet extérieur, un chat mort. Vers ses sept ans, sa mémoire devenait plus continue et elle commençait à raconter des histoires de son enfance dans le Dakota du Sud et les premiers rêves dont elle se souvenait. Lily aima le rêve dont Mabel lui lut le récit, où elle volait au-dessus d'une ville et délivrait son frère des maléfices d'une sorcière qui habitait une masure couverte de journaux.

Lily s'aperçut que ces lectures étaient pour elle le meilleur moment de la journée. Parfois, elles lisaient au lit. Mabel se calait le dos contre une pile d'oreillers, et Lily se couchait à plat pour écouter le passage des années, lent ou rapide selon les événements rapportés. Dans le livre, Mabel se moquait souvent de la petite fille qu'elle avait été, et elles riaient ensemble, elle et Lily. Celle-ci trouvait étrange de pouvoir rire de ce qui était écrit dans le livre alors qu'elle ne trouvait plus rien de drôle à sa propre vie. Quand Mabel atteignit la page qui racontait la mort de sa mère, Lily pleura pour la première fois depuis le jour où elle avait découvert Martin dans la grotte.

Les deux femmes s'étaient habituées à dormir ensemble. Au début, Lily se tenait le plus près possible du bord du lit, consciente même dans son sommeil du corps de la vieille femme, mais cette conscience disparut et il leur arriva souvent de se réveiller emmêlées – un bras ou une jambe en travers l'une de l'autre – et après les premières fois elles ne s'encombrèrent plus d'excuses.

Il s'avéra que Mabel avait un secret. Elle lut le passage qui le révélait du même ton que toutes les autres pages. À Chicago, quand elle avait dix-huit ans, Mabel s'était trouvée enceinte, seule et sans ressources après avoir quitté Owen Hartwig au tribunal. Elle avait donné le bébé – une petite fille – et n'avait jamais pu la retrouver. Elle ne savait pas si sa fille avait vécu, si elle était morte, ni comment elle s'appelait. "C'est une tellement vieille histoire, lut Mabel à Lily, une vieille histoire familière, éternellement recommencée, mais cela n'en diminue pas le chagrin. Je ne me suis jamais séparée des objets que j'ai récupérés de cette chambre : la table, les clefs et le nid d'oiseau. C'était là que la femme de l'agence d'adoption m'a tenu le discours qui m'a persuadée d'abandonner ma fille. C'était un mauvais discours, plein de clichés et de reproches fatigués. Même alors, je savais combien il était stupide, mais je l'ai mémorisé et je ne l'ai jamais oublié. Pendant qu'elle parlait, j'attachais ses paroles aux divers objets qui m'entouraient et je les marquais au feu dans ma mémoire. Ce n'était pas un long discours."

Lily se retourna dans le lit et regarda Mabel. Comment s'appelait-elle, Mabel ?

— Anna, dit Mabel. Anna Wasley.

— Wasley, ce n'est pas le nom de ton mari ?

— J'étais un vrai bas-bleu, Lily. Je n'ai jamais changé de nom.

Pendant la deuxième semaine de juillet, Lily se rendit compte qu'elle n'avait pas eu ses règles. Ed n'avait ni écrit ni téléphoné. Sa disparition était si absolue qu'il ne lui semblait plus réel. Mabel lui disait qu'il avait payé son loyer de juillet à l'hôtel Stuart et qu'elle l'attendait, mais Lily n'y croyait pas. Tout de même, il y avait eu des jours où elle avait envie de l'appeler, où elle pensait qu'il souhaitait avoir de ses nouvelles, des jours où elle espérait. Elle avait le numéro de téléphone et l'adresse d'Ed sur un petit bout de papier qu'elle gardait sur sa table de nuit, et une fois elle était allée jusqu'à former le numéro. Mais après avoir écouté l'appareil sonner une seule fois, elle avait raccroché. Elle avait eu peur qu'Elisabeth ne réponde. Elle avait aussi commencé à lui écrire une lettre, mais quand elle la relut, elle détesta chacun des mots qui la composaient et elle la jeta au panier. Elle se palpait souvent le ventre, l'examinait, cherchant les signes d'un changement quelconque, quelque chose qui indiquerait une vie fœtale, elle ne savait pas quoi. Bien qu'elle continuât d'éviter les miroirs, elle regardait souvent ses bras, ses jambes et ses pieds et les tâtait du bout des doigts. Parfois, pendant que Mabel lui faisait la lecture, Lily se caressait longuement un bras ou se berçait elle-même dans le lit. Mabel lui brossait les cheveux avant qu'elle descende travailler et lui choisissait ses vêtements. Un jour, elle posa sur la table un rouge à lèvres et un petit miroir. Lily comprit la suggestion, mais l'ignora. Elle n'alla pas chez le docteur. Si elle était enceinte, elle n'y changerait rien, de toute façon. Ça, c'était pour les autres.

Lily lisait le Carnet de la police deux fois par semaine, dès la parution du *Chronicle*. Elle attendait que quelqu'un découvre la poupée, mais cela ne se produisait pas. Il y eut trois apparitions extraordinaires au cours du mois de juillet, cependant : un ovni au-dessus de Dundas, un cow-boy fantôme courant vers la piscine publique et encore un ange. L'ange fut repéré dans le champ des Klatschwetter, sans doute par Mrs. Klatschwetter en personne, bien qu'on ne citât pas de nom, et provoqua un raz-de-marée d'histoires d'anges dans le café pendant une bonne semaine. Lily ne croyait pas un mot de ces comptes rendus, mais il lui semblait que quelqu'un, quelque part, se moquait d'elle. Quand elle parla de l'ange à Mabel, celle-ci se tut un instant et puis lui dit : Je pense que tu devrais aller au cimetière voir la tombe de Martin Petersen, Lily.

Lily ne répondit pas à Mabel, mais elle se mit à réfléchir à la tombe de Martin. Y avait-il déjà une pierre ? Y aurait-il une inscription sur sa pierre tombale, ou seulement ses dates ? L'avait-on mis près de sa mère ? Lily s'entoura de ses bras et ferma les yeux sur le canapé de Mabel. Elle se rappelait Martin parlant de la poupée comme d'une chose “intermédiaire”. Pourquoi lui semblait-il que sa tombe aussi était intermédiaire, qu'elle se trouvait entre elle et Martin ?

— On distribue les rôles pour *Pygmalion* au Cercle des arts, Lily. Les auditions sont dans quinze jours.

La voix nette de Mabel coupa court aux pensées de Lily. Elle la regarda.

— Tu devrais faire un essai en Eliza Doolittle.

Lily dévisagea Mabel mais ne dit rien. Elle avait l'impression que Mabel vieillissait de jour en jour : ses rides paraissaient plus profondes, son visage plus squelettique. Elle semblait même avoir moins de cheveux.

Le matin qui suivit cette conversation, Ed entra dans le café. Mike Fox en oublia ses Kent. Pete Lund releva le nez de sa tasse, et Vince et Boomer se postèrent en observation derrière la porte de la cuisine. Lily, elle, ne s'aperçut pas de sa présence avant de sentir une main sur son épaule, de se retourner et de voir Ed debout près de la caisse enregistreuse. La mémoire lui revint en un flot soudain et violent de familiarité. Il semblait pareil à lui-même. Mais Lily avait envie de crier comme font les gens au cinéma quand ils croient que quelqu'un est mort et découvrent qu'il est vivant.

Il se mit à lui parler à voix basse et voulut lui prendre la main, mais elle la retira.

— Je ne savais pas, disait-il. Je ne savais pas, jusqu'il y a quelques minutes, quand j'ai rencontré Stanley et qu'il m'a raconté ce qui est arrivé. Tu aurais dû m'appeler, Lily. Tu aurais dû m'écrire. J'aurais tout laissé tomber, je serais venu…

C'est trop pour moi, pensa-t-elle. Le voir maintenant. Je vais craquer. Qu'est-ce qu'il veut ?

Lily entendit derrière elle Vince qui se raclait la gorge. Elle se rendait compte que son visage bougeait sans qu'elle pût le contrôler. Elle ouvrit la bouche et la referma. Elle cligna des yeux et sentit une boule glaireuse dans sa gorge.

Et puis Vince contournait le comptoir, Vince qui s'était montré plus gentil que nature avec elle depuis la mort de Martin. Il agitait vers Ed un index accusateur, et Lily l'entendait dire à Ed qu'il aurait peut-être pu se donner la peine de prendre de ses nouvelles, qu'elle avait vécu l'enfer, et où diable se trouvait-il pendant tout ce temps ? Lily recula pour s'éloigner des deux hommes jusqu'au moment où Vince menaça Ed de lui "faire sa fête". Elle avança alors en titubant et se plaça entre eux en les regardant l'un après l'autre. Arrêtez, dit-elle, et en voyant le visage d'Ed, elle se demanda qui il était, cet homme qui était venu et reparti et puis revenu, et pourquoi il croyait pouvoir entrer dans sa vie et en ressortir comme un diable d'une boîte. Je suis vraiment furieuse contre toi, pensa-t-elle tout à coup. Elle ne le regarda pas en face. Tu ne m'as jamais appelée, dit-elle. Tu ne m'as pas appelée une seule fois. Elle serra les poings à ses côtés et serra les dents. Elle avait l'impression que si elle tendait tous les muscles de son corps, elle pourrait se contenir. Je viendrai te parler après mon service, chuchota-t-elle, en s'adressant aux mains d'Ed.

Vince, qui avait reculé de quelques pas, dit à Lily qu'il demanderait à Berthe de la remplacer si elle voulait, mais Lily se tourna vers lui et, de la voix calme et forte qu'elle avait eue pour jouer Hermia, répondit qu'elle lui avait promis de ne plus jamais le laisser en plan et que, nom de Dieu, elle tiendrait sa promesse.

Vince, le visage très rouge, battit en retraite, et après qu'il eut disparu dans la cuisine, Lily entendit Boomer pousser un long sifflement sonore.

Avant de traverser la rue pour se rendre à l'hôtel Stuart, Lily alla aux toilettes se regarder dans la glace. Le visage qu'elle y vit était plus jeune, plus joli et plus pâle que dans son souvenir, et elle se sentit contente de s'être regardée, parce qu'elle voulait se rendre compte de ce qu'Ed allait voir.

Une valise ouverte traînait sur le plancher, et Lily reconnut les T-shirts et les jeans chiffonnés qui en débordaient. Elle avait porté certains de ces vêtements. La chambre sentait la peinture, la fumée et d'autres choses sans nom mais familières, et quand elle s'assit dans le siège de toile, Lily se rendit compte qu'elle avait peur de ces odeurs. Elles avaient fini par signifier Ed et l'amour avec lui dans le petit lit de fer, et elle se demandait si elle oserait jamais plus lui permettre de la toucher.

Ed s'assit en face d'elle, mais Lily avait de la peine à le regarder et étudia donc ses mains.

— Stanley n'a pas dit ça textuellement, dit Ed, mais pour le fond, il m'a déclaré que j'étais une merde, quand je l'ai rencontré en bas. Il restait planté là, à hocher la tête en évitant mes yeux. "Vous auriez dû garder le contact avec cette petite." Il m'a répété ça plusieurs fois. Je suis désolé, Lily. Je regrette terriblement...

— Pourquoi es-tu revenu ? demanda-t-elle.

— Regarde-moi, Lily.

— Je n'ai pas envie.

— Bon, dit-il. Ne me regarde pas. Ce qui vient de t'arriver est terrible. Je regrette de ne pas avoir su...

— Pourquoi es-tu revenu ?

— C'est fini avec Elisabeth. Elle ne voulait pas vraiment de moi. Elle avait entendu parler de toi, et c'est alors qu'elle a commencé à insister pour qu'on fasse une nouvelle tentative, mais il ne m'a pas fallu longtemps pour constater que rien n'avait changé. Ça avait l'air d'un simulacre.

Lily contemplait le portrait de Mabel, qui se trouvait toujours au centre de la pièce, avec ses cases vides, et elle se demanda pourquoi Elisabeth lui paraissait désormais si peu importante. Le mot "simulacre" semblait avoir laissé une trace dans son oreille. Elle le répéta à haute voix : Simulacre.

— Je suis désolé.

Elle savait que c'était vrai. Moi aussi, dit-elle. Elle ne s'excusait pas. C'était plutôt un commentaire sur le monde en général, la façon dont les choses se passent ou ne se passent pas.

Ed parut le comprendre, parce qu'il ne répondit pas. Elle le regarda et remarqua que, si son corps restait immobile, son visage avait l'air sombre et crispé. Il se leva, s'approcha de la valise et, après avoir farfouillé entre les vêtements, en sortit un carnet de croquis qu'il lui apporta. J'ai dessiné Martin, lui dit-il. J'ai commencé à le dessiner après son départ, ce jour-là, et j'ai fait des croquis pendant quelque temps. Je voudrais que tu les prennes. Tu peux en faire ce que tu veux – les brûler, les jeter. Ça m'est égal.

Elle reconnut le ton décidé de sa voix, cette volonté obstinée dont elle se souvenait. Il ouvrit le carnet et le lui tendit.

Lily regarda Martin. Il n'y avait pas d'arrière-plan, pas de sol sur le dessin, Martin ne se trouvait nulle part. Son corps paraissait flotter sur la page, et dans sa main droite il tenait un chapeau de cow-boy. Il avait l'air très jeune – un gamin. Elle ferma les yeux. Tu voulais le peindre, dit-elle, comprenant tout à coup ce que signifiaient les croquis. Il allait être le cinquième. Elle chuchotait pour s'empêcher de pleurer.

— J'y avais pensé, dit Ed. Et puis j'avais décidé de ne pas le faire. C'est la vérité. Lily remarqua que le genou d'Ed sautillait.

— Martin avait peur que tu fasses mon portrait, et c'est le sien que tu voulais faire. C'est marrant… Lily émit un son entre rire et sanglot, et rendit le carnet à Ed. Il... Il... Elle se mit une main sur la bouche pour qu'Ed ne voie pas ses lèvres trembler.

Il se pencha en avant. Je t'aime, dit-il. Je ne sais pas si ça change quelque chose, maintenant, mais je voudrais que nous soyons ensemble.

Lily s'appuya au dossier de son siège et lui fit signe de s'écarter. Lorsqu'il se fut éloigné, elle croisa son regard mais ne lui répondit pas. Qu'est-ce que tu racontes ? songea-t-elle. Qu'est-ce que ça veut dire ? Et puis, en continuant à le regarder, elle pensa : j'avais l'habitude de t'observer tôt le matin, juste avant que le soleil se lève. J'allais à la fenêtre rien que pour te regarder, parce que j'avais envie de te voir, non, parce qu'il fallait que je te voie. Pourquoi ? se demanda-t-elle. N'es-tu pas en train de me dire maintenant ce que depuis le début je rêvais que tu me dises ? C'est étrange, pensa Lily. Tout est étrange en ce monde, et elle tourna les yeux vers la fenêtre et, sans savoir pourquoi, elle se rappela les paroles d'Obéron, peu avant la fin de la pièce : "Je lui ai demandé l'enfant volé ; Elle me le donna aussitôt, et dépêcha une de ses fées Pour le conduire jusqu'à mon repaire dans le pays des fées. Et maintenant que j'ai ce garçon, je veux défaire Cette odieuse aberration de ses yeux." Elle sentit que son menton commençait à trembler, et puis son cou et ses épaules. Elle n'essaya pas d'arrêter ce tremblement. Ça paraissait sans gravité, à présent, comme une crise qui a mis longtemps à se déclarer. Ce n'était pas seulement le fait qu'Ed lui dise qu'il voulait d'elle, ni qu'elle comprenne soudain à quel point il lui avait manqué. C'était aussi que Vince avait été prêt à le frapper et que Stanley lui avait crié dessus, et c'était la lumière de l'après-midi entrant par la fenêtre, et le bonheur qu'exprimait le visage de Mabel sur le tableau. C'étaient ses jambes brunes dans le siège d'Ed et les larmes chaudes qui tombaient sur elles. Et ce devait aussi être Martin.

— Je voudrais que tu viennes à New York avec moi, disait-il. Je voudrais que tu vives avec moi.

Lily secoua la tête. Elle ne disait pas non. Elle se sentait simplement dépassée.

— Si tu n'as pas envie de vivre avec moi, je t'aiderai à trouver un appartement. Tu peux suivre des cours de théâtre, là-bas, et nous pouvons nous voir tous les jours. Si pas tous les jours, autant que tu voudras. Je ne vais pas renoncer à toi, Lily.

Et encore, elle restait incapable de parler. Elle regardait le sol et continuait à pleurer.

Mais elle le laissa l'embrasser, et puis elle pleura de façon intermittente au cours des heures qu'ils passèrent ensemble au lit. Plus tard, quand il s'assit et commença à rassembler ses vêtements, elle l'arrêta.

— Je voudrais que tu ailles à la fenêtre, dit-elle, et que tu restes là, debout, à me regarder.

Sans poser de question, Ed traversa rapidement la chambre. Et alors Lily, étendue sur le lit, le regarda se tenir nu devant la fenêtre et plusieurs longues minutes s'écoulèrent avant qu'elle lui dise qu'il pouvait bouger.

Mabel raconta à Ed l'histoire de son enfant perdue en lui décrivant les scènes qu'il devrait dessiner dans les cases narratives. Dans la première, on voyait une jeune femme enceinte et la femme de l'agence d'adoption dans la chambre à Chicago. Mabel se souvenait de la chambre tellement en détail que Lily en était sidérée. Dans la deuxième, la jeune femme, assise seule dans la même chambre, regardait fixement par la fenêtre. Dans la troisième, une vieille femme était assise de façon identique dans le salon de Mabel, en face. Dans cette dernière pièce, la fenêtre se trouvait de l'autre côté. Mabel donna ces instructions à Ed un soir, et quand elle eut fini de lui décrire ce qu'elle voulait, Lily eut l'impression que la chambre avait été vidée de tout sauf du silence, du crépuscule et de l'invisible chagrin de Mabel.

Pendant les jours qui suivirent, pourtant, Mabel épuisa Ed à propos des cases. Elle critiquait ses dessins avec férocité. Ceci était faux, ça aussi. Elle insista pour qu'il modifie le siège du fauteuil et les pieds de la table jusqu'à ce qu'ils la satisfassent. Ce n'est pas du naturalisme, protestait-il. Je ne dessine pas d'après nature, ne le vois-tu pas ? C'est l'histoire qui compte.

— Tu dessines d'après ma vie, sacrebleu, dit-elle, et tu vas m'écouter.

Mabel gagna sur tous les points, et puis Mabel, Tex, Stanley et Dolorès furent emballés, mis en caisses et expédiés.

— Peut-être que quelqu'un les achètera quand tu exposeras en septembre, dit Lily, assise avec Ed et ses valises dans la pièce vide.

— Je l'espère, répondit-il. Les gens achètent toutes sortes de merdes à New York ces temps-ci. J'ai peut-être une chance.

— Des gens riches vont accrocher Mabel ou Tex à leur mur, et ils ne sauront même pas qui c'est. Ils diront : J'aime bien cette vieille dame, ou ce cow-boy à poil, et ils diront à leurs amis qu'ils viennent d'acheter “un Shapiro”.

— Et leurs amis fronceront le nez en demandant : Qui c'est, ça ?

— C'est marrant, c'est tout. Lily regarda Ed. Elle ne lui avait pas dit qu'elle était peut-être enceinte. Elle n'en était pas certaine, et ne voulait rien dire avant de l'être.

Ed se frictionna le visage et alluma son dernier cigare à Webster.

— Je sais que tu ne m'as rien promis, mais j'ai décidé d'être patient.

Lily le regarda en souriant.

— Je t'appellerai tous les jours.

Elle l'embrassa. Et puis il partit.

Une semaine plus tard, environ, Mabel et Lily étaient étendues l'une à côté de l'autre dans le lit quand Mabel s'assit soudain et dit à voix basse : Tu vas partir pour New York, Lily ?

— Je ne sais pas. Qu'est-ce que tu en penses ? Lily s'assit à son tour et étreignit ses genoux dans l'obscurité.

— Je pense que tu devrais partir d'ici, dit Mabel. Tu ne devrais pas rester à Webster. Je me suis mise à aimer cette ville, et elle est parfaite pour une vieille dame qui approche de sa fin. Mabel sourit comme s'il s'agissait d'une bonne plaisanterie. Mais tu as trop en toi pour ce patelin, et après quelque temps il t'écraserait. Et New York… Mabel hocha la tête. New York est la plus belle ville du monde et la pire des villes.

— Tu voudrais que je parte, dit Lily.

— Oui. Mais je voudrais que tu le fasses pour toi seule.

— Pas pour Ed.

— Pas pour Ed, répéta Mabel.

Par la fenêtre, Lily distinguait les briques de l'hôtel Stuart. Je ne peux pas vivre avec lui, dit-elle.

Je ne peux vivre avec personne. Elle sourit en se rendant compte de ce qu'elle venait de dire. Sauf toi, sans doute. Je suis amoureuse d'Ed, mais il y a beaucoup de choses en lui que je ne comprends pas.

— J'ai été mariée avec Evan pendant quinze ans, et je ne l'ai jamais bien connu. Je pense à lui depuis qu'il est mort, il y a tant d'années, et je ne peux toujours pas l'expliquer. Mais je l'adorais.

— Vous ne vous disputiez jamais ?

— Bien sûr que si. J'étais une peste à cette époque – une femme impossible.

— Si je vais à New York, tu vas te retrouver seule, dit Lily.

Mabel détourna la tête et contempla le mur. Dehors, dans la rue, Lily entendit le bus de Des Moines qui s'arrêtait devant l'hôtel et puis le soupir hydraulique de la portière qui s'ouvrait pour laisser monter un voyageur. Les yeux fixés sur l'arrière du crâne de Mabel, elle entendit celle-ci lui dire : Je pense à elle tous les jours, à mon Anna. Si elle vit encore, elle est beaucoup plus âgée que toi. Elle pourrait être grand-mère. Je pourrais être arrière-grand-mère. Ce n'est pas rien, ça !

Et soudain Lily eut la sensation que l'enfant de Mabel était quelqu'un de très réel, quelqu'un qui vivait à cet instant ou qui avait vécu, et en même temps elle se demanda si Anna n'était pas en train de faire d'elle un fantôme, si elle n'était pas devenue, de quelque façon bizarre, un substitut pour le bébé que Mabel avait perdu.

Mabel se retourna vers Lily et lui dit d'une voix un peu cassée : Jamais je ne te demanderais de rester ici, tu sais, pour me tenir la main quand je serai à l'hospice des Dilly, branchée à une saleté de machine à respirer. Ce n'est pas mon genre.

Lily la regarda en face et lui toucha la joue. Je sais, dit-elle. Mais parfois, on fait des choses parce qu'on en a envie – comme de tenir la main à quelqu'un. Lily se renversa sur l'oreiller. Maintenant, dit-elle, fais-moi la lecture.

Et Mabel se remit à lire.

Le premier samedi du mois d'août, après son travail, Lily se rendit à bicyclette au cimetière. C'était une journée chaude et sèche, et l'herbe grillée par trop de soleil avait commencé à tourner au brun jaunâtre. Quand elle arriva au cimetière, elle ne savait pas où chercher la tombe de Martin, à moins de longer les tombes anciennes jusqu'aux nouvelles. Il n'a sans doute pas encore de pierre. Je ne saurai pas laquelle est la sienne. On a enterré la vieille Mrs. Knutsen, la semaine dernière. Elle aura des fleurs et lui pas, sans doute. Lily marmonnait ces observations en passant devant les stèles qui se succédaient en direction de l'espace sans arbres, au bout du cimetière, qui surplombait les vastes champs de blé et de luzerne. Il y avait trois tombes anonymes, et Lily s'arrêta près de celle où la terre était recouverte de plaques de gazon frais, en supposant qu'il s'agissait de celle de Martin. Il lui vint à l'esprit que mourir coûtait cher, c'était cher pour la famille. Elle se demanda si le gazon était inclus dans le prix, ou s'il fallait payer un supplément. Elle se tint debout sur l'herbe neuve, les pieds fermement posés, et essaya de ressentir quelque chose d'important, comme une fin. Mais à vrai dire elle ne sentait rien. Il y avait du vent, un vent chaud chargé des odeurs mêlées d'un feu lointain, de la luzerne sèche et de gaz d'échappement. Il lui soufflait au visage tandis qu'elle regardait la ligne d'horizon.

Elle pensa aux souliers et à la pierre qu'elle avait mise dessus. Elle pensa aussi à Dolorès, à son visage dans la voiture quand elle avait ramené Lily chez elle, et à ses cuisses lourdes sur les draps de son lit. Lily s'étendit sur la tombe. Le rectangle de gazon, après tout, avait des dimensions humaines. La joue posée sur l'herbe, elle ouvrit un œil pour guetter les fourmis. Elle en vit une sur un épais brin d'herbe. Où il y en avait une, il y en avait d'autres. Lily s'appliqua à sentir Martin mort, car elle n'arrivait pas à le revoir en esprit, pas mort. Et puis elle enfonça ses mains dans l'herbe, en saisit quelques touffes, les arracha avec les racines et les lança des deux côtés de son corps. Le soleil brûlant lui cuisait l'arrière des jambes, les bras et la nuque. Elle sentait l'odeur de ses cheveux qui lui tombaient sur le nez. Quand elle s'assit, elle regarda ses cuisses et vit que l'herbe avait laissé des marques sur la peau et que des brins y étaient restés collés. Elle suivit du bout du doigt une légère trace rouge, et parla à la terre :

— Martin, dit-elle, je suis encore vivante.

Alors elle entendit des pas derrière elle et se retourna. Elle ne bougea pas de la tombe. Elle vit Dick et Frank qui marchaient vers elle, et elle les vit avec plaisir. Dans la grande lumière, elle observa une fois de plus combien les deux hommes étaient sales. Aucun des deux ne manifestait qu'il l'avait remarquée, mais elle supposa qu'ils la voyaient, et elle les regarda s'approcher de leur pas pesant et s'arrêter.

Frank abaissa sur elle, de sous le rebord de son chapeau, ses yeux couleur de sable mouillé. J'suppose que v'saviez depuis l'début, dit-il.

Dick se tenait derrière son frère. Il observait Lily avec une expression qu'elle ne pouvait déchiffrer – un regard fixe mais vif. Elle interrogea Frank. Que voulez-vous dire ?

— Qu'il ferait du mal à quelqu'un – à lui-même, pour finir. C'est bien assez !

Lily se tourna vers la tombe et baissa la tête.

Quand elle la releva, les yeux de Dick étaient toujours fixés sur elle, et il hochait la tête avec énergie. Frank ne le voyait pas, mais il paraissait sentir ces hochements derrière son épaule, et il parla de nouveau :

— Dick veut que je vous dise qu'on s'en est occupés.

Lily regarda les deux frères l'un après l'autre. Vous vous êtes occupés...?

Frank fit signe que oui. Les deux hommes hochaient la tête en cadence. Dick ne quittait pas des yeux le visage de Lily.

— Ce que Marty a laissé.

Lily croisa les bras sur sa poitrine et se frotta la peau au-dessus des coudes. Vous l'avez trouvée ?

Frank secoua la tête. Nenni. Martin est venu avec, ce matin-là. Il a dit de la brûler.

— Et vous l'avez fait ?

Lily eut une vision soudaine et violente de la poupée en feu dans le tonneau à ordures devant la maison et de Dick en train de la regarder.

À nouveau, Frank secoua la tête. Dick a pas voulu. On l'a mise dans une grande caisse allongée, une chance qu'on l'avait, 'l a fallu la plier un peu. Et puis il l'a enterrée derrière la maison. Dick avait le béguin – une si jolie petite chose...

Lily regarda ses pieds, sur l'herbe. Un de ses lacets s'était dénoué et traînait sur le gazon bruni. Il vous a parlé de la grotte ?

Frank fit signe que oui – un léger mouvement du menton. On savait qu'on pouvait pas la garder dans la maison, avec Martin disparu et son dernier souhait qu'était qu'on la brûle, mais Dick a dit qu'y brûlerait jamais quèqu'chose qui ressemblait à une femme.

Lily approuva d'un hochement de tête. Elle se mordit la lèvre.

— Valait mieux qu'elle repose en paix dans la propriété. Pense pas que Martin aurait été fâché. Et comme ça y aura pas de bavardages, miss Dahl, à propos de lui et vous (Frank marmonnait à présent, et son regard était vague), à cause de la ressemblance.

Tous trois restèrent immobiles et silencieux pendant plusieurs minutes. Dick s'écarta de son frère et se plaça face à Lily. Les mains croisées devant lui, il la dévisagea avec l'air de quelqu'un qui ne croit pas pleinement ce qu'il voit. Aucun d'eux ne parlait. Ce n'était pas un de ces silences mondains embarrassés, quand personne ne sait quoi dire. C'était le silence plein d'intimité d'un secret partagé, et Lily se rendit compte que la poupée n'était que la forme que ce secret avait prise à ce moment. Elle n'était pas le secret. Le secret était ailleurs, toujours ailleurs, et en se disant cela elle entendait sa propre respiration et celles de Dick et de Frank, et elle se sentait heureuse.

Dick regardait par terre à présent. Et puis, très lentement, il se mit à se plier, à s'accroupir. Lily ne comprenait pas ce qu'il faisait. Lorsqu'il se trouva en position accroupie, il se laissa tomber sur les genoux et saisit le lacet de Lily.

— Oh, Mr. Bodler ! s'exclama Lily. Je peux le faire. Elle se pencha pour atteindre sa chaussure, mais Dick chassa sa main et se mit à nouer le lacet avec lenteur. Il fit un bon nœud, bien serré, et leva les yeux vers elle avant de se redresser.

— Merci, dit Lily.

Une fois debout, Dick prit la main de Lily. Elle sentait les cals sur sa paume et sa peau moite. Il l'entraîna à l'écart de la tombe de Martin et repartit entre les pierres tombales ; Frank les suivait. Dick traînait les pieds, mais il marchait avec raideur et détermination, les doigts serrés autour de la main de Lily.

Il l'emmena devant la tombe de sa mère. La pierre était petite et d'un gris blanchâtre. Elle paraissait plus vieille qu'elle n'aurait dû, et de la mousse la teintait de vert dans le bas, mais il y avait des arbres dans cette partie du cimetière et leur ombre rafraîchit Lily pendant qu'elle examinait l'inscription : Helen Bodler, née le 6 décembre 1899, décédée le 21 juin 1932. Mère bien-aimée de Eathan, Frank et Richard Bodler. Eathan Bodler était enterré près de sa mère – né le 5 janvier 1926, décédé le 11 février 1926. En regardant la tombe, Lily serra la main de Dick. Elle se retourna pour déchiffrer son visage. Il continuait à lui tenir la main et transpirait contre sa paume, et ses doigts étaient si glissants que Lily avait l'impression qu'ils pourraient laisser échapper les siens d'un instant à l'autre. Dick ouvrit la bouche et se mit à rire de son rire silencieux en déplaçant très légèrement ses pieds sur le sol. Frank n'intervint pas, cette fois. Et puis Dick se calma, et ils marchèrent tous trois ensemble vers la route.

Quand elle désigna sa bicyclette, Dick lui lâcha la main.

Lily ne refusa pas leur offre de la ramener. Elle grimpa dans la cabine à côté de Dick tandis que Frank conduisait lentement vers la ville, et leur demanda de la déposer devant le Cercle des arts. Dick s'appuyait assez lourdement sur elle, et le poids de son épaule était inconfortable. Pourquoi le fait de le sentir si près d'elle lui fit penser que Dick avait été témoin du meurtre de sa mère, bien des années auparavant, elle l'ignorait. Mais elle en était convaincue. Il ne s'en souvient peut-être pas, se disait-elle, mais je pense qu'il était là.

Lorsque Lily eut récupéré sa bicyclette à l'arrière du camion, et juste avant de remettre le moteur en marche, Frank se pencha à la portière et lui parla. Lily le voyait et l'entendait, mais elle ne comprit ce qu'il disait que quelques instants plus tard, comme si son cerveau avait du retard sur ses oreilles. Quand le camion démarra, alors qu'elle n'apercevait plus que le coude de Frank dépassant de la portière, elle se rendit compte qu'il avait dit : Dick veut que vous v'niez nous voir.

Au Cercle des arts, les auditions avaient déjà commencé. Lily entendit un piano sur la scène, derrière les portes du vestibule, mais elle ne vit aucune rivale pour le rôle d'Eliza Doolittle. Mrs. Carter lui lança un regard aigu. Un peu plus, et vous arriviez trop tard, dit-elle.

Elle expliqua à Mrs. Carter qu'elle allait revenir tout de suite et se précipita en bas de l'escalier, dans la petite pièce au bout du couloir. Elle baissa son jean et s'assit sur le siège. Tandis qu'elle écoutait le liquide couler dans la cuvette, elle remarqua une tache de sang sur sa petite culotte. Oh, pensa Lily, ça y est, et elle sentit des larmes chaudes aux coins de ses yeux. Elle déroula une longue bande de papier hygiénique, la plia, la plaça sur sa culotte et remonta son jean. Pendant qu'elle marchait dans le couloir, le papier rugueux lui frottait l'intérieur des cuisses, et Lily s'arrêta pour glisser en hâte une main sous son short pour ajuster le tampon. Elle s'aperçut qu'elle se trouvait juste devant la porte fermée de la salle des costumes. Il n'y avait que quelques semaines que Martin était là, assis par terre, en train de griffonner ses mensurations et de réciter des passages de la pièce, qu'il lui demandait de l'accompagner chez lui. Lily imagina l'intérieur de la pièce et le costume de Toile d'Araignée suspendu à un porte-cintres étiqueté : SONGE.

Et puis, quelque part, au-dessus d'elle, elle entendit une femme qui l'appelait d'une voix perçante, tout à fait pareille à celle qu'avait sa mère quand elle la rappelait du ruisseau pour le dîner : Li-ly ! Lily Dahl !

— Me voilà, cria-t-elle. J'arrive !

La rue que Lily voyait en imagination tandis qu'elle montait l'escalier quatre à quatre était réelle, et le brouillard était réel, lui aussi. Elle chantait à tue-tête au coin d'une rue de Londres, vêtue de loques sales, avec un panier de fleurs dans les bras. Je peux être elle, pensa-t-elle soudain. Alors Lily redressa le dos, releva le menton et passa vivement la double porte qui donnait vers la scène.

9774

Composition
NORD COMPO

Achevé d'imprimer en Espagne
par BLACKPRINT CPI
le 18 juin 2012.
Dépôt légal juin 2012.
EAN 9782290042397N001

ÉDITIONS J'AI LU
87, quai Panhard-et-Levassor, 75013 Paris

Diffusion France et étranger : Flammarion